SCIENCE FICTION

Herausgegeben
von Wolfgang Jeschke

Ein Verzeichnis aller STAR-TREK®-Romane
finden Sie am Schluß des Bandes.

SIMON HAWKE

STAR TREK®
CLASSIC

DIE TERRORISTEN VON PATRIA

Roman

Star Trek®
Classic Serie
Band 79

Deutsche Erstausgabe

WILHELM HEYNE VERLAG
MÜNCHEN

HEYNE SCIENCE FICTION & FANTASY
Band 06/5479

Titel der Originalausgabe
THE PATRIAN TRANSGRESSION

Aus dem Amerikanischen übersetzt von
BERNHARD KEMPEN

Redaktion: Rainer-Michael Rahn

Erstausgabe by Pocket Books/Simon & Schuster, Inc., New York

Printed in Germany 1998
Umschlagbild: Pocket Books/Simon & Schuster, New York
Umschlaggestaltung: Atelier Ingrid Schütz, München
Technische Betreuung: M. Spinola
Satz: Schaber Satz- und Datentechnik, Wels
Druck und Bindung: Ebner Ulm

ISBN 3-453-13332-3

Für Andy und Trish

Mit besonderem Dank an
Bruce und Peggy Wiley, Pat Connors,
Henry Tyler, Seth Morris,
Scott Glener, die Leute von The Fine Line in Tucson,
außerdem an Robert Powers, Sandra West,
Michel Leckband, Eve Jackson
und an Teilnehmer der Bubonicon in Albuquerque/
New Mexico, an deren Convention
ich wegen des Termindrucks für dieses Buch
leider nicht teilnehmen konnte.
Vielen Dank für euer Verständnis, Leute!
Vielleicht im nächsten Jahr...

PROLOG

Im Sturzflug und in geschlossener Formation stießen die Polizeigleiter wie Raubvögel herab. Es war kurz vor Mitternacht, und in den Straßen der Stadt hielt sich kaum noch jemand auf. Die roten und gelben Lichter auf den verlassenen Bürogebäuden wurden blau und sperrten den Luftraum, als die Staffel näher kam. Die Gleiter flogen ohne Beleuchtung und ohne Sirenen, und sie flogen schnell.

Lieutenant Joh Iano gab über Helmfunk letzte Anweisungen an das Einsatzteam durch, während sie landeten. Dann öffneten sich mit einem leisen Summen die Flügeltüren der schlanken, dunkelgrauen Polizeigleiter. Iano und sein Partner stürmten hinaus, die Waffen im Anschlag. Hinter ihnen gingen die übrigen Leute des Einsatzteams schnell in Stellung. Ihre Gesichter waren hinter den polarisierten Scheiben ihrer schwarzen Helme unsichtbar. Jeder Beamte trug eine Rüstung und neben der standardmäßigen Dienstwaffe ein leistungsfähiges Sturmgewehr. Die Rebellen würden sich niemals kampflos ergeben. Sie zogen es sogar vor zu sterben, um nicht der Polizei in die Hände zu fallen. Diesmal war Iano jedoch entschlossen, einige von ihnen lebend zu fassen.

Sie hatten nur wenig Zeit für die Planung der Razzia gehabt, doch Iano wollte keine unnötigen Risiken eingehen. Er hatte angeordnet, daß sich einige Gleiter aus der Formation lösten und an beiden Enden der Straße landeten, um sie abzuriegeln. Und er hatte dafür gesorgt, daß auch die Rückseite des Gebäudes gesichert wurde.

Sie wollten schnell und rücksichtslos zuschlagen. Diesmal sollten die Rebellen ihnen nicht entkommen.

Während die Polizisten sich in Angriffsposition brachten, hielt Iano kurz Rücksprache mit den Einheiten an den Enden der Straße und hinter dem Gebäude. Alle waren auf ihren Plätzen. Es hatte Monate gedauert, verdeckte Ermittler in die Rebellenbewegung einzuschleusen, aber es hatte sich schließlich gelohnt. Den Hinweis auf das bevorstehende Treffen des harten Kerns hatten sie erst am frühen Abend erhalten. Es sollte eine wichtige Planungssitzung stattfinden, an der einige der Rebellenführer teilnahmen. Wenn es ihnen gelang, die Anführer zu fassen, konnten sie damit der gesamten Untergrundbewegung das Rückgrat brechen.

Iano wollte seinen Männern gerade den Angriffsbefehl geben, als eine panikerfüllte Stimme über seine Helmverbindung kam. *»Wir werden angegriffen! Wir werden angegriffen!«*

Er zuckte zusammen, als ein gellender Schrei aus den Kopfhörern seines Helms drang. Dann folgte das Knistern durchbrennender Schaltkreise. Im gleichen Moment wurde die Hauptgruppe des Einsatzteams beschossen. Wie aus dem Nichts schnitten helle Energiestrahlen durch die Nacht und schlugen mitten in die Angriffsformation seiner Leute. Über die Funkverbindung hörte Iano die Schreie der Polizisten, die im glutheißen Feuer starben. Er legte die Hände an den Kopf und schwankte. Es war ein Hinterhalt, und sie waren ahnungslos in die Falle getappt.

Einen Augenblick lang hatte Iano die Orientierung verloren. Er sah sich hastig um und versuchte zu bestimmen, woher das Feuer kam. Doch es schien von überall gleichzeitig zu kommen. Er konnte nicht sehen, wer sie beschoß, und hatte keine Ahnung, welche Waffen eingesetzt wurden. Etwas Derartiges hatte er noch nie zuvor erlebt. Die Polizisten zerstreuten sich panisch und erwiderten ziellos das Feuer. Immer wieder war der laute Knall und das Heulen zu hören, wenn die Projektile aus ihren Waffen abgefeuert wurden. Doch die tödlichen Strahlen schlugen mit unverminderter Gewalt ein und mähten die Männer reihenweise nieder. Iano beobachtete starr vor Entsetzen, wie die getroffenen Polizisten in einen hellen Schein getaucht wurden, um sich dann einfach in Luft aufzulösen.

»Rückzug!« schrie er in sein Helm-Mikro, als er zu seinem Einsatzgleiter rannte. *»Sofort zurückziehen!«* Ein Strahl verfehlte ihn um wenige Zentimeter, und er konnte deutlich die Hitze spüren. Wie im Namen von Ankor waren die Rebellen an solche Waffen gelangt? Er hatte noch nie eine so tödliche Zerstörungskraft gesehen. Er warf sich in den Gleiter und startete den Antrieb, während er nach seinem Partner rief. Sekunden später sah er, wie der Mann zu dem Fahrzeug hastete. Dann wurde er von einem Strahl getroffen. Iano hörte einen qualvollen Schrei, als sein Partner in ein glühendes Leuchten gehüllt wurde und zu Boden stürzte. Doch bevor er den Boden erreichte, war er bereits verschwunden.

Iano schrie. Die Türen schlossen sich, und immer noch schreiend riß er den Steuerknüppel zurück. Der Gleiter schoß senkrecht in die Luft und gewann schnell an Höhe, während er sich langsam in die Waagerechte legte. Durch die Schutzscheiben konnte Iano erkennen, wie andere Gleiter abhoben, doch einer nach dem anderen wurden sie von tödlichen Strahlen getroffen, worauf sie in glühenden Feuerbällen explodierten und als Trümmerregen auf die Straße zurückfielen. Er sah, wie die Strahlen genau vor ihm hin und her zuckten, und er zog die Nase des Gleiters wieder hoch, während er Schub gab.

Iano wurde in die Rückenlehne seines Sitzes gepreßt, als die Motoren aufheulten und der Gleiter steil nach oben schoß, um die Szene des Gemetzels tief unter sich zu lassen. Er stieg immer höher, bis er die Luftverkehrsschneisen verließ und hoch über der Stadt hing. Dort stoppte er den Steigflug und drehte bei.

»An alle Einheiten, Meldung!« keuchte er in das Mikrophon seines Helmfunks. Er atmete schwer und gab sich Mühe, sein Zittern zu unterdrücken.

Keine Antwort.

»Ich wiederhole, an alle Einheiten! *Meldung!*«

Stille.

Iano saß benommen im Pilotensitz und konnte nicht fassen, was soeben geschehen war. Niemand war entkommen. Kein einziger. Alle dreißig Polizisten seiner Einsatzgruppe waren getötet worden. Er war der einzige Überlebende. Sein Atem ging in keuchenden Stößen, und er konnte das Zittern seines Körpers nicht mehr kontrollieren. Was waren das für Waffen gewesen?

Es war ein schrecklicher Hinterhalt gewesen, eine tödliche Falle. Er hatte noch nie etwas Schlimmeres erlebt. Die Gegner hatten die Einheiten ausgeschaltet, die die Straßen blockiert hatten. Sie hatten die Einheiten auf der Rückseite des Gebäudes vernichtet. Sie hatten gewußt, daß eine Razzia geplant war, und alle Stellungen ihrer Angreifer mit vernichtendem Feuer eingedeckt. Mit Desintegratorstrahlen. Mit einer Waffentechnologie, die auf Patria überhaupt nicht existierte! Dennoch waren dreißig Polizisten innerhalb weniger Augenblicke getötet worden. Es hatte keinen Sinn, die Augen vor den Tatsachen zu verschließen. Sie hatten nicht die geringste Chance gehabt. Iano hatte als einziger überlebt, und als er sich mit seinem Gleiter auf den Rückweg zum Hauptquartier machte, hallten in seinem Kopf die Todesschreie dieser Männer und seines Partners nach. Und er wußte, daß in diesem Gemetzel auch ein Teil von ihm gestorben war.

»Lieutenant, sind Sie sich völlig sicher, daß ...«

»Ich habe Ihnen doch gesagt, was ich gesehen habe!«

»Lieutenant!« erwiderte der Polizeipräsident Karsi streng. »Vergessen Sie nicht, mit wem Sie sprechen!«

Iano ballte die Hände zu Fäusten und atmete tief durch, um sich zu beherrschen. »Verzeihen Sie, Premierminister. Ich wollte nicht respektlos sein. Aber die Tatsachen, soweit sie mir bekannt sind, stehen allesamt in meinem Bericht.«

Es begann bereits zu dämmern, als sie gemeinsam im Büro von Premierminister Jarum saßen, von dem aus man das zentrale Regierungsviertel überblicken konnte.

Der Premierminister stand von seinem Schreibtisch auf und trat ans Fenster. Der Himmel wurde immer heller. Jarum war müde, da er in dieser Nacht kein Auge zugetan hatte. Die hitzige Debatte in der Ratsversammlung hatte bis spät abends gedauert, und als er sich gerade auf den Heimweg machen wollte, hatte er einen Anruf vom Polizeipräsidenten erhalten, in dem Karsi ihn über den Hinterhalt der Rebellen informiert hatte.

»Energiewaffen«, sagte der Premierminister verbittert. »Zum zweiten Mal innerhalb von zwei Tagen.«

»Zum *zweiten* Mal?« fragte Iano nach und starrte den Premierminister verblüfft an.

»Das haben Sie nicht gehört, Lieutenant!« sagte Karsi.

»Es macht ohnehin keinen Unterschied mehr«, sagte der Premierminister erschöpft. »Mitten in der Stadt, nur wenige Blocks vom Regierungsviertel entfernt, wurden dreißig Polizisten getötet. Wir können es sowieso nicht geheimhalten. Die Rebellen haben uns die Entscheidung abgenommen. Also kann auch er Bescheid wissen. In wenigen Stunden wird es ohnehin jeder wissen.«

»Gestern gab es einen Angriff auf eine Energieverteilerstation knapp außerhalb der Stadt«, sagte Karsi zu Iano. »Das ganze südliche Stadtviertel wurde in Mitleidenschaft gezogen. Wir konnten die Energie über eine andere Station umleiten und die Angelegenheit als technische Störung vertuschen, nachdem wir den Bereich im Interesse der öffentlichen Sicherheit abgeriegelt hatten. Aber es war kein Unfall. Die Rebellen haben die Station mit Energiewaffen angegriffen und vollständig zerstört. Zum Glück wurde niemand getötet.«

»Und Sie haben diese Sache *vertuscht?*« fragte Iano ungläubig.

»Nur eine Handvoll Leute außerhalb des Rats wissen davon«, entgegnete der Premierminister. »Wir wollten eine Panik vermeiden.«

»Deswegen haben Sie es sogar vor der Polizei geheimgehalten?« sagte Iano. »Der heutige Angriff auf uns war nicht mehr als eine Schießübung! Die Rebellen wollten nur einmal ausprobieren, wie ihre neuen Waffen funktionieren! Nun, sie funktionieren ausgezeichnet! Dreißig Polizisten mußten sterben, weil niemand auch nur die leiseste Ahnung hatte, womit wir es zu tun haben würden! Sie hätten diese Leute genausogut persönlich erschießen können!«

»Es reicht jetzt, Lieutenant!«

»Nein, Karsi, seine Wut ist mehr als gerechtfertigt«, erwiderte der Premierminister. »Wir haben einen Fehler begangen. Wir haben den Kopf verloren. Wir hätten Ihnen gestatten müssen, Ihre Untergebenen zu informieren.« Er wandte sich an Iano. »Sie sollten wissen, Lieutenant, daß Polizeipräsident Karsi heftig gegen unsere Entscheidung protestierte. Doch wir waren der Ansicht, daß wir mehr Zeit benötigen, um über die Angelegenheit zu debattieren. Und wir waren besorgt, daß Informationen über den Angriff auf die Station nach draußen gelangen könnten. Jetzt scheint uns die Zeit davonzulaufen. Die Rebellen haben erneut zugeschlagen, mit denselben Waffen, und diesmal gab es Tote. Wir haben derartigen Waffen nichts Ebenbürtiges entgegenzusetzen. Die Technologie der Rebellen stammt eindeutig nicht von Patria. Ich habe für heute früh eine weitere Versammlung des Rats einberufen lassen. Wir können es uns nicht leisten, weitere Debatten zu führen. Die Zeit der Isolation ist vorbei. Wir müssen die Föderation um Hilfe bitten.«

»Woher wissen wir, daß diese Waffen nicht von der Föderation geliefert wurden?« fragte Iano.

»Im Rat wurde bereits dieselbe Frage gestellt«, erwiderte der Premierminister. »Die Föderation hat bislang jedoch einen sehr offenen Informationsaustausch mit uns unterhalten. Wir wissen, über welche Waffentechnik sie verfügt. Sie hat uns keine genauen Bauanleitungen geliefert, was ich ihr nicht zum Vorwurf machen kann, aber sie hat kein Geheimnis aus der Funktionsweise ihrer Waffen gemacht. Ich kann mir nur schwer vorstellen, daß sich die Föderation so aufrichtig verhält, wenn sie gleichzeitig unsere Rebellen bewaffnen wollte, um unsere Regierung zu destabilisieren. Eine solche Vorgehensweise stünde im Widerspruch zur Ersten Direktive der kulturellen Nichteinmischung.«

»Aber wir haben nicht mehr als das Wort der Föderation, was diese sogenannte Erste Direktive betrifft, nicht wahr?« sagte Iano.

»Nein, Lieutenant, wir haben wesentlich mehr. Es ist zwar nicht allgemein bekannt, aber seit wir zu Erkundungsflügen in den Weltraum vorgestoßen sind, hatten wir Subraum-Kommunikationskontakt mit verschiedenen fremden Kulturen, von denen einige mit der Föderation verbündet sind und andere nicht. Und jeder hat bestätigt, daß die Föderation sich streng an diese Richtlinie hält. Wir sind in ein neues Zeitalter eingetreten, Lieutenant. Wir leben nicht mehr allein im Universum. Wir sind nur eine von zahllosen intelligenten Zivilisationen, und die meisten sind viel weiter entwickelt als wir. Diese Entdeckung ist gleichzeitig faszinierend und erschreckend. Soeben haben wir erlebt, wie erschreckend sie sein kann. Wir haben uns äußerst vorsichtig verhalten, und wir haben die meisten Einzelheiten dieser Kommunikationen geheimgehalten, aber jetzt sind die Ereignisse derart eskaliert, daß wir sie nicht mehr kontrollieren können. Wir können uns nicht mehr aus eigener Kraft mit dieser neuen Bedrohung auseinandersetzen. Es besteht kein Zweifel, daß die Ereignisse der vergangenen Nacht nur der Anfang sind. Wir benötigen dringend Hilfe.«

»Und was veranlaßt Sie zu der Hoffnung, die Föderation würde uns diese Hilfe gewähren?« fragte Iano.

»Natürlich gibt es dafür keine Garantie«, erwiderte der Premierminister. »Aber wir verlieren nichts, wenn wir sie fragen.«

»Bei allem Respekt, Premierminister«, entgegnete Iano, »aber wir könnten eine Menge verlieren.«

»Auch diese Sorge wurde bereits von einigen Ratsmitgliedern ausgesprochen, Lieutenant«, sagte Jarum. »Doch es steht fest, daß wir es ohnehin nicht verhindern könnten, wenn die Föderation uns unter ihre Herrschaft bringen will. Ihre Technologie ist uns weit überlegen.«

»Ja«, sagte Iano. »Sie haben Energiewaffen.«

»Richtig«, stimmte der Premierminister zu. »Aber wenn sie uns gewaltsam unterjochen wollten, könnten sie es ohne Mühe tun. Sie müßten dazu nicht die Rebellen bewaffnen. Dafür ist jemand anderer verantwortlich.«

»Wer?« fragte Iano.

»Wir haben gewisse Verdachtsmomente«, erwiderte der Premierminister. »Aber es wäre verfrüht, schon jetzt darüber zu reden.«

Iano starrte den Premierminister nachdenklich an. »Wenn eine andere fremde Zivilisation die Rebellen mit diesen Waffen ausgerüstet hat, was könnte *sie* daran hindern, uns direkt anzugreifen?«

»Eine gute Frage, Lieutenant. Ich glaube, der Grund ist die Föderation. Wenn man offen gegen uns vorgehen würde, während wir in Verhandlungen mit der Föderation stehen, könnte das die Föderation dazu veranlassen, in diesem Konflikt für unsere Seite Partei zu ergreifen.«

Iano saß eine Weile schweigend da und ließ die Bedeutung der Worte des Premierministers auf sich einwirken. »Ein interstellarer Krieg«, sagte er schließlich. »Und wir stünden mitten zwischen den Fronten.«

»Korrekt, Lieutenant. Und ich muß alles in meiner Macht Stehende unternehmen, um zu verhindern, daß es dazu kommt.«

»Aber wenn wir uns an die Föderation wenden, lösen wir damit vielleicht einen solchen Konflikt aus«, sagte Iano.

»Nicht unbedingt«, erwiderte der Premierminister. »Wir könnten unsere Bitte als offizielles Gesuch zur Aufnahme eines diplomatischen Kontakts formulieren. Alles muß mit äußerster Sorgfalt geschehen. Aber wir haben keine andere Wahl. Nachdem die Rebellen über solche Waffen verfügen, gibt es nichts mehr, womit wir sie noch aufhalten können. Absolut nichts.«

Captain James T. Kirk zog das Hemd seiner Galauniform straff, um mögliche Falten zu glätten, und trat dann durch die Tür in den Transporterraum. Seine Offiziere warteten bereits auf ihn. Mr. Scott, Dr. McCoy und Mr. Spock waren in den Transporterraum gerufen worden, um gemeinsam mit Kirk den diplomatischen Vertreter zu begrüßen, der in Kürze eintreffen sollte. Kirk hatte außerdem ein weiteres Crew-Mitglied rufen lassen, um den Abgesandten mit allen Ehren an Bord zu empfangen. Zu diesem Anlaß hatten alle Anwesenden ihre Ausgehuniformen angelegt.

»Du scheinst ja wirklich alle Register gezogen zu haben«, sagte McCoy, als Kirk eintrat. »Man könnte meinen, wir würden einen Starfleet-Admiral empfangen und nicht jemanden aus dem diplomatischen Korps der Föderation.«

»Dieser Abgesandte hat einen äußerst wichtigen Auftrag, Pille«, sagte Kirk. »Es kann nicht schaden, auf Nummer Sicher zu gehen und einen möglichst guten Eindruck zu machen. Diplomaten sind häufig sehr sensible Geschöpfe.«

»Richtig«, sagte McCoy. »Wie lange wird es deiner Meinung nach also dauern, bis du diesem hier drohst, ihn in den Kerker werfen zu lassen?«

Kirk blickte ihn mit leichter Verärgerung an. »Das war nicht unbedingt eine hilfreiche Bemerkung.«

»Wer sind diese Patrianer überhaupt?« fragte McCoy. »Was wissen wir über sie?«

»Wir haben ihre rapide Entwicklung im Verlauf der letzten zwanzig Jahren verfolgt, Doktor«, sagte Mr. Spock. »Seitdem ihre Zivilisation die interstellare Raumfahrt verwirklichen konnte. Sie haben in ihrem System bereits drei bewohnbare Planeten kolonisiert, und ihre technologische Entwicklung kann sich bereits mit der vieler Welten der Föderation messen. Ihre Gesellschaft ist jedoch politisch sehr instabil. Die Föderation hat beschlossen, erst dann Kontakt mit ihnen aufzunehmen, wenn die Patrianer ihre internen Probleme gemeistert haben. Vor kurzem haben sie einen interstellaren Antrieb zur Anwendungsreife gebracht und damit begonnen, die Umgebung ihres Systems zu erkunden. Dabei wurden sie auf die Föderation aufmerksam und nahmen von sich aus Kontakt auf.«

»Mit anderen Worten, sie haben uns überrumpelt und die Sache selbst in die Hand genommen«, sagte McCoy.

Spock hob eine Augenbraue. »So könnte man es ausdrücken. Bis heute wurden sämtliche Kontakte mit den Patrianern über Subraumkommunikation abgewickelt. Die ersten Gespräche wurden über weite Entfernung und mit großer Behutsamkeit geführt. Jetzt haben sich die Patrianer einverstanden erklärt, direkten Kontakt aufzunehmen, und die *Enterprise* wird das erste Föderationsraumschiff sein, das dem Patria-System einen Besuch abstattet.«

»Mit anderen Worten, Patria ist also auf dem besten Wege, ein Mitglied der Föderation zu werden«, sagte McCoy.

»Oder dem Klingonischen Imperium einverleibt zu

werden«, erwiderte Kirk. »Bei dieser Mission steht eine Menge auf dem Spiel, Pille. Beide Entwicklungen liegen im Rahmen des Möglichen.«

»Aber ich dachte, wir hätten gerade einen Waffenstillstand mit den Klingonen ausgehandelt«, sagte McCoy.

»Das schon«, bestätigte Kirk mit ironischem Tonfall. »Aber wenn unsere Verhandlungen mit den Patrianern nicht zu einer Allianz führen, hätten die Klingonen freie Bahn. Und wir könnten nichts gegen sie unternehmen.«

»Warum?« wollte McCoy wissen.

»Ein Angriff auf eine Zivilisation, die nicht der Föderation angehört, ist streng genommen kein Bruch des Waffenstillstandes, Doktor«, erklärte Spock. »Wenn die Klingonen die Republiken von Patria unter ihre Kontrolle bringen und die Föderation sich einmischen würde, dann wären wir diejenigen, die den Waffenstillstand gebrochen haben. Dann könnten die Klingonen uns zu Recht vorwerfen, kriegerische Handlungen provoziert zu haben.«

Auf dem Spiel stand nicht weniger als die Autonomie von Patria, dachte Kirk. Die Frage war nur, ob die Föderation die Vertreter der Republiken von Patria davon überzeugen konnte. Ironischerweise standen die Patrianer im Augenblick ihres bisher größten technologischen Durchbruchs vor der größten Krise ihrer Geschichte. Während ihre Kultur noch um politische Stabilität kämpfte, wurden sie plötzlich mit der wichtigsten Frage konfrontiert, die ihnen jemals gestellt worden war. Sollten sie sich mit der Föderation verbünden oder sich der Gefahr einer Eroberung durch das imperialistischste und kriegerischste Volk der bekannten Galaxis stellen?

Es war keineswegs Zufall, daß Starfleet die *Enterprise* dazu auserwählt hatte, den ersten diplomatischen Kontakt aufzunehmen. Man wollte nur die besten Leute mit dieser Mission beauftragen, und daß die Wahl auf die *Enterprise* gefallen war, stellte eine große Ehre dar. Kirk konnte nur hoffen, daß auch das diplomatische Korps seinen besten Mitarbeiter schickte. Unter anderen Umständen hätte man sich für Sarek von Vulkan entschieden, aber Sareks Fähigkeiten wurden zur Zeit bei den Friedensgesprächen mit den Vertretern des Klingonischen Imperiums benötigt.

Kirks Gedanken wurden durch eine Nachricht von der Brücke unterbrochen. »Brücke an Captain Kirk«, meldete sich Lieutenant Sulu.

»Kirk hier. Sprechen Sie, Mr. Sulu!«

»Captain, wir haben das Rendezvousmanöver mit der *Lexington* abgeschlossen. Dort ist alles bereit, den Abgesandten der Föderation an Bord zu beamen.«

»Sind wir ebenfalls bereit, Mr. Scott?« fragte Kirk.

»Ja, Captain, ich übermittle gerade die Koordinaten«, antwortete der Chefingenieur von der Transporterkonsole.

»Dann kann es losgehen, Mr. Scott.« Kirk nickte dem Crew-Mitglied zu. »Halten Sie sich bereit, unseren Gast an Bord zu begrüßen, Mr. O'Dell. Teilen Sie der *Lexington* mit, daß wir bereit sind, Mr. Sulu.«

Kurz darauf blies O'Dell die Bootsmannpfeife, während zwei verschwommene, flimmernde Gestalten auf der Transporterplattform erschienen und sich zu einer männlichen und einer weiblichen Gestalt verfestigten. Beide waren humanoid und trugen Zivilkleidung. Die Frau war eine junge Asiatin, vielleicht Ende Zwanzig, außergewöhnlich hübsch, groß und schlank und mit perfekten Proportionen. Der Mann schien Ende Vierzig zu sein, war in bester körperlicher Verfassung, wirkte elegant und hatte prägnante Gesichtszüge und vorzeitig angegrautes Haar. Kirk erkannte ihn sofort wieder. Zunächst starrte er ihn entgeistert an, dann verzog sich sein Gesicht zu einem breiten Grinsen. Er trat vor, während ihre Gäste von Mr. O'Dell begrüßt wurden. Er hatte jeden Rest von Förmlichkeit abgelegt.

»Bob!« sagte er. »Ich fasse es nicht! *Du* bist der Abgesandte?«

Robert Jordan trat von der erhöhten Plattform herunter. »Bringst du diplomatischen Vertretern immer so wenig Respekt entgegen, Jim?« entgegnete er grinsend und streckte ihm die Hand entgegen.

Kirk nahm sie an und schüttelte sie herzlich. »Verdammt, warum hast du mir keine Nachricht geschickt?«

»Damit ich deinen verblüfften Gesichtsausdruck verpasse? Nicht um alles in der Welt! Ich wollte dich überraschen.«

»Nun, es ist die angenehmste Überraschung, die mir seit langem beschert wurde«, sagte Kirk aufrichtig. »Willkommen an Bord der *Enterprise!* Ich möchte dir meine Offiziere vorstellen – Commander Spock, Dr. Leonard McCoy und Lieutenant Commander Montgomery Scott.«

»Es ist mir eine Ehre, Sie an Bord begrüßen zu dürfen«, sagte Spock.

»Sie und Captain Kirk scheinen sich gut zu kennen«, stellte McCoy fest.

»Wir waren zusammen an der Akademie«, erklärte Kirk. »Im letzten Jahr waren wir sogar Zimmergenossen.«

»Nun, dann haben Sie bestimmt einige interessante Geschichten zu erzählen«, sagte McCoy grinsend zu Jordan.

»Meine Lippen sind versiegelt«, erwiderte Jordan mit einem leichten Lächeln. »Außerdem kann ich mir in meiner Position keine Indiskretionen erlauben.« Dann drehte er sich zu der jungen Frau um, die hinter ihm stand. »Darf ich Ihnen meine Assistentin vorstellen, Protokollsekretärin Kim Li Wing vom Föderationsrat für Interkulturelle Angelegenheiten.«

Kirk wandte sich der jungen Frau zu. »Willkommen an Bord der *Enterprise!*«

»Vielen Dank, Captain«, sagte sie.

»Ich hoffe, Sie nehmen mir diese Frage nicht übel«, sagte Kirk, »aber wie kommt ein alter Taugenichts zu einer Sekretärin aus einer so hochrangigen Föderationsabteilung?«

»Das hängt mit der Stellung als offizieller Botschafter der Föderation zusammen«, antwortete sie.

Kirk drehte sich verblüfft zu Jordan um. *»Botschafter?«*

»Ich wurde zum Sonderbotschafter der Föderation für die Republiken von Patria ernannt«, sagte Jordan. »Ich schätze, du wirst mich jetzt mit ›Sie‹ anreden müssen, Jim.«

»Du alter ...« Kirk riß sich zusammen und räusperte sich. »Meinen Glückwunsch, Botschafter. Man hätte für diese Aufgabe keinen Besseren finden können.«

»Danke, Jim. Dieses Kompliment bedeutet mir sehr viel, weil es von dir kommt. Wir haben noch jede Menge Arbeit vor uns, aber es war eine lange und ermüdende Reise. Ich würde es sehr schätzen, wenn wir uns in unsere Quartiere zurückziehen könnten, um uns ein wenig auszuruhen und zu erfrischen.«

»Natürlich«, sagte Kirk. »Mr. Spock wird euch den Weg zeigen.«

»Wenn Sie mir bitte folgen würden, Botschafter«, sagte Spock.

»Wenn du irgend etwas brauchst, sag einfach Bescheid.«

»Danke, Jim. Im Augenblick brauche ich nur ein wenig Ruhe. Wir werden später miteinander reden, alter Freund.«

»Ich freue mich schon darauf«, sagte Kirk.

Spock führte die beiden aus dem Transporterraum.

»Wer hätte das gedacht?« sagte McCoy, als sich die Türen hinter ihnen geschlossen hatten. »James Kirk ist der Duzfreund eines Botschafters der Föderation. Das dürfte eine Premiere sein.«

»Halt dein Schandmaul!« sagte Kirk grinsend. »Danke, Mr. O'Dell, Sie können gehen. Mr. Scott, die Brücke soll der *Lexington* mitteilen, daß der Botschafter wohlbehalten eingetroffen ist und wir uns auf den Weg machen werden.«

»Ja, Captain.«

»Ich würde gerne wissen, wie es ein Absolvent der Akademie geschafft hat, beim diplomatischen Corps zu landen«, sagte McCoy, als sie den Transporterraum verließen.

»Er ist aus dem Starfleet-Dienst ausgeschieden«, erwiderte Kirk. »Er hat es nur bis zum Lieutenant gebracht. Danach haben wir den Kontakt verloren. Ich dachte damals, daß er einen großen Fehler macht, wenn er eine so erfolgversprechende Karriere aufgibt. Aber er schien genau zu wissen, was er tat. Er war schon immer sehr an Politik interessiert.« Kirk lächelte und schüttelte den Kopf. *»Botschafter* Jordan. Daran werde ich mich erst einmal gewöhnen müssen.«

»Sieh es von der angenehmen Seite«, sagte McCoy. »Zumindest kannst du mit jemandem zusammenarbeiten, den du gut kennst.«

»Ja, ich muß gestehen, daß ich mir darüber einige Sorgen gemacht hatte«, sagte Kirk. »Ein übereifriger Bürokrat mit übertriebener Geltungssucht könnte eine schwierige Mission wie diese sehr leicht vermasseln. Aber Bob Jordan war eine Zeitlang bei Starfleet, und er war ein verdammt guter Offizier. Er ist einer der wenigen Föderationsbeamten, die auch die anderen Seiten des Lebens kennen. Mit ihm werden wir keine Probleme haben.«

»Nun, das wäre doch einmal eine angenehme Abwechslung«, sagte McCoy. »Wenn du keine Einwände hast, würde ich jetzt gerne diese Uniform ausziehen. Ich habe mir noch nie etwas aus engen Kragen gemacht.«

»Ich auch nicht«, entgegnete Kirk grinsend. »Ich wette, Jordan hat sich prächtig darüber amüsiert, daß ich ihm den roten Teppich ausgerollt habe. Er hat offizielle Empfänge schon immer gehaßt. Einmal hat er ... nun, vielleicht sollte ich dir diese Geschichte lieber nicht erzählen. Schließlich ist er jetzt ein Botschafter der Föderation.«

»Mit einer ausgesprochen hübschen Sekretärin an seiner Seite«, sagte McCoy.

»Ja, sie ist ... auch mir aufgefallen«, sagte Kirk. »Und mir ist aufgefallen, daß sie auch dir aufgefallen ist.«

»Es ist nicht einfach, eine solche Frau zu übersehen«, sagte McCoy.

»In der Tat.«

»Und du solltest lieber mit diesem unverschämten Grinsen aufhören«, sagte McCoy. »Sie ist jung genug, um meine Tochter sein zu können.«

»Stimmt. Aber sie ist es nicht.«

»Ich muß wieder an die Arbeit«, brummte McCoy.

»Richtig«, sagte Kirk mit Unschuldsmiene.

Er sah zu, wie McCoy kehrtmachte und durch den Korridor zurückging, dann trat er in den Turbolift. »Brücke«, sagte er und lächelte. Mit einem Mann wie Bob Jordan mußte diese Mission einfach ein voller Erfolg werden. Das wäre in der Tat eine angenehme Abwechslung. Wenn sich die Dinge weiterhin so reibungslos entwickelten, würde sich seine Aufgabe darauf beschränken, die diplomatische Eskorte zu stellen, während er nebenbei die Gelegenheit hatte, mit einem guten Freund über alte Zeiten zu plaudern.

1

»Bericht, Mr. Chekov!« sagte Kirk, als er die Brücke betrat.

»Wir nähern uns dem Patria-System, Captain«, meldete der Navigator mit starkem russischem Akzent. »Wir werden in etwa drei Komma zwanzig Minuten den Warptransit abbrechen und auf Impuls gehen, um die Rendezvouskoordinaten anzufliegen.«

»Sehr gut, Mr. Chekov«, sagte Kirk und nahm in seinem Sessel Platz. »Lieutenant Uhura, halten Sie sich bereit, die Grußfrequenzen zu öffnen, wenn wir in das Patria-System einfliegen. Wir wollen uns diesmal genau an das Protokoll halten.«

»Ich bin bereit, Captain«, sagte Uhura.

Seit sie an Bord gekommen waren, hatten sich Bob Jordan und seine Assistentin in ihren Quartieren verschanzt. Allem Anschein nach hatten sie Mr. Spock für ihre Zwecke eingespannt, da er immer noch nicht wieder aufgetaucht war. Kirk hatte seinem Drang nicht nachgegeben, Spock auf die Brücke zu rufen. Im Augenblick kam er problemlos ohne seinen Ersten Offizier zurecht. Außerdem konnte Kirk sich gut vorstellen, womit Spock zur Zeit beschäftigt war. Zweifellos ließ Jordan sich von ihm über die technischen und personellen Einzelheiten des Schiffes informieren. Es war lange her, seit er an Bord eines Raumschiffes Dienst getan hatte, und er wollte bestimmt seine Kenntnisse auffrischen. An seiner Stelle hätte Kirk genau das gleiche getan.

»Captain«, sagte Chekov, »ich habe die Informationen, die Sie angefordert haben.«

»Sehr gut, Mr. Chekov«, antwortete Kirk. »Aber bitte in Kurzfassung, wenn Sie so freundlich wären.«

Chekov rief die Daten auf seinen Monitor. »Sekretärin Kim Li Wing wurde in Beijing geboren. Ihre Eltern sind amerikanischer und chinesischer Herkunft. Ihr Vater ist Dr. Kam Sung Wing, der Leiter des Sun-Yi-Instituts für Xenoanthropologie. Ihre Mutter war die vor kurzem verstorbene Dr. Anna Stanford Anderson, die ehemalige Vorsitzende des …«

»Des Föderationsrats für Interkulturelle Angelegenheiten«, sagte Kirk. Er war beeindruckt. »Ich hätte es mir denken können. So etwas wäre dann wohl ein erstklassiger Stammbaum.«

»Ja, Captain. Soll ich fortfahren?«

»Bitte.«

»Sekretärin Wing studierte an der Sorbonne in Paris«, sprach Chekov weiter, »und machte ihren Doktor in Xenoanthropologie mit Summa cum laude in Princeton. Dann war sie zu ihrem Praktikum im Außendienst auf Vulkan, und zwar als stellvertretender diplomatischer Attaché des Botschafters der Föderation. In den vergangenen zwei Jahren hat sie als Protokollsekretärin des Föderationsrats für Interkulturelle Angelegenheiten gearbeitet und war Privatdozentin für Xenopolitik an der Starfleet-Akademie.«

Kirk war noch beeindruckter. »Es scheint sich um eine sehr fähige und hochintelligente junge Frau zu handeln.«

»In der Tat«, erwiderte Chekov. »Ihr IQ wird angegeben mit …«

»Wenn es Ihnen nichts ausmacht, möchte ich es lieber nicht wissen, Mr. Chekov«, sagte Kirk. »Sonst entwickle ich vielleicht einen Minderwertigkeitskomplex.«

Chekov grinste. »Er ist auf jeden Fall beträchtlich höher als Ihrer, Captain.«

»*Vielen Dank*, Mr. Chekov«, sagte Kirk. »Das genügt.«

»Keine Ursache«, sagte Chekov und warf Sulu einen amüsierten Seitenblick zu.

»Captain«, meldete Lieutenant Uhura, »ich empfange ein Subraumsignal von einem patrianischen Schiff. Es steht genau an den Rendezvouskoordinaten.«

»Auf Impuls gehen, Mr. Sulu«, sagte Kirk. »Legen Sie es auf den Hauptschirm, Lieutenant.«

»Ich rufe das Raumschiff der Föderation. Hier spricht Commander Anjor vom patrianischen Raumkreuzer *Komarah*. Bitte antworten Sie!«

»Grußfrequenz öffnen, Lieutenant«, sagte Kirk.

»Sie können sprechen, Captain«, sagte Uhura.

»Hier spricht Captain James T. Kirk vom Föderationsraumschiff *Enterprise*. Wir haben den diplomatischen Vertreter der Föderation für die Republiken von Patria an Bord, den ehrenwerten Sonderbotschafter Robert Jordan. Wir erwarten Ihre Anweisungen, Commander.«

Das Gesicht des Patrianers erschien auf dem Hauptbildschirm. Er unterschied sich äußerlich kaum von einem Menschen, wenn man von den vorstehenden Augenbrauenwülsten, den gelben Augen mit den senkrechten Pupillen und der Haarlosigkeit des Schädels absah. Seine Augen verfügten wie bei Reptilien über Nickhäute anstellte von Lidern, und seine Haut hatte eine dunkle, fast goldene Färbung. Trotz seiner echsenartigen Merkmale sah er anmutig und beinahe hoheitsvoll aus. Wie jemand, der sich ganz einer militärischen Karriere verschrieben hatte, dachte Kirk.

»Ich grüße Sie, Captain Kirk«, sagte der Patrianer. »Wir wurden entsandt, um Ihr Schiff und den Botschafter der Föderation zu einer Station im Orbit über unserer Heimatwelt Patria Eins zu eskortieren. Wenn Sie Ihre Geschwindigkeit angepaßt haben, werden wir vorausfliegen und Ihnen die Kurskoordinaten übermitteln.«

»Danke, Commander«, sagte Kirk. Anjor hatte keinen Translator benutzt. Er hatte die Sprache der Föderation gelernt und beherrschte sie trotz eines deutlichen Akzents sehr gut. »Mr. Chekov, passen Sie bitte unsere Geschwindigkeit an die *Komarah* an. Mr. Sulu, halten Sie sich bereit, die Kurskoordinaten zu empfangen.«

»Ich bin bereit, Captain«, erwiderte Sulu.

»Die Koordinaten werden soeben übermittelt, Captain«, meldete Uhura.

»Danke, Lieutenant«, sagte Kirk. »Bitte leiten Sie sie an die Navigationsstation weiter.«

»Schon erledigt, Captain«, antwortete Uhura.

»Kurskoordinaten empfangen und eingegeben, Captain«, sagte Sulu.

»Ihre Anweisungen sind ausgeführt, Commander«, sagte Kirk.

»Vielen Dank, Captain«, erwiderte Commander Anjor. »Es wird mir ein Vergnügen sein, Sie und Ihre Offiziere sowie den Botschafter persönlich zu begrüßen, sobald wir den Orbit erreicht haben. Wir werden an Bord meines Schiffes einen kleinen förmlichen Empfang zu Ehren dieses historischen Ereignisses veranstalten.«

»Es wird uns eine große Ehre sein, Commander«, sagte Kirk. »Im Namen von Botschafter Jordan und meinen Offizieren nehme ich Ihre freundliche Einladung an. Haben Sie eine Transportereinrichtung an Bord Ihres Schiffes?«

»Bedauerlicherweise verfügen wir nicht über die Technologie der Teleportation, Captain«, entgegnete Commander Anjor. »Wir würden jedoch gerne ein Shuttle zu Ihnen schicken.«

»Nicht nötig, Commander«, sagte Kirk. »Wir können uns direkt in Ihr Schiff beamen lassen, wenn Sie uns einen geeigneten Ort nennen. Wir können Ihr Schiff scannen und die entsprechenden Ankunftskoordinaten berechnen.«

»Dagegen haben wir nichts einzuwenden, Captain Kirk«, sagte Anjor.

»Captain«, meldete sich Sulu zu Wort, »die Sensoren haben einen großen Shuttle-Hangar in der *Komarah* erfaßt, der für unsere Zwecke geeignet sein dürfte.«

»Commander ...«, sagte Kirk.

»Ich habe es gehört, Captain«, sagte Anjor. »Ich werde das Hauptshuttledock für Ihre Ankunft vorbereiten lassen.«

»Vielen Dank, Commander«, sagte Kirk. »*Enterprise* Ende.« Er drehte sich zu Uhura um. »Lieutenant, bitte informieren Sie den Botschafter, daß wir mit dem patrianischen Schiff *Komarah* Kontakt aufgenommen haben und jetzt zu einer Station im Orbit über Patria Eins weiterfliegen. Teilen Sie ihm außerdem mit, daß wir zu einem förmlichen Empfang an Bord des patrianischen Schiffes eingeladen wurden, der nach unserem Eintreffen im Orbit abgehalten werden soll.«

»Ja, Captain«, sagte Uhura.

Die Türen des Turbolifts öffneten sich, und Kirks Erster Offizier trat auf die Brücke.

»Ach, Mr. Spock!« sagte Kirk. »Ich dachte schon, ich würde Sie heute gar nicht mehr zu Gesicht bekommen.«

»Ich war beim Botschafter, Captain, und habe ihn auf seinen Wunsch über die *Enterprise* informiert«, erwiderte Spock. »Ich habe angenommen, Sie würden mich rufen, wenn ich auf der Brücke gebraucht werde.«

»Ja, natürlich«, sagte Kirk. »Nun, was halten Sie von ihm, Spock?«

»Botschafter Jordan scheint ein willensstarker und sehr fähiger Mann zu sein, Captain«, antwortete Spock. »Obwohl es bereits etliche Jahre her ist, seit er auf einem Starfleet-Schiff Dienst getan hat, verfügt er immer noch über ausgezeichnete Kenntnisse des Schiffsbetriebs. Er hatte mich um eine informelle Unterweisung gebeten, aber ich mußte feststellen, daß sein Wissen bereits sehr umfangreich war. Und Sekretärin Wing ist mir als hochintelligente und vielseitige junge Frau aufgefallen. Ihre Kenntnisse über vulkanische Sitten und Traditionen sind beeindruckend. Wie Sie wissen, fällt es Menschen im allgemeinen sehr schwer, die vulkanische Sprache zu benutzen, doch Sekretärin Wing beherrscht sie in einem

Ausmaß, wie ich es noch nie zuvor gehört oder bei Menschen für möglich gehalten habe. Und obwohl sie sich bescheiden für ihre Unfähigkeit zur exakten Aussprache entschuldigte, spricht sie das Vulkanische fehlerfrei und fließend. Ich muß sagen, Captain, daß ich außerordentlich beeindruckt war.«

»Klingt, als hätte Jordan sich eine erstklassige Assistentin ausgesucht. Sie scheint eine Frau mit überragenden Fähigkeiten zu sein«, sagte Kirk.

»In der Tat«, bestätigte Spock. »Während unseres Gesprächs spielten wir dreidimensionales Schach. Sie sagte, es würde ihr dabei helfen, sich zu entspannen.«

»Sie *entspannt* sich bei dreidimensionalem Schach?« fragte Kirk fassungslos. Er hatte bei zahlreichen Gelegenheiten mit Spock Schach gespielt, und da die Vulkanier als Meister dieses Spiels galten, war er davon überzeugt, daß Spock sich häufig zurückhielt, um seinem Captain eine gewisse Chance zu lassen. Trotzdem war er der Ansicht, daß das Spiel eine fast übermenschliche Konzentration verlangte und geistig überaus anstrengend und erschöpfend war.

»Sie hat mich in zwei von fünf Partien geschlagen«, sagte Spock. »Einmal benutzte sie eine versteckte Variante des Karaluk-Gambits. Ich dachte, ich hätte ihre Taktik durchschaut, aber ich muß zugeben, daß ich nicht glauben wollte, ein Mensch wäre dazu in der Lage, einen so komplexen Ablauf zu überblicken.« Er hob eine Augenbraue, was bei ihm einer offenen Gefühlsregung am nächsten kam. »Es besteht kein Zweifel, daß ich mich geirrt habe.«

»Das hätte ich gerne miterlebt«, sagte Kirk mit einem Lächeln.

»Captain?« sagte Uhura.

»Ja, Lieutenant?«

»Ich habe eine Nachricht von Botschafter Jordan. Er bittet darum, daß Sie und alle ranghohen Offiziere, die am Empfang in der *Komarah* teilnehmen, sich so schnell wie möglich mit ihm zu einer Vorbesprechung treffen.«

»Gut, Lieutenant. Bitte teilen Sie dem Botschafter mit, daß wir uns in fünf Minuten im Konferenzraum Eins einfinden werden. Neben mir selbst werden Mr. Spock, Dr. McCoy, Mr. Chekov und Mr. Scott teilnehmen. Bitte informieren Sie Mr. Scott und Dr. McCoy über die Konferenz. Mr. Sulu, Sie übernehmen in der Zwischenzeit das Kommando.«

»Ja, Captain«, sagte Sulu. Er ließ sich nicht anmerken, ob er enttäuscht war, daß er nicht am Empfang teilnehmen sollte. Irgendwer mußte schließlich zurückbleiben, um während der Abwesenheit des Captains die Verantwortung auf der Brücke zu übernehmen, und Kirk war überzeugt, daß die Übertragung einer solchen Verantwortung keineswegs als Geringschätzung ausgelegt werden konnte.

Botschafter Jordan und seine Assistentin Wing warteten bereits, als sie im Konferenzraum eintrafen.

»Botschafter«, sagte Kirk lächelnd zu Jordan, der am Tisch Platz genommen hatte. »Wir sind so schnell gekommen, wie wir konnten. Ich hoffe, Sie mußten nicht allzu lange warten.«

»Es besteht kein Anlaß zu einer Entschuldigung, Captain«, erwiderte Jordan mit gespielter Förmlichkeit und grinste dann. »Du bist sogar zwei Minuten zu früh. Es ist schon eine Weile her, seit ich das letzte Mal an Bord eines Raumschiffs war, und ich war mir nicht mehr sicher, wie lange es dauern würde, um den Konferenzraum zu erreichen. Ich wollte dich und deine Offiziere nicht warten lassen.«

»Das ist sehr freundlich von Ihnen«, sagte McCoy.

Jordan blickte zum Arzt auf und lächelte. »Vielen Dank, Dr. McCoy. Da wir vollzählig sind, können wir ja beginnen. Bitte nehmen Sie Platz, meine Herren.«

Kirk und seine Leute verteilten sich auf den Sitzen am Konferenztisch.

»Ich möchte einige Bemerkungen vorausschicken und die Gesprächsleitung dann an Sekretärin Wing übergeben«, sagte Jordan und deutete mit einem Kopfnicken in ihre Richtung. Dann räusperte er sich und stand auf.

»Meine Herren, Sie haben Ihre Befehle erhalten, und ich muß vermutlich nicht ausdrücklich darauf hinweisen, daß es sich hier um eine sehr wichtige Mission handelt. Trotzdem möchte ich noch einmal unterstreichen, welche große Bedeutung der Rat der Föderation ihr zumißt. Abgesehen von der Tatsache, daß die Republiken von Patria eine intelligente, technisch hochentwickelte und kultivierte Zivilisation repräsentieren, die mehr als würdig ist, in die Föderation aufgenommen zu werden, ist die Frage von Interesse, welche Rolle diese Zivilisation im Kräfteverhältnis zwischen der Föderation und dem Klingonischen Imperium spielt – wobei wir auch die Romulaner nicht vergessen dürfen, deren Rolle allerdings nur schwer zu durchschauen ist. Zweifellos ist Ihnen allen bewußt, daß zur Zeit Verhandlungen über einen Waffenstillstand zwischen der Föderation und dem Klingonischen Imperium geführt werden. Es gab einige Stimmen, die bereits von ›Friedensverhandlungen‹ gesprochen haben, obwohl ich persönlich der Meinung bin, daß eine solche Bezeichnung zu diesem Zeitpunkt verfrüht wäre.«

»Das ist eine äußerst behutsame Formulierung«, sagte Kirk ironisch.

»Ja, aber als Diplomat ist es meine Aufgabe, Dinge behutsam zu formulieren«, sagte Jordan. »Ich bin jedoch überzeugt, daß Sie sich denken können, wie meine wahren Ansichten zu dieser Angelegenheit aussehen. Bevor ich zu dieser Mission aufbrach, habe ich mit Botschafter Sarek gesprochen, der die laufenden Verhandlungen mit den Klingonen während der Waffenruhe leitet. Die Klingonen werden niemals zu Verhandlungen bereit sein, in denen mit offenen Karten gespielt wird. Sarek beschrieb die Angelegenheit als Stellungskampf zwischen zwei Meistern, die sich mit äußerster Vorsicht bewegen und nur gelegentlich eine Finte riskieren, um den Gegner aus der Reserve zu locken oder ihn zu Unvorsichtigkeiten zu verleiten, während keine Seite bereit ist, einen entscheidenden Schritt zu tun.«

»Mit anderen Worten, es wird kaum etwas dabei herauskommen«, sagte Kirk und verzog das Gesicht.

»Ja, das ist im wesentlichen auch meine Ansicht«, sagte Jordan. »Doch selbst wenn nichts dabei herauskommen sollte, dürfen wir diese Verhandlungen nicht abbrechen. Nicht nur weil trotz allem die Möglichkeit besteht, daß es zu kleinen Resultaten kommt, sondern auch weil wir mit einem Rückzieher nur den Klingonen in die Hände spielen würden. Und ganz gleich, ob die Klingonen es ehrlich meinen oder nicht, es bleibt die Tatsache, daß zur Zeit Waffenruhe herrscht, und das ist bereits etwas.«

»In der Tat«, sagte McCoy. »Jede Chance, Frieden zu schließen, sei sie auch noch so gering, sollte auf jeden Fall genutzt werden.«

Wing warf ihm einen anerkennenden Blick zu und nickte.

»Völlig richtig!« sagte Jordan. »Womit wir bei unserer aktuellen Situation angelangt wären. Ich weiß, daß man Ihnen nur sehr allgemeine Hintergrundinformationen übermittelt hat. Dafür muß ich mich entschuldigen, aber die Patrianer haben sich recht überraschend bereit erklärt, direkten Kontakt mit uns aufzunehmen, und der Rat hat beschlossen, die Angelegenheit möglichst schnell zu erledigen. Es blieb einfach nicht genügend Zeit, ein vollständiges Informationspaket für Sie zusammenzustellen. Außer Sekretärin Wing und mir gab es im Grunde niemanden, der dazu qualifiziert gewesen wäre, aber wir waren bereits vollauf mit der Vorbereitung dieser Mission beschäftigt.«

»Ich verstehe«, sagte Kirk. »Meine Besatzung und ich

sind bereit, diese Mission in jeder möglichen Form zu unterstützen.«

Jordan nickte. »Aller Wahrscheinlichkeit nach wird es für die Besatzung der *Enterprise* nur sehr wenig zu tun geben. Vermutlich bleibt sie mehr oder weniger auf repräsentative Aufgaben beschränkt. Wir alle müssen jedoch bereit sein, flexibel zu reagieren, da wir im Grunde keine Ahnung haben, was die Patrianer von uns erwarten.«

Kirk nickte nur. Jordan hatte bislang lediglich Dinge angesprochen, die ohnehin klar waren, aber es war sein Auftritt, und Kirk wollte ihm nicht dazwischenfunken. Vielleicht brauchte Jordan nur ein gewisses Maß an Bestätigung. Er wirkte ein wenig nervös, was unter den gegebenen Umständen durchaus verständlich war.

»Das ist alles, was ich im Augenblick zu sagen habe. Sekretärin Wing?« sagte Jordan und nahm wieder Platz.

»Danke, Botschafter.« Sie blieb sitzen. »Meine Herren, Sie sind natürlich mit dem entsprechenden Protokoll für eine solche Situation vertraut, aber es gibt eine Reihe von Eigenarten hinsichtlich der Patrianer, über die ich Sie in Kenntnis setzen möchte. Wir haben bereits eine große Menge an Informationen über Subraumkommunikation ausgetauscht und festgestellt, daß ihre Gesellschaft der unsrigen in vielen Punkten ähnlich ist, aber es gibt einige Unterschiede. Zum Beispiel kennen die Patrianer nicht die Sitte des Händeschüttelns. Ihre Finger besitzen im Gegensatz zu den unseren Krallen, und das Ausstrecken der Hand, wie wir es zur Begrüßung tun, könnte als aggressiver oder beleidigender Akt interpretiert werden. Da auch die Patrianer inzwischen einiges über unsere Konventionen erfahren haben, wäre es natürlich möglich, daß ein Patrianer Ihnen entgegenkommen will und Ihnen zur Begrüßung die Hand reicht. Wenn etwas Derartiges geschieht, sollten Sie selbstverständlich darauf reagieren und diese freundlich gemeinte Geste erwidern. Ansonsten begrüßen sich die Patrianer, indem sie beide Hände heben und dabei den Oberkörper leicht vorneigen.« Sie demonstrierte es und hob die Hände mit angewinkelten Ellbogen in Körpernähe hoch, wobei die Handrücken nach vorne zeigten.

McCoy grinste. »Genauso hebt ein Arzt die Arme, nachdem er sich vor der Operation die Hände gewaschen hat«, sagte er.

Sie lächelte. »Ja, das ist ein ausgezeichneter Vergleich, Doktor. Ich hoffe, Sie haben nichts dagegen, wenn ich die Geste in Zukunft mit diesem Beispiel erläutere.«

»Kein Problem.« McCoy grinste erneut.

»Diese Geste soll zeigen, daß die Krallen eingezogen sind«, sprach sie weiter, »und daß die Hände vom Gegenüber abgewandt sind, sich also nicht in Angriffshaltung befinden. Die Patrianer lachen nicht auf die gleiche Weise wie wir, obwohl sie gelegentlich durchaus einen bescheidenen Sinn für Humor entwickeln. Ihr Gelächter klingt eher wie ein Schnaufen, etwa so ...« Sie stieß ein Geräusch durch die Nase aus, das verblüffend an ein grunzendes Schwein erinnerte. Kirk und die anderen waren so überrascht, daß sie ihre Belustigung nicht unterdrücken konnten.

»Ich hoffe, niemand erwartet von uns, *das* nachzumachen«, sagte McCoy.

Sie lächelte wieder. »Nein, Doktor, die Patrianer wissen, wie wir lachen. Allerdings klingt unsere Art des Lachens für sie genauso belustigend wie ihre für uns. Ich habe es Ihnen lediglich aus dem Grund demonstriert, damit sie nicht allzu überrascht sind, wenn sie es zum ersten Mal hören. Ich möchte noch hinzufügen, daß es bei den Patrianern wesentlich lauter und für den menschlichen Geschmack ordinärer klingt, als ich es Ihnen vorgeführt habe. Es fällt mir schwer, diese Äußerung exakt zu reproduzieren. Ihre Sprache ist nicht einfach, aber längst nicht so schwierig wie das Vulkanische«, sagte sie mit einem Seitenblick auf Spock. »Ich habe sie soweit erlernt, daß ich sie einigermaßen fließend sprechen kann, nachdem im Zuge der Subraumkommunikation linguistische Programme ausgetauscht wurden. Da alle Föderationsraumschiffe mit automatischen Translatoren ausgestattet sind, müssen Sie sich dieser Mühe nicht unterziehen. Ich schlage vor, daß wir den Patrianern einige Translatoren aus den Vorräten des Schiffes geben, Captain, damit sie sie nachbauen können.«

»Wir können Ihnen so viele zur Verfügung stellen, wie Sie benötigen«, sagte Kirk.

»Ich denke, eine Kiste dürfte genügen«, warf der Botschafter ein.

»Scotty?« sagte Kirk.

»Ich werde eine Kiste bereitstellen lassen, Captain«, versprach Mr. Scott.

»Gut«, sagte Jordan. »Wir können sie als Geste unseres guten Willens zum Empfang mitbringen. Bitte fahren Sie fort, Sekretärin Wing.«

»Danke, Botschafter. Was die Ernährung der Patrianer betrifft, haben wir Informationen über die chemische Zusammensetzung ihrer und unserer Nahrungsmittel ausgetauscht. Bislang haben wir kein patrianisches Lebensmittel gefunden, das für Menschen schädlich wäre. Ich habe mir die Freiheit erlaubt, die Lebensmittelsynthetisierer Ihres Schiffes mit den entsprechenden Daten zu füttern, damit Sie bereits vor dem Empfang einige Kostproben nehmen können.« Sie beugte sich vor und aktivierte den Kommunikator, der in den Konferenztisch eingebaut war. »Könnten Sie uns jetzt bitte die Lebensmittelproben hereinbringen?«

Kurz darauf öffnete sich die Tür zum Konferenzraum, und ein Besatzungsmitglied trat ein, um ein großes Tablett auf dem Tisch abzustellen.

»Die Patrianer ernähren sich vorwiegend vegetarisch«, erklärte Sekretärin Wing. »Hier sehen Sie chemisch exakte Replikationen verschiedener Gerichte, die anhand der Informationen zusammengestellt wurden, die man uns übermittelt hat. Möglicherweise werden Sie auf Patria gewisse Abweichungen in Geschmack, Aussehen oder Struktur feststellen, die auf lokale Wachstumsbedingungen oder unvollständige Replikationsdaten zurückzuführen sind. Doch sie dürften dem Original recht nahe kommen. Bitte bedienen Sie sich, meine Herren!«

McCoy griff nach einer Schüssel, in der sich etwas befand, das wie eine Kreuzung zwischen Spargel und Stangensellerie aussah. Er nahm einen Stengel heraus und biß ein kleines Stück ab. »Knusprig«, sagte er. »Sehr faserig. Muß lange durchgekaut werden.«

»Wie schmeckt es?« fragte Kirk.

McCoy verzog das Gesicht. »Wie Sperrholz.«

Spock nahm etwas von einem Teller, das wie eine Frucht aussah. Es war grün und orange gefärbt und wie eine Grapefruit geformt. »Wird die Schale entfernt?« fragte er, während er es neugierig betrachtete und vorsichtig daran schnupperte.

»Diese Frucht wird *kaza* genannt«, erklärte Wing. »Die Patrianer essen sie mit Schale, aber ich habe festgestellt, daß sie besser schmeckt, wenn man sie vorher wie eine Orange schält.«

Spock löste die Schale ab, unter der eine rötliche Masse zum Vorschein kam, riß ein Stückchen davon ab und steckte es sich in den Mund. »Ungewöhnlich«, sagte er.

»Wie schmeckt es, Spock?« wollte McCoy wissen.

»Ich finde keinen angemessenen Vergleich«, sagte Spock. »Diese … *kaza* ist recht sauer, sehr saftig und insgesamt erfrischend.«

»Und das trinken die Patrianer?« fragte Scotty, während er nach einer Karaffe griff, in der sich eine bernsteingelbe Flüssigkeit befand.

»Dieses Getränk heißt *geeza*, Mr. Scott«, sagte Wing.

»Eine Art Wein, der von den Patrianern sehr geschätzt wird.«

»Das ist mehr nach meinem Geschmack«, sagte Scotty und goß sich ein Glas ein, von dem er einen herzhaften Schluck nahm. Danach schienen seine Augen hervorzutreten, und er verzog das Gesicht zu einer angewiderten Grimasse. »Heilige Mutter Gottes!«

»So schlimm, Scotty?« fragte Kirk.

»Es schmeckt wie verfaulter Hering in Salzwasser!« erwiderte Mr. Scott. »Hier, Captain, probieren Sie!«

Kirk hob abwehrend die Hände, als der Ingenieur ihm das Glas aufdrängen wollte. »Nein danke, Scotty. Ich vertraue Ihrer unangefochtenen Sachkenntnis.«

Chekov kaute auf etwas herum, das wie ein gemischter Salat aussah.

»Wie schmeckt es, Mr. Chekov?« fragte Kirk.

Chekov kaute unerschrocken weiter und grinste schelmisch. »Es schmeckt ... sehr interessant, Captain«, sagte er.

»Und?« hakte Kirk nach.

»Und ... ziemlich zäh«, fügte Chekov hinzu.

»Aber wie *schmeckt* es, Mr. Chekov?« bohrte Kirk weiter.

Chekov atmete tief durch und schluckte den Bissen mit sichtlicher Mühe hinunter. Der Ausdruck seines Gesichts sprach Bände. »Ich ... glaube nicht, daß Sie es wirklich wissen wollen, Captain«, antwortete er.

»Sie haben noch gar nichts probiert, Captain!« sagte Sekretärin Wing.

»Ich habe im Augenblick überhaupt keinen Hunger«, erwiderte Kirk.

»Möglicherweise wird man von Ihnen erwarten, daß Sie während des Empfangs etwas essen, Captain«, sagte sie. »Die Patrianer könnten beleidigt reagieren, wenn Sie ablehnen.«

»Ja, natürlich«, erwiderte Kirk. Er warf Jordan einen Blick zu, der ihn unverfroren angrinste. Der Hund machte sich über ihn lustig. Kirk betrachtete skeptisch die Gerichte auf dem Tablett. Er hatte schon häufiger außerirdische Nahrung zu sich genommen, als er zählen konnte, und er hatte eine recht hohe Toleranz gegen unangenehme Geschmacksrichtungen entwickelt, aber er hatte niemals gelernt, diese Erfahrung zu genießen. Er griff nach etwas, das wie ein Laib Brot aussah. Er riß ein Stück ab und steckte es sich in den Mund. Seine Offiziere beobachteten interessiert, wie er langsam darauf herumkaute.

»Nun?« fragte McCoy.

»Es schmeckt gar nicht so schlecht«, sagte Kirk überrascht. »Was sind das für kleine, knusprige Dinger, die man hineingebacken hat?«

»Eine Art patrianischer Rüsselkäfer«, sagte Sekretärin Wing.

Kirk hörte auf zu kauen. »Ein ... *Rüsselkäfer?*« wiederholte er und starrte sie bestürzt an.

»Eine insektenartige Spezies mit Chitinpanzer«, erklärte sie. »Bei den Patrianern gilt sie als Delikatesse.«

Mit vollem Mund blickte Kirk hilfesuchend seine Offiziere an, die ihn erwartungsvoll beobachteten. Er zwang sich dazu, alles hinunterzuschlucken. Jordan gab sich Mühe, einen Lachanfall zu unterdrücken, womit er jedoch nicht sehr erfolgreich war. Statt dessen hüstelte er leise und legte eine Hand auf den Mund, während Kirk ihm einen bitterbösen Blick zuwarf.

»Nur zu Ihrer Information, meine Herren«, sagte Jordan, »auch ich habe alle diese Gerichte persönlich probiert, und mir ist bewußt, daß sie für unsere Begriffe nicht gerade schmackhaft sind. Aber die Patrianer werden uns auf dem Empfang mit ziemlicher Sicherheit etwas servieren, und wir dürfen nicht vergessen, daß sie uns damit ihre Gastfreundschaft beweisen wollen. Deshalb müssen wir uns als dankbare Gäste erweisen.«

»Rüsselkäfer!« sagte McCoy mit einem Unterton, der sehr deutlich machte, wie gering plötzlich seine Begeisterung geworden war, an diesem Empfang teilzunehmen.

»Sie sind wirklich sehr nahrhaft, Doktor«, sagte Wing.

»Genauso wie Rosenkohl«, erwiderte McCoy mürrisch. »Könnte ich nicht einfach behaupten, daß ich aus religiösen Gründen fasten muß?«

»Keine Chance«, sagte Kirk.

»Das habe ich befürchtet«, sagte McCoy. »Ich werde Schwester Chapel sagen, sie soll sich bereithalten, mir im Ernstfall den Magen auszupumpen.«

2

Die Offiziersmesse an Bord des Raumkreuzers *Komarah* war im Vergleich zur *Enterprise* recht spartanisch eingerichtet, aber Kirk rief sich ins Gedächtnis, daß die Patrianer erst seit kurzer Zeit Raumschiffe bauten. Dies war ein Schiff der ersten Generation. Trotzdem hatten die Patrianer sich alle erdenkliche Mühe gegeben.

Als das Gefolge des Botschafters auf das patrianische Schiff gebeamt wurde, hatte Kirk gesehen, daß die komplette Besatzung der *Komarah* in Reih und Glied vor den Shuttles des Hangardecks angetreten war. Alle hatten sich herausgeputzt und Galauniformen angelegt. Zumindest machte ihre Bekleidung in edlem Schwarz mit goldenen Verzierungen und Abzeichen diesen Eindruck. Und als sie materialisierten, hatte ein Offizier einen Befehl gebellt, worauf die gesamte Besatzung Haltung annahm und in perfektem Gleichtakt dreimal mit den Füßen aufstampfte – links, rechts, links. Dann stießen sie gemeinsam einen Schrei aus, der auch den erbittertsten Gegner zumindest ein wenig einschüchtern mußte.

Dann wurden sie aufgefordert, die Truppen zu inspizieren. Commander Anjor führte sie an der Formation entlang und war sichtlich stolz auf seine Männer. Zumindest nahm Kirk an, daß es sich ausnahmslos um männliche Wesen handelte. Er erkannte individuelle Unterschiede in den Gesichtern, aber falls Vertreter des weiblichen Geschlechts darunter waren, konnte er sie nicht von den Männern unterscheiden.

Vom Shuttledeck wurden sie in die Offiziersmesse geführt, wo man einen langen Tisch gedeckt hatte. Dort wurden sie von einer Delegation patrianischer Würdenträger unter der Leitung des Ältesten Rohr Harkun begrüßt. Außerdem waren einige Vertreter des wissenschaftlichen Teams anwesend, das an den ersten Kontakten und am Informationsaustausch beteiligt gewesen war, die schließlich zu dieser Begegnung geführt hatten.

Es folgte eine kurze förmliche Vorstellungszeremonie, in der die Patrianer sich bemühten, Föderations-Standard zu sprechen, während Sekretärin Wing die Erwiderungen Jordans in die patrianische Sprache übersetzte. Offensichtlich machte sie mit ihren Fähigkeiten großen Eindruck. Die Kiste mit den automatischen Translatoren wurde überreicht, und Mr. Scott demonstrierte die Bedienung der Geräte. Die Patrianer waren sichtlich entzückt über dieses Geschenk und setzten die Translatoren sofort bei den weiteren Gesprächen ein, wodurch der Empfang für alle Anwesenden erleichtert wurde. Schließlich stellte Kirk mit einiger Besorgnis fest, daß es Zeit für die gemeinsame Mahlzeit wurde.

Alle setzten sich an den Tisch, und Commander Anjor ließ die Getränke servieren. »Wir haben erfahren, daß es in Ihrer Kultur Sitte ist, eine solche Gelegenheit mit einem ›Trinkspruch‹ zu würdigen und miteinander ›anzustoßen‹.« Er stand auf und hob seinen Kelch. »Zu Ehren unserer Gäste möchte ich also ...« Er stockte und schien nach der richtigen Formulierung zu suchen. »... einen Trinkspruch halten?«

»Wir sagen, daß man einen Trinkspruch *ausbringt*, Commander«, sagte Kirk.

»Ich danke Ihnen, Captain«, erwiderte Anjor. »Dann möchte ich also einen Trinkspruch ausbringen. Auf unsere neuen Freunde von der Vereinten Föderation der Planeten und die Hoffnung, daß mit dieser historischen ersten Begegnung ein neues Zeitalter des Friedens und der Zusammenarbeit zwischen unseren Zivilisationen beginnt! Darauf trinke ich!«

Scotty starrte mit verzweifelter Miene in seinen Kelch und blickte dann zu Kirk auf, der ihn mit einem Ausdruck des Bedauerns ansah. Er zuckte kaum merklich die Schultern und nickte Scotty aufmunternd zu. Der Ingenieur machte den Eindruck, als würde er jeden Augenblick in Tränen ausbrechen. Er schaute kurz zur Decke hinauf und schickte offenbar ein stummes Stoßgebet nach oben, bis er die Augen schloß und das Getränk in einem Zug hinunterkippte. Kirk atmete einmal tief durch und machte sich bereit, die Angelegenheit genauso tapfer hinter sich zu bringen. Plötzlich riß Scotty völlig überrascht die Augen auf, während sich der Ausdruck fassungslosen Glücks auf seinem Gesicht ausbreitete.

»Das ist doch nicht möglich!« rief er verblüfft.

»Mr. Scott«, sagte Kirk voller Besorgnis.

»Captain, das ist schottischer Whisky! Single Malt! Aber ich kann nicht herausschmecken, aus welcher Gegend er stammt.«

Kirk schnupperte in seinem Kelch, während McCoy und Chekov bereits tranken. Es war tatsächlich Scotch. Kirk nippte daran. Und es war sogar ein recht guter.

»Das nenne ich einen Begrüßungstrunk!« sagte McCoy anerkennend.

»So ist es«, erwiderte Kirk. »Ich bin verblüfft. Wie haben Sie das gemacht?«

Commander Anjor war sichtlich zufrieden mit sich selbst. »Es war meine eigene Idee, Captain«, erklärte er. »Sehen Sie, im Gegensatz zur Föderation haben wir keine Entsprechung der Starfleet-Akademie. Die Erfahrung ist unsere Ausbildung. Wir treten im niedrigsten Rang in den Dienst ein und arbeiten uns dann nach oben. Ich habe meine Karriere als Schiffskoch begonnen, und demzufolge war ich besonders an den Daten über

Ihre Nahrungsmittel interessiert. Wir verfügen zwar nicht über Ihre Technologie der Lebensmittelsynthese, von der ich gerne mehr erfahren würde, aber ich habe anhand der übermittelten Informationen feststellen können, daß ein bei Ihnen beliebtes Getränk, das Sie als ›Whisky‹ bezeichnen, aus einer Pflanze hergestellt wird, die in der chemischen Zusammensetzung eine bemerkenswerte Ähnlichkeit zu einer Wildgrasart unserer Welt aufweist. Ich konnte der Versuchung nicht widerstehen, damit zu experimentieren.«

»Experimentieren?« sagte Mr. Scott. »Sie wollen das hier als Experiment bezeichnen? Das Zeug ist weicher als ein Babyhintern!«

Anjor runzelte die Stirn. »Ich ... fürchte, ich verstehe nicht, was Sie meinen.«

»Sie dürfen es als sehr großes Kompliment auffassen, Commander«, erklärte Kirk lächelnd. »Zumal es von einem ausgewiesenen Experten auf diesem Gebiet kommt.«

»Tatsächlich?« sagte Anjor, der sich offensichtlich geschmeichelt fühlte.

»Aber ja!« bestätigte Scotty mit Nachdruck. »Wäre es zuviel verlangt, um einen weiteren Schluck zu bitten? Nur um mein Urteil zu bekräftigen, Sie verstehen.«

»Holen Sie Mr. Scott einen Behälter mit Destillat Nummer neunundzwanzig, bitte«, sagte Anjor zu einem Mann der Besatzung, der die Aufgabe eines Kellners übernommen hatte.

»Destillat Nummer neunundzwanzig?« fragte Kirk nach. »Heißt das, es gibt noch mindestens achtundzwanzig weitere Destillate?«

»Mit meinen ersten Versuchsresultaten war ich noch nicht zufrieden, Captain«, erklärte Anjor. »Da ich den Geschmack nicht beurteilen konnte, mußte ich mich ausschließlich an der chemischen Analyse orientieren. Ich hatte bereits einen totalen Fehlschlag befürchtet, weil mir einfach nicht die nötige Zeit zur Verfügung stand, um den einzigartigen Alterungsprozeß zu simulieren. Obwohl dieses spezielle Destillat eine nahezu identische chemische Zusammensetzung aufweist, wollte keins meiner Besatzungsmitglieder mehr als einmal davon probieren. Einigen wurde sogar schlecht. Sie versuchten mich zu überzeugen, daß ich bestimmt einen Fehler gemacht hatte. Sie konnten einfach nicht glauben, daß Sie an einem so widerlichen Gebräu Gefallen finden würden.«

»Commander Anjor!« ermahnte der Älteste Harkun seinen Artgenossen wegen dieser Bemerkung.

»Bitte verzeihen Sie, Captain«, sagte Anjor hastig. »Ich wollte Sie wirklich nicht beleidigen.«

»Kein Problem«, sagte Kirk. »Vielleicht kann ich Sie damit beruhigen, daß Mr. Scott sich ganz ähnlich über Ihren Wein geäußert hat.«

»Wirklich?« fragte Anjor. Er blickte Scott an und gab dann eine Folge von schnaufenden Grunzlauten von sich, die ziemlich irritierend auf die Menschen gewirkt hätten, wenn sie nicht gewußt hätten, daß es sich um Gelächter handelte. Kirk und die anderen schlossen sich seinem Heiterkeitsausbruch an und lachten auf ihre Weise, was wiederum zu merkwürdigen Reaktionen bei den Besatzungsmitgliedern der *Komarah* führte.

»Darf ich Ihre Worte so verstehen«, sagte Mr. Scott schließlich, »daß dieses Zeug überhaupt nicht gealtert oder gereift ist? Das es sozusagen frisch destilliert wurde?«

»Es ist nicht älter als eine Woche, Mr. Scott«, antwortete Anjor. »Ich muß zugeben, daß ich ernsthafte Bedenken hatte, es Ihnen zu servieren. Ich war mir zwar sicher, daß es Ihnen keinen Schaden zufügt, Sie verstehen, aber ich dachte, daß immer noch ein gewisses Risiko bestand, was den Geschmack betrifft.«

»Nun, ich bin jedenfalls froh, daß Sie es gewagt haben«, sagte Scott und füllte sein Glas erneut aus dem

Behälter, den man vor ihm abgestellt hatte. »Und ich würde sehr gerne das Rezept von Ihnen erhalten.«

»Es wäre mir ein Vergnügen, wenn ich Ihnen damit einen Gefallen tun könnte, Mr. Scott. Ich werden Ihnen außerdem eine ausreichende Menge an Zutaten besorgen«, erwiderte Anjor.

»Verbindlichsten Dank, Commander!« sagte Scott. »Es würde mich wirklich interessieren, ob meine Versuche es mit Ihrem überwältigenden Ergebnis aufnehmen können. Aber ein Whisky von dieser Qualität hat einen besseren Namen als ›Destillat Nummer neunundzwanzig‹ verdient.«

»Mit Ihrer Erlaubnis würde ich ihn gerne ›Scotts Whisky‹ taufen«, sagte Anjor.

Scotty strahlte. »Scotts Whisky! Ja, das klingt gut. Darauf trinke ich!«

»Ich bin erleichtert, daß sich Ihr Experiment als erfolgreich erwiesen hat, Commander«, sagte Harkun. »Aber Sie sind damit ein hohes Risiko eingegangen. Sie hätten sich vorher mit uns beraten sollen. Es hätte leicht zu einem unangenehmen Zwischenfall kommen können.«

»Verzeihen Sie mir, Ältester Harkun«, sagte Anjor, »aber meine Untersuchungen der Nahrungsmitteldaten deuteten darauf hin, daß unsere Gäste zwar in der Lage gewesen wären, unsere eigenen Nahrungsmittel ohne schädliche Nebenwirkungen zu verdauen, sie jedoch nicht als besonders schmackhaft empfunden hätten.«

»Bei allem Respekt, Ältester Harkun«, sagte Jordan, »ich denke, der Commander hat eine bewundernswerte Eigeninitiative an den Tag gelegt.«

»Das mag sein«, erwiderte Harkun, »aber trotzdem hat er seine Kompetenzen überschritten.«

Anjor schien sich nicht sehr wohl in seiner Haut zu fühlen, als genau in diesem Moment weitere Tabletts mit Gerichten hereingetragen wurden. »In diesem Fall,

Ältester Harkun, fürchte ich, daß ich bei Ihnen noch tiefer in Ungnade fallen werde.«

Als die Abdeckungen von den Gerichten genommen wurden, die vor den Männern von der *Enterprise* abgestellt worden waren, bemerkte Kirk sofort einen unverkennbaren, vertrauten Duft.

»Gütiger Himmel!« sagte McCoy, als er auf seinen Teller starrte. »Ist es wirklich das, was ich zu sehen glaube?«

»Donnerwetter!« sagte Kirk. »Es ist ein Steak!«

»Commander ...«, sagte Harkun nervös.

Anjor wirkte auf einmal noch besorgter als zuvor.

»Das nenne ich eine Mahlzeit!« sagte Scott, atmete tief das Aroma ein und stürzte sich mit Begeisterung darauf.

Kirk nahm vorsichtig eine Kostprobe. Es war kein Rindfleisch, so viel stand fest, aber es hatte einen ähnlichen Geschmack und war ausgezeichnet – medium, wie er es am liebsten hatte. »Es ist wirklich sehr gut«, sagte er aufrichtig. »Mein Kompliment!«

Anjor seufzte erleichtert. Harkun schüttelte den Kopf. Offenbar hatte es ihm die Sprache verschlagen.

Spock aß nur wenig und hielt sich hauptsächlich an das patrianische Obst und Gemüse, aber er beobachtete interessiert, wie sich die anderen ihren Steaks widmeten. »Ich bin verblüfft, Commander«, sagte er. »Wir wurden informiert, daß Ihr Volk sich vorwiegend vegetarisch ernährt. Offensichtlich züchten Sie kein Schlachtvieh. Von welchem Wesen stammt dieses Fleisch?«

»Es handelt sich um ein Tier, das wir als *zama* bezeichnen«, antwortete Anjor.

»Wie bitte?« entfuhr es Harkun, wobei ihm beinahe der Kelch aus der Hand gefallen wäre. Er wirkte entsetzt.

Kirk blickte von Harkun zu Anjor. »Was ist ein *zama?*« fragte er.

Sekretärin Wing räusperte sich verhalten. »Nach der

Vergleichsanalyse, die wir mit den zoologischen Daten von Patria durchführten, handelt es sich um eine Art Riesennagetier.«

»Sie meinen ... eine *Ratte?*« sagte Chekov, dessen Gabel auf halbem Weg zwischen Teller und Mund hing.

»Es besteht eine gewisse Ähnlichkeit, ja«, bestätigte sie, während sie unerschüttert ihr Steak weiteraß. »Allerdings eine recht große Variante, würde ich sagen.«

Die Nickhäute des Ältesten Harkun schoben sich über seine Augen. Trotz der physiologischen Unterschiede hatte Kirk keine Schwierigkeiten, seinen Gesichtsausdruck zu deuten.

»Es ist eine Art von ... Ungeziefer«, sagte Commander Anjor mit einem gewissen Unbehagen. »Bezüglich der biologischen Daten«, fügte er schnell hinzu, »hat diese Art jedoch eine große Ähnlichkeit mit Ihren Schlachtrindern.«

»Faszinierend«, sagte Spock. »Und was ist mit diesem Gericht, das wie Kartoffeln aussieht? Wie nennen Sie diese Pflanze?«

»Es ist ... keine Pflanze«, antwortete Anjor. »Es sind gebackene Maden.«

Chekov hörte urplötzlich auf zu kauen. Harkun wirkte, als wollte er am liebsten unter den Tisch kriechen.

»Ob Ratte oder nicht Ratte«, sagte McCoy, »dieses Steak schmeckt jedenfalls köstlich. Und wenn mir jemand gesagt hätte, ich würde irgendwann einmal mit Genuß Maden verspeisen, hätte ich ihn für völlig übergeschnappt erklärt. Aber diese Dinger schmecken wirklich genauso wie gebackene Süßkartoffeln.«

»Ich muß Ihnen meine Anerkennung für Ihre kulinarischen Fähigkeiten aussprechen, Commander«, sagte Kirk. »Sie müssen ein ausgezeichneter Schiffskoch gewesen sein.«

Anjors Brust schien vor Stolz anzuschwellen. »Es freut mich, daß meine Bemühungen von Ihnen geschätzt werden. Es ist schon eine Weile her, seit ich das letzte Mal in einer Schiffskombüse gearbeitet habe. Ich hatte bereits befürchtet, ich könnte es gar nicht mehr.«

»Vielleicht haben Sie schon bald ausreichend Gelegenheit, Ihre Kenntnisse aufzufrischen«, sagte Harkun.

»Bitte, Ältester Harkun«, sagte Jordan, »ziehen Sie Commander Anjor nicht unsretwegen zur Rechenschaft. Es mag sein, daß er sich nicht ganz vorschriftsgemäß verhalten hat, aber er hat es zweifellos gut gemeint, und seine Bemühungen waren auf jeden Fall erfolgreich. Er hat uns auf vorzügliche Weise bewirtet. Ich würde sagen, daß er damit einen großen diplomatischen Erfolg erzielt hat.«

»Ich danke Ihnen, Botschafter«, sagte Anjor mit einem unsicheren Seitenblick auf Harkun.

»Nun gut«, sagte Harkun widerstrebend. »Da diese Mahlzeit offenbar Ihren Zuspruch gefunden hat – dank Commander Anjors zugegebenermaßen unorthodoxen Anstrengungen –, können wir uns jetzt vielleicht ernsteren Angelegenheiten zuwenden. Zweifellos war der Rat der Föderation ein wenig überrascht, als wir so plötzlich auf diese Begegnung drängten, vor allem, nachdem wir zu Anfang einen sehr vorsichtigen Kontakt zu Ihnen gepflegt haben.«

»Bei einem Erstkontakt mit einer fremden Zivilisation ist Vorsicht in jedem Fall eine verständliche Maßnahme, Ältester Harkun«, sagte Jordan. »Zumal die Föderation eine ganze Reihe fremder Spezies repräsentiert.«

»Richtig«, sagte Harkun. »Und Sie haben eine sehr offene Kommunikation mit uns geführt, wofür wir Ihnen sehr verbunden sind. Dabei wurden umfangreiche Informationen ausgetauscht, von denen beide Seiten profitieren werden, wie ich meine. Oder vielleicht sollte ich sagen, *alle* beteiligten Zivilisationen.« Er verneigte den Kopf in Spocks Richtung, der die Geste erwiderte.

»Es sprechen viele Vorteile für eine Mitgliedschaft in der Föderation, Ältester Harkun«, sagte Jordan. »Ich hoffe, daß wir Sie von einigen nützlichen Konsequenzen überzeugen können.«

»Ich hatte gehofft, daß Sie das sagen würden, Botschafter Jordan«, erwiderte Harkun, »denn wir befinden uns in der etwas delikaten Position, Sie um einen großen Gefallen bitten zu müssen, mit dem Sie uns Ihre guten Absichten beweisen können. Mit Ihrer Erlaubnis würde ich gerne direkt zur Sache kommen.«

»Bitte!« forderte Jordan ihn auf, während die anderen interessiert zuhörten, nachdem das Geschirr abgeräumt worden war.

»Ihnen ist sicher bekannt, daß unsere Gesellschaft unter einigen innenpolitischen Problemen leidet«, sagte Harkun. »Wir verstehen und schätzen Ihre ausgesprochene Absicht, sich nicht in unsere internen Angelegenheiten einzumischen. Doch in jüngster Zeit hat es einige Entwicklungen gegeben, die, offen gesagt, eine solche Einmischung nicht nur wünschenswert, sondern sogar lebensnotwendig erscheinen lassen.«

»Das wäre in der Tat eine delikate Angelegenheit, Ältester Harkun«, sagte Jordan. »Unsere Erste Direktive verbietet uns jede Art von kultureller Einflußnahme. Dürfte ich Sie bitten, etwas spezifischer zu werden?«

»Gewiß«, sagte Harkun mit einem Nicken. »Es gibt einige Mitglieder unserer Gesellschaft, die, obgleich sie in der Minderheit sind, keine Hemmungen besitzen, Gewalt einzusetzen, um ihre erklärten Ziele zu erreichen. Und in letzter Zeit hat ihre aggressive Rebellion gegen unser Volk und unsere Regierung ein Ausmaß erreicht, dem wir nichts mehr entgegenzusetzen haben.«

»Falls Sie uns darum bitten möchten, Ihnen bei der Abwehr terroristischer Aktivitäten zu helfen«, sagte Jordan, »muß ich Ihnen mitteilen, daß dies unter das Verbot kultureller Einflußnahme im Sinne unserer Ersten Direktive fallen würde. Sie müssen verstehen, Ältester Harkun, daß der Zweck der Ersten Direktive darin besteht, die kulturelle Autonomie einer Zivilisation zu schützen und zu bewahren. Die Föderation darf sich nicht in die innenpolitischen Probleme anderer Kulturen einmischen. Die Folge wäre nicht nur eine Zerstörung der Glaubwürdigkeit der Statuten der Föderation, sondern es würde außerdem ein gefährlicher Präzedenzfall geschaffen.«

»Ja, das ist mir bewußt«, erwiderte Harkun. »Doch wenn ich Ihre Föderationsstatuten richtig verstanden habe, handelt es sich bei unserem Fall um eine Ausnahme, durch die die Erste Direktive nicht verletzt würde.«

»Bitte erklären Sie sich«, sagte Jordan, der leicht besorgt wirkte.

»Uns ist vor kurzem die Existenz einer weiteren ›Föderation‹ bekannt geworden, eines Imperiums aus vielen Welten, die von einem Volk regiert werden, das allgemein als Klingonen bezeichnet wird.«

Kirk und seine Offiziere erstarrten gleichzeitig. »Sie hatten Kontakt mit dem Klingonischen Imperium?« fragte er nervös.

»Bitte, Captain«, warnte Jordan ihn mit einem ernsten Seitenblick. »Lassen Sie den Ältesten Harkun weitersprechen.«

Mit anderen Worten, er sollte die Klappe halten und sich nicht einmischen, dachte Kirk. Wo Bob recht hatte, hatte er recht. Im Augenblick war seine Meinung nicht gefragt. Aber die Erwähnung der Klingonen hatte die Stimmung in der Runde sichtlich verändert.

»Ich würde eher sagen, wir haben den Eindruck, daß die Klingonen mit uns Kontakt aufgenommen haben«, erwiderte Harkun. »Oder um es noch deutlicher auszudrücken: daß sie mit der gewalttätigen Untergrundbewegung Kontakt aufgenommen haben, von der ich gesprochen habe. Seit jüngster Zeit benutzen die Rebellen Energiewaffen von hohem technischen Entwicklungsstand, Waffen, zu deren Herstellung wir gar nicht in der Lage sind. Unsere Staatsgewalt ist nicht imstande, solchen Waffen etwas entgegenzusetzen. Diese

Technik ist auf Patria unbekannt, weswegen wir davon überzeugt sind, daß die Waffen einer fremden Zivilisation entstammen. In diesem Zusammenhang muß ich bedauerlicherweise eingestehen, daß es gewisse kritische Stimmen in unserer Regierung gibt, die sich gegen eine Mitgliedschaft der Republiken von Patria in der Föderation aussprechen. Es wurde behauptet, die Föderation hätte die Rebellen heimlich mit diesen Waffen ausgerüstet.«

»So ein Quatsch!« schnaufte McCoy.

»Du sagst es, Pille«, erwiderte Kirk leise, während er Jordans warnenden Blick bemerkte.

McCoy verzog das Gesicht, verzichtete aber auf weitere Kommentare.

»Ich bin ganz Ihrer Meinung, Dr. McCoy«, sagte Harkun. »Die Mehrheit unseres Volkes glaubt nicht daran, daß die Föderation so etwas tun würde. Selbst wenn die meisten von uns nicht längst von Ihren guten Absichten überzeugt wären, würden wir einsehen, daß es einfach nicht in Ihrem Interesse liegen kann, die Rebellen mit Energiewaffen zu beliefern. Das wäre unlogisch.«

Mr. Spock nickte zustimmend.

»Wir glauben, daß diese Waffen nur von den Klingonen kommen können«, sagte Harkun. »Nach unseren Informationen sind die Föderation und das Klingonische Imperium nicht unbedingt freundschaftlich verbunden. Ist das richtig?«

»Wir haben viele Jahre lang gegeneinander Krieg geführt«, antwortete Jordan. »Die Föderation tritt für freiwillige Zusammenarbeit zu beiderseitigem Nutzen für die Mitgliedsplaneten ein. Das Klingonische Imperium strebt nach Eroberung und Unterwerfung. Zur Zeit herrscht ein Waffenstillstandsabkommen, während die Verhandlungen zu einem dauerhaften Friedensvertrag noch ganz am Anfang stehen. Doch es gibt Anlaß zu der Vermutung, daß die Klingonen gar nicht ernsthaft an einem langfristigen Frieden interessiert sind.

Eine nur vorübergehende Waffenruhe würde ihnen bei der Lösung gewisser Probleme erheblich mehr helfen.«

»Ich glaube, allmählich verstehe ich die Zusammenhänge«, sagte Harkun gedehnt. »Ihre Vereinbarung eines vorläufigen Verzichts auf feindselige Aktivitäten gibt den Klingonen Zeit, ihre Aufmerksamkeit auf andere Dinge zu konzentrieren, während die Verhandlungen im Gange sind. Und wir stehen genau zwischen den Fronten. Wenn unsere Gespräche nicht zu einer Mitgliedschaft in der Föderation führen, werden die Klingonen versuchen, uns in ihr Imperium einzugliedern. Falls die Föderation intervenieren sollte, hätte sie damit das Waffenstillstandsabkommen verletzt. Und wenn die Föderation sich nicht einmischt, gibt es nichts und niemanden, der die Klingonen daran hindert, uns mit ihren überlegenen Energiewaffen anzugreifen.«

»Ich würde sagen, das ist eine scharfsinnige und völlig akkurate Analyse der gegenwärtigen Situation, Ältester Harkun«, sagte Jordan. »Auf jeden Fall würde es im Interesse der Klingonen liegen, unsere Beitrittsverhandlungen zu stören und Ihre innenpolitische Instabilität zu verstärken.«

»Ja, das sehe ich genauso«, sagte Harkun. »Die Frage ist nur, welche Vorgehensweise die Erste Direktive für einen solchen Fall vorschreibt.«

»Wenn die Klingonen tatsächlich eine terroristische Gruppierung auf Patria mit Energiewaffen versorgen«, antwortete Jordan, »dann liegt bereits eine Einmischung in Ihre inneren Angelegenheiten vor. Unter diesen Umständen erlaubt die Erste Direktive der Föderation eine gewisse Einmischung, die jedoch nur den Status quo wiederherstellen darf.«

»Das heißt, Sie könnten uns also helfen?« fragte Harkun mit neuer Hoffnung.

»Als diplomatischer Abgesandter bin ich nicht befugt, ohne weitere Anweisungen Entscheidungen im Namen der Föderation zu treffen«, erwiderte Jordan. »Doch ich denke, daß diese Einschränkungen für Captain Kirk nicht im selben Ausmaß gelten.« Er wandte den Kopf und sah Kirk ins Gesicht.

Kirk warf dem Botschafter einen kurzen Blick zu, doch sein Gesichtsausdruck war völlig nichtssagend. Da Jordan ihm keinen Hinweis gab, was er von ihm erwartete, beschloß er, sich einfach ans Protokoll zu halten.

»Was der Botschafter damit andeuten will, Ältester Harkun«, sagte Kirk, »ist die Möglichkeit, daß ein Starfleet-Offizier Maßnahmen ergreifen kann, um eine solche Einmischung zu verhindern. Nach den Vorschriften muß dazu eine offizielle Bitte um Hilfestellung vorliegen – und natürlich ein unwiderlegbarer Beweis, daß eine solche Einmischung tatsächlich stattgefunden hat.«

»Ich verstehe«, sagte Harkun. »Commander Anjor?«

Der Angesprochene winkte einem Besatzungsmitglied. Der Mann öffnete die Tür, sprach mit jemandem, der draußen auf dem Korridor stand, und kurz darauf traten zwei andere Besatzungsmitglieder ein, die Kisten in den Armen trugen. Sie stellten sie auf dem Tisch ab und öffneten sie. Darin befand sich eine Sammlung verschiedener Waffen, die die Offiziere von der *Enterprise* sofort wiedererkannten.

»Diese Waffen wurden auf Patria Eins in einem Lagerhaus der Rebellen während einer Razzia unserer Polizei beschlagnahmt«, erklärte Harkun.

»Klingonische Disruptoren«, sagte Kirk und starrte auf die Waffen. Er hob eine auf, um sie genauer anzusehen. »Immer noch mit voller Ladung«, stellte er fest und reichte den Disruptor an Spock weiter, damit sein Erster Offizier im Bericht eine offizielle Bestätigung abgeben konnte. Er blickte noch einmal zu Jordan hinüber, erkannte aber immer noch keinen Hinweis im Gesicht des Mannes, der ihm verraten hätte, wie er vorgehen sollte. Jordan schien gewillt, diese Angelegenheit ganz allein ihm zu überlassen.

»So viel zum Thema klingonischer Aufrichtigkeit«, sagte Kirk zu den anderen. »Sie würden es niemals wagen, offen aufzutreten, solange die Föderation und die Republiken von Patria miteinander verhandeln. Also versorgen sie die patrianischen Terroristen mit Waffen, um die Regierung zu destabilisieren und die Verhandlungen platzen zu lassen.«

»Damit gewinnt diese Angelegenheit einen völlig neuen Aspekt«, sagte Botschafter Jordan in einem bemüht sachlichen Tonfall. »Ich werde dem Rat der Föderation so schnell wie möglich Bericht darüber erstatten müssen. Gemäß den Starfleet-Vorschriften über die Verhinderung einer kulturellen Einflußnahme möchte ich Sie, Captain Kirk, darum bitten, ein Untersuchungsteam zusammenstellen, das mit der patrianischen Regierung zusammenarbeitet und alle Fakten ermittelt.«

»Mit Ihrer Erlaubnis, Botschafter«, erwiderte Kirk, »werde ich persönlich die Leitung der Ermittlungen übernehmen. Das Team wird aus den hier anwesenden Offizieren bestehen, mit Ausnahme von Dr. McCoy und Mr. Scott, der während meiner Abwesenheit das Kommando über die *Enterprise* übernimmt.«

»Jim, ich sollte ebenfalls mitkommen«, sagte McCoy. »Es wird das erste Mal sein, daß ein Mensch seinen Fuß auf Patria Eins setzt. Deshalb ist unbedingt eine medizinische Überwachung erforderlich. Du solltest einen Arzt in der Nähe haben, wenn du einen Schnupfen oder etwas anderes bekommst.«

»Ein überzeugendes Argument«, sagte Jordan mit einem Nicken. »Also gut. Ich werde den Rat der Föderation über unsere Entscheidung in dieser Angelegenheit informieren und auf weitere Anweisungen warten. In der Zwischenzeit werden wir die Patrianer nach besten Kräften in der Untersuchung des Falls unterstützen.«

»Wir sind Ihnen über alle Maßen dankbar, Botschafter Jordan«, sagte Harkun. »Captain Kirk, wie schnell können Sie und Ihre Offiziere sich mit unseren Regierungsvertretern auf Patria Eins treffen?«

»Jederzeit«, sagte Kirk. »Mit Ihrem Einverständnis würden wir gerne auf unser Schiff zurückkehren, um unsere Dienstuniformen anzulegen. Dann werde ich Vorbereitungen treffen lassen, daß unser Landetrupp an die von Ihnen genannten Koordinaten gebeamt werden kann. Außerdem wird sich mein Schiff und meine Besatzung bereithalten, weitere Unterstützung zu leisten. Auf irgendeinem Weg werden diese Waffen an die Rebellen geliefert, und wir werden alles tun, um diese Lieferungen zu stoppen. Die *Enterprise* kann Ihren Schiffen helfen, in diesem Sektor zu patrouillieren, während die Verhandlungen im Gange sind.«

»Ausgezeichnet«, sagte Harkun. »Ich denke, daß wir unsere Gespräche in einer Atmosphäre gegenseitigen Vertrauens fortsetzen können. Mit Ihrer Erlaubnis, Botschafter, werde ich mich jetzt verabschieden, um mich mit meinen Vorgesetzten auf Patria Eins zu besprechen und sie auf die Ankunft von Captain Kirk und seiner Gruppe vorzubereiten. Wenn es Ihnen recht ist, könnten wir unsere offiziellen Gespräche in vierundzwanzig Stunden Ihrer Zeitrechnung wieder aufnehmen.«

»Ich bin einverstanden, Ältester Harkun«, sagte Botschafter Jordan. »Auf diese Weise haben wir beide genügend Zeit, uns vorzubereiten und mit unseren Vorgesetzten zu kommunizieren.«

»Gut«, sagte Harkun. »Captain Kirk, Sie werden in Kürze eine Nachricht von Commander Anjor mit weiteren Anweisungen erhalten.«

»Wir halten uns bereit, Ältester Harkun«, sagte Kirk.

Der Empfang wurde beendet, und die Leute von der *Enterprise* sowie der Botschafter und Sekretärin Wing kehrten auf ihr Schiff zurück.

Nachdem sie von der Transporterplattform getreten waren, wandte Kirk sich an seine Offiziere. »Meine Herren«, sagte er, »Sie haben eine Stunde Zeit. Dann treffen wir uns hier wieder.« Er drehte sich zum Botschafter um. »Ich würde gerne unter vier Augen mit dir sprechen, Bob.«

»Natürlich«, sagte Jordan, der nicht ganz bei der Sache zu sein schien.

»Könnten Sie uns bitte für ein paar Minuten allein lassen, Chief?« fragte Kirk den Transportertechniker.

»Sicher, Captain.«

Als sie allein waren, wandte Kirk sich an Jordan. »Du warst da drüben nicht gerade hilfreich.«

»Ich dachte, du würdest es sehr gut allein schaffen«, erwiderte Jordan.

»Aber du hättest mir wenigstens einen Hinweis geben können, was du von mir erwartest«, sagte Kirk mit leichter Verzweiflung. »Einen Blick, ein Nicken, irgend etwas! Die Angelegenheit hat sich schließlich innerhalb weniger Minuten von einer diplomatischen Mission in einen aktiven Einsatz verwandelt!«

»Genau deswegen habe ich dem Stürmer den Ball zugespielt, damit er ihn ins Tor bringt«, sagte Jordan. »Ich kann deine Position recht gut einschätzen, Jim. Schließlich war ich ebenfalls an der Akademie. Ich denke, das letzte, was du dir als Starfleet-Captain wünschst, ist irgendein Bürokrat der Föderation, der dir vorbetet, was du tun und lassen sollst. Ich möchte es dir nicht unnötig schwermachen. Da wir es hier mit einer recht heiklen Situation zu tun haben, sollten wir uns einfach an die Vorschriften halten, einverstanden?«

»Für eine solche Situation gibt es meistens keine klaren Vorschriften«, sagte Kirk. »Was ist, wenn die Patrianer von uns verlangen, sie mit Phasern zu bewaffnen?«

»Nun, ich bin zur Zeit gar nicht befugt, eine solche Entscheidung zu treffen«, sagte Jordan. »Ich muß zunächst mit dem Rat der Föderation Rücksprache halten. Und das könnte einige Zeit dauern. Du als ranghoher Starfleet-Offizier jedoch hast in dieser Hinsicht viel mehr Handlungsspielraum. Ich werde dir die Entscheidung überlassen. Was die Untersuchung betrifft, möchte ich, daß du mich mit regelmäßigen, täglichen Berichten über die Fortschritte informierst. Und falls etwas Wichtiges geschehen sollte, möchte ich unverzüglich benachrichtigt werden. Falls ich durch meine Gespräche mit den Patrianern nicht verfügbar bin, kannst du die Berichte an Wing weiterleiten. Aber du solltest mich in jedem Fall auf dem laufenden halten.«

»Ich werde mein Bestes geben«, versprach Kirk.

»Von dir habe ich nichts anderes erwartet«, erwiderte Jordan lächelnd. Er wandte sich zur Tür, drehte sich nach ein paar Schritten aber noch einmal um. »Ach ja, da wäre noch eine Sache, Jim. Viel Glück!«

Er verließ den Transporterraum, und hinter ihm schloß sich die Tür. Kirk runzelte die Stirn. Möglicherweise versuchte Jordan wirklich, ihm den größtmöglichen Handlungsspielraum zu lassen, doch was er gerade getan hatte, war ein Paradebeispiel dafür, wie jemand auf elegante Weise den Kopf aus der Schlinge zog. Das paßte überhaupt nicht zu dem Bob Jordan, den er kannte. Vielleicht hatte Kirk die Situation mißverstanden, aber er hatte den starken Eindruck, daß Jordan ihm gerade sämtliche Verantwortung aufgehalst hatte. Das bedeutete, wenn etwas schiefging, konnte Jordan sich mühelos aus der Affäre ziehen, während er selbst zur Rechenschaft gezogen wurde.

Kirk schüttelte den Kopf. Nein, dachte er, vermutlich kam nur sein altes Mißtrauen gegenüber Bürokraten wieder hoch. Er hatte schon viele schlechte Erfahrungen damit gemacht, aber hier ging es schließlich um Bob Jordan, seinen alten Kumpel aus der Akademiezeit. Er war Starfleet-Offizier gewesen, und er hatte solche Spielchen nicht nötig.

Trotzdem wurde Kirk den nagenden Zweifel nicht los, als er den Transporterraum verließ und zu seinem Quartier ging. Plötzlich hatte er es mit einer Mission zu tun, in der eine einzige falsche Entscheidung katastrophale Konsequenzen haben konnte. Und Bob Jordan schien nicht gewillt, die Verantwortung für eine solche falsche Entscheidung zu übernehmen.

Eine Stunde später trafen sich alle wie verabredet im Transporterraum wieder. Mr. Spock, Dr. McCoy und Mr. Chekov hatten genauso wie Kirk ihre Dienstuniformen angelegt. Sie unterzogen ihre Ausrüstung, die aus automatischen Translatoren, Tricordern, Kommunikatoren und Phasern bestand, einer letzten Überprüfung. Als McCoy seine Waffe kontrollierte, blickte er stirnrunzelnd zu Kirk auf.

»Sollten wir wirklich Phaser mitnehmen, Jim?« fragte er. »Schließlich handelt es sich doch angeblich um eine diplomatische Mission.«

»Im Prinzip hast du recht«, sagte Kirk. »Aber auch wenn dies kein Kampfeinsatz ist, sollen wir immerhin eine polizeiliche Ermittlung unterstützen, und man hat uns nicht aufgefordert, unbewaffnet zu erscheinen. Wenn die Klingonen mit dieser Sache zu tun haben, dann brauchen wir mehr als nur Diplomatie. Wir haben keine Ahnung, was uns bevorsteht. Und wenn die Patrianer Einwände haben, können wir immer noch die Waffen ablegen.«

»Ich würde meinen Phaser nur ungern aus der Hand geben, solange die Chance besteht, daß sich Klingonen in der Nähe aufhalten«, sagte Chekov.

»Eine vernünftige Einstellung, Mr. Chekov«, sagte Spock. »Unsere Sensoren haben weder klingonische Energiequellen in der Umgebung noch klingonische Lebensformen auf dem Planeten registriert. Trotzdem wäre es klug, alle Vorsichtsmaßnahmen zu treffen, da wir immerhin terroristische Aktivitäten untersuchen werden.«

»Völlig richtig«, sagte Kirk. »Mr. Scott, Sie haben das Kommando. Passen Sie gut auf die *Enterprise* auf, solange ich fort bin.«

»Darauf können Sie sich verlassen, Captain«, erwiderte Scott mit Nachdruck.

Sie nahmen ihre Positionen auf der Transporterplattform ein.

»Energie!« sagte Kirk.

Sie materialisierten in einem Raum, bei dem es sich um einen großen Konferenzsaal zu handeln schien. Die Wände waren dunkel, und es gab keine Fenster. Das Licht stammte von Leuchtkörpern, die in die Decke eingelassen waren und eine gedämpfte Helligkeit verbreiteten. Der Boden war mit einer Art Steinfliesen gepflastert, und mitten im Raum stand ein großer, U-förmiger Tisch. Außer einigen großen Metallskulpturen gab es keine weitere Dekorationen in diesem Raum. Mehrere Patrianer warteten bereits am Tisch auf sie. Als die Männer von der *Enterprise* materialisierten, erhoben sie sich von ihren Plätzen.

»Willkommen!« wurden sie von einem Patrianer begrüßt, der um den Tisch herumging und zu ihnen trat. »Mein Name ist Mohr Jarum. Ich bin der Premierminister des regierenden Rats von Patria. Wer von Ihnen ist Captain Kirk?«

»Ich bin es, Premierminister«, sagte Kirk und trat vor. Er hob die Hände zum patrianischen Gruß und verbeugte sich leicht. Der Premierminister erwiderte die Geste und streckte ihm dann die Hand entgegen.

»Wenn Sie erlauben, würde ich Sie gerne auf Ihre Weise begrüßen.«

Kirk nahm seine Hand an, wobei er bemerkte, daß sein Gegenüber die Krallen eingezogen hatte, und schüttelte sie energisch.

»Erlauben Sie, daß ich Ihnen meine Offiziere vorstelle, Premierminister«, sagte Kirk. »Commander Spock, mein wissenschaftlicher Offizier und Stellvertreter, Fähnrich Pavel Chekov, der Navigator des Schiffes und stellvertretende wissenschaftliche Offizier, und Dr. Leonard McCoy, unser Erster Bordarzt.«

»Es ist mir ein Vergnügen, Sie auf Patria Eins begrüßen zu dürfen, meine Herren«, sagte der Premierminister und stellte nun seine zwei Begleiter vor. »Unser Polizeipräsident Tohr Karsi und Lieutenant Joh Iano, einer unserer fähigsten Ermittler. Sie werden diese Untersuchung gemeinsam mit Lieutenant Iano durchführen.«

»Lieutenant«, sagte Kirk. Er wußte, daß es natürlich nicht exakt dieser Dienstgrad war, sondern nur eine Entsprechung, die von den automatischen Translatoren als angemessen beurteilt worden war.

»Nennen Sie mich einfach Iano«, sagte der kräftig gebaute Patrianer in Föderations-Standard. »Ich habe mich ein wenig mit Ihrer Sprache vertraut gemacht, Captain.«

»Sie sprechen sie sehr gut«, sagte Kirk. Ihm fiel auf, daß der Mann aus anderem Holz als die beiden Würdenträger geschnitzt schien. Er wirkte durchtrainiert und hatte eine direkte Art, die verriet, daß er ein Mann der Tat war. Er war etwa genauso groß wie Kirk, aber schwerer gebaut, und dieses Gewicht schien ausschließlich aus Muskeln zu bestehen.

»Ich lerne schnell«, erwiderte Iano.

»Ich schätze, das ist in Ihrem Job von großem Vorteil«, sagte Kirk.

»In Ihrem zweifellos auch«, sagte Iano. Er blickte sich zu Spock um. »Sie unterscheiden sich von den anderen.«

»Das liegt daran, daß ich kein Mensch bin«, erklärte Spock. »Ich bin Vulkanier.«

»Entschuldigen Sie, aber ich weiß nichts über Ihr Volk«, sagte Iano, während er Spock neugierig musterte.

»Es besteht kein Grund, sich zu entschuldigen«, erwiderte Spock. »Auch ich weiß nur wenig über Ihr Volk.«

»Eine sehr logische Erwiderung«, sagte Iano.

»Sie werden feststellen, daß die Logik das höchste

Gut für einen Vulkanier ist«, sagte McCoy. »Im Gegensatz zu uns Menschen zeigen sie keinerlei Emotionen.«

»Sehr lobenswert«, sagte Iano.

»Irgendwie habe ich den Eindruck, daß Sie beide gut miteinander auskommen werden«, sagte McCoy ironisch.

»Bitte, meine Herren, nehmen Sie Platz!« sagte der Premierminister. Sie setzten sich rings um den Tisch. »Ich weiß nicht genau, wieviel der Älteste Harkun Ihnen erzählt hat, aber wir haben eine Präsentation vorbereitet, die Sie ausführlich auf die Situation vorbereiten soll. Karsi?«

Der Polizeipräsident stand auf und zog eine Art Fernbedienung aus der Tasche. Damit dämpfte er die Beleuchtung, und kurz darauf öffnete sich gegenüber dem Tisch ein Stück der Wandverkleidung, hinter dem ein großer Bildschirm zum Vorschein kam. Die Mattscheibe begann zu leuchten, und dann wurde das Bild einer Straße in einer großen Stadt sichtbar. Hier hatte offenbar eine Explosion stattgefunden, und wie es aussah, vor nicht allzu langer Zeit. Ein Gebäude war zerstört und stand in Flammen. Patrianer liefen aufgeregt durcheinander, Sirenen heulten, Verwundete wurden aus dem Gebäude gebracht und auf der Straße verarztet. Abgesehen von den körperlichen Unterschieden hätte es eine historische Aufzeichnung von der Erde sein können, dachte Kirk.

»Diese Bilder wurden von Nachrichtenreportern aufgezeichnet«, sagte Karsi, nachdem er den Ton leiser gestellt hatte. »Es ist eine Explosion, die sich genau hier in unserer Hauptstadt ereignet hat, im Herzen des Wirtschaftsviertels, nicht weit von diesem Raum entfernt. Es geschah mittags, als die Straßen am stärksten frequentiert wurden. Siebenundzwanzig Personen wurden bei diesem Anschlag getötet, und mehr als doppelt so viele wurden verletzt. Bei den Opfern handelt es sich nicht um Regierungsbeamte, sondern um ganz gewöhnliche Bürger.«

»Wodurch wurde die Explosion verursacht?« fragte Kirk.

»Durch eine Bombe, die vermutlich am frühen Morgen oder während der Nacht in das Gebäude gebracht wurde«, antwortete Karsi. »Die Detonation wurde durch einen Zeitzünder ausgelöst. Bis vor kurzem war dies die Waffe, die von den Rebellen vorzugsweise eingesetzt wurde. Damit wollten sie Panik in der Bevölkerung verbreiten und sie gegen die Regierung aufstacheln.«

»Bombenterror als Mittel des revolutionären Kampfes«, sagte Chekov.

»Da reist man quer durch das halbe Universum«, sagte McCoy leise, »und landet genau da, wo man losgeflogen ist.«

»Wie bitte?« fragte Karsi.

»In unserer Geschichte gab es ebenfalls solche Zwischenfälle«, erklärte Kirk, während er verbittert auf den Bildschirm starrte. »Und sie waren gar nicht so selten, wie ich zu meinem Bedauern hinzufügen muß.«

»Welches Ziel verfolgen diese Rebellen?« fragte Spock.

»Es gibt mehrere Punkte, in denen sie anderer Meinung als die Regierung sind«, sagte Karsi. »Aber ihre jüngste Kritik bezieht sich auf unseren Kontakt mit der Föderation. Sie sind gegen die Verhandlungen über eine Mitgliedschaft von Patria in der Föderation und behaupten, daß die Freiheit und Unabhängigkeit der Patrianer in Gefahr ist. Kurz nach der Meldung, daß wir Kontakt mit der Föderation aufgenommen hatten und in Kommunikationsverbindung stehen, eskalierten die Aktivitäten der Rebellen zu einem bislang ungekannten Ausmaß.«

Das Bild wechselte, und nun war ein nächtliches Feuergefecht in einer Straße der Stadt zu sehen. Kirk und die anderen erstarrten, während sie zusahen. Die Patrianer benutzten eine Art Projektilwaffen, doch die Rebellen, die die Polizeitruppen in die Enge getrieben hatten, schossen mit Disruptoren, die verheerende Auswirkungen hatten.

»Was Sie hier sehen, meine Herren, ist die einzige Bildaufzeichnung, die wir als Beweis haben, daß die neuen Energiewaffen von den Rebellen eingesetzt werden«, sagte Karsi.

»Heiliges Kanonenrohr!« stieß Chekov zwischen zusammengebissenen Zähnen hervor, während er den Schrecken dieses ungleichen Kampfes beobachtete.

»Unsere Behörden erhielten einen anonymen Hinweis auf ein Lagerhaus der Rebellen an dieser Stelle«, bemerkte Karsi dazu. »Es war natürlich eine Falle, und die Polizisten liefen direkt in den Hinterhalt. Am Schauplatz befand sich ein Reporterteam, das den Zwischenfall aufzeichnete. Sie sehen, daß die Reporter nicht von den Rebellen beschossen wurden, damit unser Volk anschließend alles zu Hause auf den Bildschirmen verfolgen konnte. Achten Sie auf die Schußgenauigkeit dieser Energiewaffen. Die Polizisten hatten nicht die geringste Chance.«

Die Männer von der *Enterprise* sahen in stummem Schweigen zu, wie die patrianischen Polizisten einer nach dem anderen getötet wurden. Mit ihren Waffen konnten sie nichts gegen die Disruptoren ausrichten. Die ganze Angelegenheit dauerte nicht länger als etwa dreißig Sekunden. Sie waren in ein Kreuzfeuer geraten, das von den oberen Stockwerken dreier verschiedener Gebäude ausging. Sie konnten nicht einmal erkennen, wer auf sie schoß.

Der Bildschirm verblaßte, und Karsi erhöhte wieder die Helligkeit der Beleuchtung. »Das ist unser Problem, meine Herren«, sagte er. »Unser Volk hat keine Verteidigung gegen solche Waffen. Und was Sie soeben gesehen haben, ist nur ein Beispiel. Es hat noch viele weitere

Zwischenfälle gegeben. Bislang beschränkten sie sich auf diese Stadt, was uns zu der Vermutung veranlaßt, daß die Rebellen keine große Menge dieser neuen Waffen erhalten haben. Doch falls es weitere Lieferungen geben sollte ...«

»Im Rat gibt es einige Stimmen, die mit den Rebellen zu sympathisieren scheinen«, sagte der Premierminister, »zumindest was die Frage unseres Kontakts mit der Föderation betrifft. Es handelt sich um ehrenhafte Politiker, aber sie hegen Mißtrauen gegenüber Ihren Motiven. Zur Zeit befinden sie sich in der Minderheit, aber ihr Einfluß scheint zu wachsen, und in der Öffentlichkeit machen sie kein Geheimnis aus ihrer Meinung. Ihre Argumente haben eine gewisse Plausibilität, zumindest für diejenigen, denen nicht alle Fakten bekannt sind. Da es solche furchtbaren Waffen nie zuvor auf Patria gegeben hat, müssen sie offensichtlich fremden Ursprungs sein. Also können diese Waffen nur von der Föderation geliefert worden sein. Dies sehen sie als eindeutigen Beweis für die feindseligen Absichten der Föderation. Sie behaupten, daß die Föderation nur zum Schein diplomatische Kontakte mit uns aufnimmt, um in Wirklichkeit Informationen zu sammeln, wie sie uns möglichst effektiv unterwerfen kann. Gleichzeitig werden die Rebellen heimlich mit Energiewaffen ausgerüstet, um die Regierung zu destabilisieren.«

»Das ist unlogisch«, sagte Spock. »Wenn diese Rebellen gegen einen Kontakt mit der Föderation sind, warum sollte die Föderation sie dann mit Waffen beliefern?«

»Ich bin ganz Ihrer Meinung, Mr. Spock«, sagte der Premierminister. »Es ist unlogisch. Doch wenn heftige Gefühle im Spiel sind, denkt unser Volk nicht mehr logisch. Wir haben einen wichtigen Wendepunkt in unserer Geschichte erreicht – der erste Kontakt mit anderen Intelligenzwesen hat stattgefunden. Das ist ein Ereignis, das bei vielen Leuten Angst auslöst. Ich selbst habe versucht, auf die Widersprüche in der Argumentation der Opposition hinzuweisen, aber man hat entgegnet, daß die Rebellen lediglich versuchen, die Situation zu verwirren. Sie behaupten, daß der Widerstand der Rebellen gegen die Föderation nicht mehr als eine Vernebelungstaktik ist, daß sie in Wirklichkeit mit der Föderation verbündet sind, weil ihnen wichtige Machtpositionen versprochen wurden, wenn die Regierung gestürzt und die Herrschaft der Föderation etabliert ist.«

»Argumente helfen nicht viel gegen Paranoia«, sagte McCoy.

»Es gäbe vielleicht ein Argument, mit dem sich die Situation klären ließe«, sagte der Premierminister. »Indem Sie uns mit Energiewaffen ausstatten, die wir gegen die Disruptoren einsetzen könnten, wie Sie diese Waffen nennen.«

Jetzt war die Katze aus dem Sack, dachte Kirk. Genau wie er erwartet hatte. Und Jordan hatte sich zuvor geschickt aus der Verantwortung gezogen. Kirk war jedoch nicht bereit, eine solche Entscheidung zu treffen, zumindest jetzt noch nicht. Die Sache war einfach zu riskant.

»Ich verstehe Ihre Beweggründe, Premierminister«, sagte Kirk und überlegte sich genau, wie er es ihm schonend beibringen sollte. »Aber unter den gegebenen Umständen kann ich eine solche Entscheidung nicht treffen. Vergessen Sie bitte nicht, daß wir es hier mit einer sehr heiklen Angelegenheit zu tun haben.«

»Ich verstehe«, sagte Jarum mit offensichtlicher Enttäuschung. »Ich verstehe Ihren Standpunkt, Captain Kirk, doch bedauerlicherweise stärken Sie damit den Standpunkt der Opposition. Sie haben natürlich Ihre Befehle, aber man wird behaupten, daß es sich lediglich um einen Trick der Föderation handelt, mit dem Sie erreichen wollen, daß wir uns Ihnen anschließen und uns bedingungslos unterwerfen.«

»Aber so läuft es in der Föderation nicht ab!« protestierte McCoy. »Jede angeschlossene Welt behält Ihre eigene unabhängige Regierung, die genauso wie alle anderen Regierungen im Rat der Föderation stimmberechtigt ist. Die Föderation ist ein demokratisches Bündnis, keine Diktatur.«

»Ich glaube Ihnen, Dr. McCoy«, erwiderte der Premierminister. »Das Problem ist nur: Wie soll ich jene überzeugen, die nicht daran glauben?«

»Alle Mitgliedswelten der Föderation profitieren von unseren technischen Entwicklungen, Premierminister«, sagte Kirk. »Und zwar nicht nur von der Waffentechnologie. Doch die Frage, ob Patria in die Föderation aufgenommen wird, kann nicht von uns, sondern nur von den Diplomaten geklärt werden. Unsere Rolle besteht darin, die Tatsachen zu überprüfen und Ihnen bei den Ermittlungen zu helfen, nach unseren besten Kräften und innerhalb der Grenzen unserer und Ihrer Befugnisse. Wir dürfen Ihnen keine Waffen geben, aber wir werden Ihnen helfen, in Erfahrung zu bringen, woher die Rebellen ihre Waffen bekommen haben.«

»Wenn Sie damit Erfolg haben, Captain«, sagte der Premierminister, »wäre es ein guter Beweis, daß die Absichten der Föderation friedlich und nicht imperialistisch sind.« Er stand auf und reichte Kirk die Hand. »Ich werden Ihnen in dieser Angelegenheit freie Hand lassen, Captain Kirk.«

»Einen Augenblick noch, Premierminister«, sagte Kirk. »Ich bin nicht sicher, ob ich alles richtig verstanden habe. Es wurde vereinbart, daß wir Ihre Polizeibehörden bei der Ermittlung *unterstützen.*«

»Ich denke, wir sind uns darüber einig, daß wir dieses Problem nicht aus eigener Kraft lösen können«, erwiderte der Premierminister. »Daher habe ich entschieden, daß die Föderation uns am besten unterstützen kann, wenn Sie persönlich die Leitung der Ermittlungen übernehmen, Captain Kirk.«

»Bei allem Respekt, Premierminister«, sagte Kirk, »es

handelt sich hier um einen interne Angelegenheit der Patrianer. Als Offizier der Föderation hätte ich überhaupt nicht die Befugnis ...«

»Captain«, unterbrach ihn der Premierminister, »ich *erteile* Ihnen hiermit die Befugnis, so daß Sie sich wegen dieses Punktes keine Sorgen machen müssen. Botschafter Jordan hat mir versichert, daß Sie uneingeschränkt zur Zusammenarbeit bereit sind. Und Sie sind zweifellos höher qualifiziert als jeder andere Beamte unserer Verwaltung, dieses Problem zu lösen. Sie haben Erfahrung mit solchen Waffen, und Sie wissen offensichtlich viel mehr über die Klingonen als wir.«

»Das mag sein, Premierminister«, sagte Kirk, »aber als Fremder kenne ich mich überhaupt nicht mit Ihren Gesetzen und ...«

»Nach unseren Gesetzen wäre es ein Fall für die Polizei, aber das Problem verlangt zweifellos jemanden mit militärischem Hintergrund«, erwiderte der Premierminister. »Bedauerlicherweise gibt es in unserem Militär niemanden, der auch nur annäherungsweise qualifiziert wäre, eine derartige Ermittlung durchzuführen. Sie dagegen verfügen über alle notwendigen Voraussetzungen. Und ich glaube, wenn ein Starfleet-Offizier diese Ermittlung leitet, wird auf eindrucksvolle Weise demonstriert, wie aufrichtig die Motive der Föderation in dieser Angelegenheit sind.«

Genau, dachte Kirk, *und wenn wir scheitern, kann die Regierung alle Schuld auf uns abwälzen. Eine sehr elegante politische Lösung, die alle Möglichkeiten berücksichtigt.*

»Ich werde Sie jetzt mit Polizeipräsident Karsi und Lieutenant Iano allein lassen, damit Sie die Einzelheiten der Ermittlungen besprechen können«, sagte Jarum. »Wenn Sie irgendwelche Hilfe benötigen, Captain Kirk, zögern Sie nicht, darum zu bitten. Sie haben meine volle Unterstützung. Wir haben alles getan, was in unseren Kräften stand. Jetzt benötigen wir Ihre Fähigkeiten. Wenn die Föderation uns bei der Lösung dieses Problems helfen kann, wird es sicher positive Auswirkungen auf die Verhandlungen haben. Vielen Dank, meine Herren«, sagte er und hob nach patrianischer Sitte die Hände zum Gruß, »und viel Erfolg.«

Als er ging, wandte McCoy sich an Kirk und sagte mit leiser Stimme: »Ich glaube, man hat uns gerade die patrianische Variante demonstriert, wie man jemandem den Schwarzen Peter zuschiebt.«

»Ja«, flüsterte Kirk zurück. »Er hat uns sämtliche Verantwortung aufgehalst. Und es sieht ganz so aus, als könnten wir nichts dagegen tun.«

Polizeipräsident Karsi wandte sich an die Männer von der *Enterprise*. »Meine Herren, ich werde meinen Polizeibeamten die Anweisung geben, Sie und Lieutenant Iano mit allen Mitteln zu unterstützen«, sagte er. »Lieutenant Iano ist befugt, bei diesen Ermittlungen in meinem Namen zu sprechen. Tragen Sie irgendwelche Waffen bei sich?«

Kirk nahm seinen Phaser vom Gürtel. »Das hier ist ein Phaser«, sagte er. »Es handelt sich um eine Energiewaffe, die im Prinzip genauso wie ein Disruptor funktioniert. Sie läßt sich auf tödliche und lähmende Wirkung einstellen. Wenn Sie es vorziehen, daß wir unbewaffnet ...«

»Nein, behalten Sie bitte Ihre Waffen!« sagte Karsi. »Falls Sie Rebellen begegnen sollten, die mit diesen Disruptoren ausgerüstet sind, können Sie sich damit zweifellos viel besser verteidigen als mit unseren Waffen. Und was Ihre Befugnis zum Einsatz Ihrer Waffen betrifft, so interpretiere ich den Premierminister dahingehend, daß es ganz in Ihrem Ermessen steht. Lieutenant Iano wird Ihnen in Gesetzesfragen als Berater Auskunft geben. Er genießt mein volles Vertrauen. Wenn Sie mich jetzt bitte entschuldigen würden. Ich habe noch einige dringende Angelegenheiten zu erledigen. Meine Herren, es war mir eine große Ehre, Ihre Bekanntschaft zu machen, und ich möchte Ihnen persönlich für Ihre Hilfe in dieser Sache danken. Ich bin überzeugt, daß dadurch die Zusammenarbeit zwischen der Föderation und den Republiken von Patria gestärkt wird.«

Karsi verbeugte sich und verließ den Konferenzraum.

»Nun«, sagte Iano verdrossen in ihrer Sprache, »damit hätten wir die Formalitäten hinter uns gebracht. Wie es aussieht, haben Sie das Kommando, Captain. Wollen wir uns an die Arbeit machen?«

3

Der Lift besaß keine geschlossene Kabine, sondern bestand nur aus einer offenen Plattform, die sich schnell durch den Schacht nach oben bewegte. Soweit sie erkennen konnten, arbeitete der Mechanismus mit Magnetkraft. Während sie nach oben fuhren, fragte Kirk den patrianischen Lieutenant über die Rebellen aus.

»Was wissen Sie über ihre Organisation?«

»Nicht viel, wie ich zu meinem Bedauern zugeben muß«, antwortete Iano. »Wir konnten einige der Rebellen fassen, aber nur wenige lassen sich lebend fangen. Sie sind jederzeit bereit, für ihre Sache zu sterben. Wir wissen allerdings, daß die Bewegung in kleine Gruppen aufgeteilt ist, so daß die Mitglieder nur Kontakte mit den Gruppen haben, die in der Hierarchie unmittelbar über oder unter ihnen stehen, und vielleicht noch mit einer Gruppe auf demselben Niveau. Wenn eine Gruppe die Vertrauenswürdigkeit verliert, wird sie sofort von allen anderen abgeschnitten, und die Gruppen, mit denen sie Kontakte hatte, werden schnell aufgelöst und neu organisiert.«

»Die Zellenstruktur«, sagte Chekov mit einem Nicken. »Vor einigen Jahrhunderten haben sich die Anarchisten auf der Erde ganz ähnlich organisiert.«

»Anarchisten?« fragte Iano nach.

»Die Bezeichnung stammt aus dem Griechischen, einer alten terranischen Sprache«, erklärte Spock. »*An Archos* bedeutet soviel wie ›ohne Herrscher‹. Der Begriff ›Anarchie‹ bezeichnet eine Gesellschaft ohne Regierung, die gewöhnlich von politischem Chaos begleitet ist. Anarchistische Bewegungen waren in der Regel revolutionär und sehr häufig gewaltbereit.«

Iano nickte. »Das ist eine sehr passende Beschreibung der Rebellen«, sagte er. »Es sind Fanatiker, die sich dem Ziel verschrieben haben, unsere Regierung zu entmachten und die gesellschaftliche Ordnung zusammenbrechen zu lassen.«

»Der Premierminister erwähnte, daß diese Rebellen in mehreren Punkten gegen Ihre Regierung opponieren«, sagte Kirk. »Abgesehen von der Kontaktaufnahme mit der Föderation.«

Iano gab ein zischendes Geräusch von sich, das Kirk als Ausdruck seiner Verachtung verstand. »Sie lehnen jede Form von Herrschaft ab«, sagte er. »Sie sind gegen die Polizei und eine starke zentrale Regierungsgewalt. Sie behaupten, daß die Regierung das Volk unterdrückt und die Rechte der Bürger beschneidet. Sie wollen zum System der dezentralisierten, lokalen Verwaltung zurückkehren, wie es in der Vergangenheit existierte. In Wirklichkeit sind es einfach nur Kriminelle, die ihre verbrecherischen Aktivitäten mit politischer Rhetorik zu rechtfertigen versuchen.«

Der Lift blieb stehen, und die Tür öffnete sich zum Dach des Gebäudes, das als Landeplatz für die Polizeigleiter diente. Links und rechts stand jeweils eine Reihe der schlanken, stahlgrauen Gefährte in diagonaler Formation. Iano zog eine Fernbedienung aus der Jackentasche und drückte zweimal auf einen Knopf. Der Motor eines Gleiters erwachte mit gedämpftem Summen zum Leben, dann rollte das Fahrzeug langsam aus der Formation. Als Iano ein weiteres Mal drückte, hielt es an. Die Flügeltüren schwangen auf.

»Sollen wir etwa damit fliegen?« fragte McCoy und musterte das Fahrzeug mißtrauisch.

»Wir werden die Rebellen kaum hier im Polizeihauptquartier finden, Dr. McCoy«, sagte Iano. »Unser Arbeitsplatz ist da draußen, in den Straßen.« Er deutete mit ausgestrecktem Arm über die Stadt.

Die Sonne ging unter, und es wurde allmählich dunkler. Vom Dach des Gebäudes hatten sie einen weiten Blick über die ausgedehnte patrianische Hauptstadt. Sie ähnelte in vielerlei Hinsicht einer irdischen Großstadt etwa gegen Ende des zweiundzwanzigsten Jahrhunderts. Die Patrianer hatten offensichtlich eine Vorliebe für hohe, zylindrische Gebäude, die wie riesige Röhren wirkten. Viele wurden von eleganten Spitzen gekrönt, während einige ein flaches oder kuppelförmiges Dach hatten. Manche standen in engen Gruppen und waren durch waagerechte Röhren verbunden, während andere allein standen und an den Wolken kratzten oder aus einer Ansammlung von Gebäuden mit geringerer und unterschiedlicher Höhe emporragten, so daß diese Bauwerke wie exotische Kristallbildungen aussahen.

»Eine schöne Stadt«, sagte Chekov, während er über die Hauptstadt blickte. In den meisten Gebäuden gingen jetzt die Lichter an, nicht nur in den Innenräumen, sondern auch außen. Sie strahlten in den verschiedensten Farben. Die gesamte Stadt schien wie ein Polarlicht zu schimmern.

»Wie bei den meisten Städten ist es nur eine hauchdünne, oberflächliche Schönheit«, sagte Iano. »Wahrscheinlich könnten sich Menschen wie Sie in einer solchen Umgebung niemals richtig zu Hause fühlen. Hier gibt es überall Begrenzungen, während das All ...« Er blickte zum Himmel auf. »... grenzenlos ist.«

Kirk sah Iano überrascht an. Der Polizist hatte ausgesprochen, was er selbst gedacht hatte. »Ich denke, so könnte man es sehen«, sagte er. »Aber in Wirklichkeit gibt es überall Grenzen. Sogar im Weltraum. Und wo es keine gibt, werden bald welche von Intelligenzwesen gezogen.«

»Nach meinen Erfahrungen kommen die Leute besser zurecht, wenn ihnen Grenzen gesetzt werden«, sagte

Iano. »Sie brauchen die Grenzen des Gesetzes, damit sie sich nicht gegenseitig an die Kehle gehen. Auch wenn wir von verschiedenen Welten stammen, haben wir doch eines gemeinsam, Kirk. Wir beide versuchen, dem Gesetz Geltung zu verschaffen.«

Kirk lächelte. »Damit könnten Sie recht haben, obwohl ich zugeben muß, daß ich mich selbst noch nie als Polizisten betrachtet habe.«

»Dann sollten Sie es vielleicht tun«, sagte Iano und forderte sie auf, in den Polizeigleiter einzusteigen.

Sie nahmen in den Kontursitzen Platz. Es war kaum anders, als in einem Shuttle der *Enterprise* zu sitzen, obwohl der Polizeigleiter kleiner und vor allem schmaler war. Das Fahrzeug war etwa halb so breit wie ein Shuttle und um ein Viertel kürzer. Die Sitze waren zwar nicht für die menschliche Anatomie konstruiert worden, aber da die humanoiden Patrianer sehr ähnliche körperliche Proportionen aufwiesen, waren sie nicht unbequem für Kirk und die anderen. Iano drückte auf einen Knopf an der Konsole und schloß damit die Flügeltüren. Er nahm den Steuerknüppel in die Hand und zog ihn zurück. Während das Summen des Antriebs lauter wurde, erhob sich der Gleiter sanft in die Luft und fuhr automatisch die Räder ein. Iano ließ das Gefährt zur Seite wegkippen und über den Rand des Daches hinunter zu den überfüllten Straßen schweben.

»Das erinnert mich an die alten Kunstfluggleiter an der Akademie«, sagte Kirk und lächelte bei dieser Erinnerung, als Iano etwa fünfzehn Meter über dem Straßenniveau in den waagerechten Flug überging und zwischen den Gebäuden weiterflog.

»Nun, ich könnte auf die Demonstration von Kunststücken verzichten«, brummte McCoy, als Iano den Gleiter in eine Kurve legte.

»Verzeihen Sie, Doktor«, sagte Iano und ging langsam auf zehn Meter Höhe herunter. »Ist es Ihnen unangenehm?«

»Ach, es ist nicht weiter schlimm«, erwiderte McCoy in mürrischem Tonfall. »Ich dachte nur, ich hätte meinen Magen irgendwo in der letzten Kurve verloren.«

»Sie müssen meinen Bordarzt entschuldigen«, sagte Kirk. »Er fühlt sich nur dann wohl, wenn er etwas hat, über das er sich beschweren kann. Stimmt's, Pille?«

McCoy warf ihm einem säuerlichen Blick zu. »Ich bin Arzt und kein Stuntpilot«, sagte er mürrisch.

»Ich bitte um Verzeihung, Pille«, sagte Iano. »Ich werde versuchen, in Zukunft solche scharfen Kurven zu vermeiden.«

Kirk grinste darüber, wie schnell McCoys Spitzname von Iano übernommen wurde. Er beobachtete den Arzt aus dem Augenwinkel und sah, wie er die Stirn runzelte, ohne den Patrianer zu korrigieren.

»Dafür wäre ich Ihnen sehr verbunden, Lieutenant«, sagte McCoy. »Einige der Anwesenden kümmern sich nicht so aufmerksam um das Wohlergehen anderer.«

»Damit spielst du doch nicht etwa auf mich an!« sagte Kirk. Er hob die Augenbrauen und täuschte eine Miene äußerster Überraschung darüber vor, daß McCoy auch nur an eine solche Möglichkeit zu denken wagte.

Iano grunzte leise, womit er offenbar seiner Belustigung Ausdruck verlieh. »Sie zwei erinnern mich daran, wie es mit meinem Partner ist, wenn wir ...« Er ließ den Satz unvollendet.

»Stimmt etwas nicht?« fragte Kirk.

Iano stieß ein kurzes zischendes Geräusch aus. »Ich vergesse es immer noch manchmal«, sagte er. »Mein Partner wurde vor kurzem getötet.«

»Das tut mir leid«, sagte Kirk aufrichtig. »Wie ist es geschehen?«

»Es waren die Rebellen«, antwortete Iano mit Verbitterung in der Stimme. »Er kam bei einem Hinterhalt ums Leben. Ich sah ihn sterben. Sie haben uns mit den neuen Waffen angegriffen. Er wurde einfach in Luft aufgelöst. Es ist nichts von ihm übriggeblieben.«

»Ein tragischer Verlust«, sagte Chekov mitfühlend. »Es scheint, daß Sie zwei sich sehr nahestanden.«

»Er war mein Partner«, erwiderte Iano nur, als wäre damit alles gesagt. Und die Männer von der *Enterprise* wußten tatsächlich genau, was er damit meinte.

»Und Sie haben sich noch nicht nach einem Ersatzmann umgesehen?« fragte Spock.

»Ich ziehe es jetzt vor, allein zu arbeiten«, entgegnete Iano knapp. »Die Polizei ist natürlich für jede Hilfe dankbar, die die Föderation leisten kann«, fügte er hastig hinzu.

Kirk und Spock tauschten einen kurzen Blick aus.

»Mit anderen Worten, es paßt Ihnen überhaupt nicht in den Kram, daß Sie uns jetzt am Hals haben«, sagte McCoy und sprach damit das aus, was die anderen dachten.

»Am Hals?« fragte Iano. »Das ist eine durchaus angemessene Metapher.«

»Sie wissen, daß wir uns nicht danach gedrängelt haben«, sagte McCoy und verzog das Gesicht.

»Der Doktor will damit sagen«, fügte Kirk schnell hinzu, »daß wir natürlich bereit sind, auf jede uns mögliche Weise Hilfe zu leisten, aber wir hatten niemals die Absicht, die Leitung dieser Ermittlungen zu übernehmen.«

»Bitte mißverstehen Sie mich nicht«, sagte Iano. »Ich wollte damit nicht andeuten, daß sich die Föderation uns aufgedrängt hat. Es ist nur so, daß ich diesen Fall lieber persönlich übernommen hätte.«

»Ich kann sehr gut verstehen, wie Sie sich fühlen«, sagte Kirk, »aber der Premierminister hat den Eindruck erweckt, daß die Sache der patrianischen Polizei über den Kopf gewachsen ist.«

»Ich verstehe«, sagte Iano. »Captain, Ihr Eindruck ist völlig richtig. Es gibt tatsächlich einige Regierungsvertreter, die der Meinung sind, daß wir den Problemen nicht mehr gewachsen sind. Doch es gibt auch andere

Stimmen, die sagen, daß wir Patrianer uns um unsere eigenen Angelegenheiten kümmern sollten.«

»Genau das ist auch unsere Meinung«, erwiderte Kirk. »Die Erste Direktive soll jeder Kultur die Möglichkeit geben, ihre Probleme aus eigener Kraft zu lösen und eigene Entscheidungen zu treffen.«

»Nur daß es in diesem Fall danach aussieht, als wollten die Klingonen Ihnen einige Entscheidungen abnehmen«, setzte McCoy hinzu.

»Das bedeutet, daß die Föderation plötzlich in der Verantwortung steht, ein Gegengewicht zu diesem Einfluß zu schaffen«, sagte Iano. »Und damit können Sie Ihre Erste Direktive vergessen. Sie wurde ja längst durch die Einflußnahme der Klingonen außer Kraft gesetzt. Um das Gleichgewicht wiederherzustellen, muß sich auch die Föderation einmischen, und damit steht Patria genau im Zentrum des Kräftemessens. Wir sind einfach nur zu einem weiteren Schauplatz auf der Bühne des Krieges zwischen der Föderation und dem Klingonischen Imperium geworden. So viel zu unserem Recht, selbst über unser Schicksal bestimmen zu dürfen.«

»Die Situation ist in der Tat bedauerlich«, sagte Spock, »aber daran ist keineswegs eine Ungerechtigkeit der Ersten Direktive schuld. Die Klingonen respektieren keine kulturelle Souveränität außer ihrer eigenen. Sie haben sich niemals an eine Richtlinie gehalten, die mit der Ersten Direktive vergleichbar wäre. Die Föderation erlaubt sich die Freiheit zur Intervention, wenn die Autonomie einer anderen Zivilisation bedroht wird, sofern es ein offizielles Gesuch um Hilfestellung gibt. Wenn Ihre Regierung entscheiden sollte, daß eine Einmischung seitens der Föderation unerwünscht ist, würden wir diese Entscheidung respektieren. Nur leider stünden Sie dann immer noch vor dem Problem, wie Sie mit den Klingonen fertig werden sollen.«

»Es sieht also danach aus, daß wir überhaupt keine

Wahl haben«, sagte Iano. »Die Föderation möchte unser Recht auf freie Entscheidung respektieren, doch wenn wir dieses Recht in Anspruch nehmen und uns entscheiden, der Föderation nicht beizutreten, geraten wir in Gefahr, von den Klingonen erobert zu werden. Und wenn wir uns der Föderation anschließen, werden die Republiken von Patria plötzlich nur noch ein winziger Teil eines viel größeren Ganzen sein, nur noch eine kleine Stimme in einem großen Kirchenchor.«

»In einem *demokratischen* Chor«, sagte Kirk, »wo jede Stimme völlig unabhängig von ihrer Lautstärke gleiches Gewicht hat. Und wo keine Stimme ungehört verhallt.«

»Aber was ist, wenn jemand unbedingt allein bleiben will?« fragte Iano. »Was dann?«

»Wenn das der Wille der Republiken von Patria ist«, sagte Kirk, »dann wird die Föderation ihn respektieren. Aber ich fürchte, die Klingonen werden darauf keine Rücksicht nehmen.«

»Wohin fliegen wir eigentlich?« fragte McCoy.

»Man hat Unterkünfte für Sie vorbereitet«, sagte Iano. »Ich dachte, daß Sie sich die Räume vielleicht zuerst ansehen möchten, um zu beurteilen, ob sie angemessen sind, bevor wir mit der Ermittlungsarbeit beginnen. Gleichzeitig kann ich veranlassen, daß Ihnen alle bisherigen Berichte zur Verfügung gestellt werden, damit Sie sich mit der Situation vertraut machen können.«

»Das wäre sicherlich sehr hilfreich«, sagte Kirk. »Ihnen ist natürlich bewußt, daß wir von Zeit zu Zeit auf unser Schiff zurückkehren müssen.«

»Das hatte ich mir gedacht«, erwiderte Iano. »Sie können die Quartiere als Zielkoordinaten für Ihren Transporter und als Operationsbasis benutzen. Das Gebäude steht Ihnen und dem Botschafter der Föderation uneingeschränkt zur Verfügung, solange Sie sich auf Patria Eins aufhalten. Das Gelände wird von unseren Leuten nach besten Kräften bewacht, und mehrere Polizisten wurden Ihnen zugeteilt, die Ihnen im Gesandtschaftsgebäude rund um die Uhr zur Verfügung stehen. Es soll ständig jemand im Dienst sein, der als Verbindungsperson zwischen Ihnen und der Polizeibehörde dient.«

»Sie haben an alles gedacht, Lieutenant«, sagte Kirk. »Bitte teilen Sie Polizeipräsident Karsi mit, wie dankbar wir für diese Umsicht sind.«

»Das werde ich tun«, entgegnete Iano.

»Ich würde gerne einige Mitglieder meiner Besatzung abstellen, die mit den patrianischen Beamten zusammenarbeiten sollen, die uns als Verbindungsleute dienen«, sagte Kirk.

»Wie Sie wünschen«, sagte Iano. »Man wird weitere Räume für sie herrichten, wenn Sie mehr Platz benötigen. Doch ich glaube, daß unsere Leute Ihr Personal zu Ihrer Zufriedenheit unterbringen können. Da drüben ist das Gebäude.«

Vor ihnen erhob sich auf einem großen zentralen Platz ein Turmkomplex, der die umgebenden Hochhäuser weit überragte. Er beanspruchte einen ganzen Block und wurde von gut gepflegten Gärten und kleinen Parks gesäumt. Die Wände des riesigen, zylindrischen Gebäudes bestanden aus einem glasartigen, rosa getönten Material. Iano änderte den Kurs des Gleiters und näherte sich in einem weiten, hochgezogenen Bogen dem Landeplatz auf dem Dach des Turmes.

»Meine Vorgesetzten legen großen Wert darauf, daß Sie es während Ihres Aufenthaltes so bequem wie möglich haben«, sagte Iano. »Das hier ist eins der besten Wohngebäude der ganzen Stadt. Ich glaube, in Ihrer Sprache würde man es als … Hotel bezeichnen. Die oberen drei Stockwerke beherbergen Ihre Unterkünfte, und die zwei Stockwerke darunter wurden als Sicherheitsbereich für unsere Polizeibeamten freigemacht.«

Die Quartiere, die ihnen als Operationsbasis dienen sollten, konnten es mit den luxuriösesten Hotelzimmern in den exklusivsten Urlaubsgebieten der Föderation aufnehmen. Sie bestanden aus mehreren Luxussuiten mit zahlreichen Räumen, von denen einer zu einem großen Konferenzraum umgebaut worden war. Die Patrianer hatten nicht an Kommunikationseinrichtungen und Computern gespart und sogar Möbel hergestellt, die speziell auf die Bedürfnisse von Menschen zugeschnitten waren. Man hatte wieder Kosten noch Mühen gescheut, wie es schien. Iano erklärte, daß sämtliches Personal einer intensiven Sicherheitsüberprüfung unterzogen worden war, und daß niemand das Gebäude betreten oder verlassen konnte, der nicht mehrere Sicherheitsposten passiert hatte.

Sie hatten große Anstrengungen unternommen, damit die Leute von der *Enterprise* sich wohl fühlten, dachte Kirk. Und die Tatsache, daß sie diese Anstrengungen auf sich genommen hatten, sagte eine Menge über die Situation aus, mit der sie es zu tun hatten.

»Ich werde das Personal über Ihre Ankunft informieren«, sagte Iano, »und sicherstellen, daß alles für Sie bereit ist. Außerdem werde ich nachsehen, ob auch in den unteren Stockwerken des Gesandtschaftsgebäudes alles in Ordnung ist. In der Zwischenzeit könnten Sie sich umsehen und es mich wissen lassen, falls Sie noch etwas benötigen. Ich werde in Kürze zurückkehren.«

»Auf jeden Fall sind sie äußerst gastfreundlich«, stellte McCoy fest, als Iano gegangen war. »*Jeder* von uns bekommt eine ganze Suite?«

»Es sieht danach aus«, sagte Kirk. »Doch ich habe das dumme Gefühl, daß man von uns einiges als Gegenleistung erwartet.«

»Captain«, sagte Spock, »ist Ihnen an Lieutenant Iano etwas aufgefallen, das Ihnen ein wenig ... ungewöhnlich vorkam?«

»Was meinen Sie, Spock?« fragte Kirk. »Inwiefern ungewöhnlich?«

»Seine Kenntnis von Redewendungen unserer Sprache zum Beispiel«, antwortete Spock.

»Sie ist ausgezeichnet«, sagte Kirk.

»In der Tat, Captain, er beherrscht sie hervorragend«, sagte Spock. »Wir haben beobachtet, daß die Patrianer im allgemeinen sehr schnell lernen. Commander Anjors Sprachkenntnisse waren überraschend gut, wenn man die kurze Zeitspanne berücksichtigt, die ihm zur Verfügung stand, um Föderations-Standard zu lernen. Doch Lieutenant Iano spricht es nicht nur wesentlich besser als Commander Anjor, sondern er scheint sich außerdem rapide zu verbessern.«

Kirk runzelte die Stirn. »Ich bin nicht sicher, ob ich verstehe, worauf Sie hinauswollen, Spock. Was wollen Sie damit sagen?«

»Nur daß in Lieutenant Iano mehr stecken könnte, als auf den ersten Blick ersichtlich ist. Zu Anfang schien er durch einige Redewendungen irritiert zu sein, die wir benutzten, doch dann wandte er selbst bildliche Metaphern an, als er von einer ›Stimme im Kirchenchor‹ sprach.«

»Jetzt, wo Sie es erwähnen, erinnere ich mich wieder daran«, sagte Kirk.

»Und was soll daran so ungewöhnlich sein?« fragte McCoy. »Er macht sich doch nur Sorgen um die Zukunft seines Volkes und seiner Kultur. Das erscheint mir völlig normal.«

»Das ist es auch, Doktor«, sagte Spock. »Aber das ist nicht der Punkt. Es geht mir darum, daß diese Metapher sich auf die christliche Tradition des Chorgesangs bezieht, einen Hintergrund, über den Lieutenant Iano einfach nicht verfügen kann. Die Sprachprogramme, die wir an die Patrianer übermittelt haben, gehen nur am Rande auf solche Referenzen ein. Wenn diese Redewendungen tatsächlich erklärt wurden, wäre es ein hoher Lernaufwand für Lieutenant Iano gewesen, sie sich anzueignen. Und wenn sie nicht enthalten waren, ist mir unverständlich, wie Iano sie gelernt haben kann.«

McCoy runzelte die Stirn. »Daran habe ich noch gar

nicht gedacht«, gab er zu. »Also hat er diese bildlichen Vergleiche sozusagen aus der Luft gegriffen.«

»Es gibt noch einen weiteren interessanten Aspekt, was Lieutenant Ianos Sprachvermögen betrifft«, sagte Spock. »Als wir ihm zum ersten Mal begegneten, formulierte er sehr förmlich und korrekt. Doch schon nach kurzer Zeit in unserer Gesellschaft benutzte er umgangssprachlich gefärbte Zusammenziehungen und Verschleifungen. Es ist natürlich möglich, daß er eine besondere Begabung für Sprachen hat, aber er scheint mit ungewöhnlich hoher Geschwindigkeit zu lernen.«

»Mit anderen Worten, Sie glauben, daß er viel mehr weiß, als er uns gegenüber zugibt«, sagte Kirk.

»Aber ... wenn das der Fall wäre, warum sollte er es vor uns verheimlichen?« fragte Chekov verwirrt. »Das ergibt überhaupt keinen Sinn. Welchen Zweck sollte er damit verfolgen, uns zu täuschen?«

»Das, Mr. Chekov, ist eine sehr gute Frage«, sagte Kirk.

»Warum fragen wir ihn nicht einfach danach?« schlug McCoy vor.

»Ich glaube nicht, daß das eine gute Idee wäre, Pille«, sagte Kirk. »Zumindest jetzt noch nicht. Wir haben es hier mit einer äußerst schwierigen Situation zu tun. Wir müssen nicht nur unser unmittelbares Problem im Auge behalten, sondern auch die viel wichtigere Frage, ob Patria sich der Föderation anschließen wird. Es scheint Teile der patrianischen Gesellschaft zu geben, die einen Beitritt ablehnen. Wir wollen nichts tun, was ihre Bedenken verstärken könnte.«

»Aber wenn Iano uns gegenüber nicht ganz aufrichtig ist ...«, warf McCoy ein.

»Das wissen wir noch nicht mit Sicherheit«, erwiderte Kirk. »Aber selbst wenn es wahr ist, müssen wir versuchen, uns in seine Lage zu versetzen. Wie es scheint, will er gar nicht, daß wir diese Ermittlung unterstützen. Du hast den Nagel auf den Kopf getroffen, als du sagtest, daß es ihm nicht in den Kram paßt, uns am Hals zu haben. Uns gefällt es auch nicht, wenn Bürokraten uns erzählen wollen, wie wir unsere Arbeit tun sollen. Warum sollte es bei Iano anders sein? Können wir ihm deswegen einen Vorwurf machen? Wir sind schließlich auch vorsichtig, weil wir noch nicht viel über ihn wissen. Befindet er sich nicht in genau der gleichen Lage?«

»Und was sollen wir also tun?« fragte Chekov.

»Wir müssen mit viel Fingerspitzengefühl vorgehen«, erwiderte Kirk schulterzuckend. »Offiziell leiten wir die ganze Aktion, aber für ihn hat die Angelegenheit eine wesentlich größere Bedeutung als für uns. Für ihn ist es eine persönliche Angelegenheit. Er hat seinen Partner verloren. Wir alle wissen, was das bedeutet. Wir dürfen nicht vergessen, daß es hier um viel mehr geht als nur um die Frage, ob die Klingonen die Terroristen von Patria mit Disruptoren ausrüsten. Die Patrianer werden uns genau auf die Finger schauen. Während die Verhandlungsgespräche weitergehen, werden sie die ganze Föderation danach beurteilen, wie wir uns verhalten.«

»Ein äußerst beruhigender Gedanke«, sagte McCoy mit ironisch verzogener Miene. »Aber ein wenig Druck hat noch niemandem geschadet, stimmt's?«

»Wenn der Druck so aussieht«, sagte Chekov und deutete auf ihr luxuriös ausgestattetes Quartier, »dann kann ich ihn ertragen.«

Kurz darauf kehrte Iano mit zwei patrianischen Polizisten zurück. Er stellte die Männer vor. »Jalo und Inal werden für die Dauer Ihres Aufenthalts als Verbindungsoffiziere fungieren«, sagte er. »Sie sind zusammen mit den übrigen Leuten drei Stockwerke tiefer untergebracht, und einer von ihnen wird immer im Dienst sein. Beide sprechen gutes Föderations-Standard und werden Ihnen jede Hilfe leisten, die ihnen möglich ist.«

»Ich würde gerne ein paar meiner eigenen Leute holen, die mit ihnen zusammenarbeiten sollen«, sagte Kirk.

»Gewiß, Captain«, erwiderte Iano. »Ganz wie Sie wünschen.«

Kirk klappte seinen Kommunikator auf. »Kirk an *Enterprise*. Bitte melden!«

»Scott hier«, kam die Antwort. »Was gibt es, Captain?«

»Scotty, ich möchte, daß Sie zwei Leute abstellen, die zu unseren Koordinaten heruntergebeamt werden, damit sie als Verbindungsoffiziere mit ihren patrianischen Kollegen zusammenarbeiten. Ich denke, ein Sicherheitswächter und ein Kommunikationsspezialist dürften genau das richtige sein.«

»Verstanden, Captain. Sollen sie bewaffnet sein?«

»Geben Sie ihnen Phaser, Mr. Scott. Außerdem sollen sie ein paar automatische Translatoren mitbringen, für alle Fälle. Die Patrianer können sie mit allem weiteren ausrüsten.« Er blickte sich mit einem Lächeln in der Suite um. »Ich denke, sie werden hier eine ruhige Kugel schieben können. Lassen Sie sie so schnell wie möglich zu diesen Koordinaten beamen.«

»Ja, Captain, wird sofort erledigt.«

»Kirk Ende.« Er klappte den Kommunikator zu. »Unsere Leute werden in Kürze heruntergebeamt«, sagte er zu Iano.

»Jalo wird sich bereithalten, sie einzuweisen, nachdem sie eingetroffen sind.«

»Aha?« sagte McCoy. »Werden wir dann nicht mehr hier sein?«

»Wir haben eine Menge Arbeit vor uns«, sagte Iano und wandte sich an Kirk. »Das heißt, *ich* habe eine Menge Arbeit. Allerdings haben *Sie* das Kommando, Captain.«

Er war es nicht gewöhnt, daß jemand anderer für ihn die Entscheidungen traf, dachte Kirk. Und es gefiel ihm überhaupt nicht, daß es diesmal anders laufen sollte. »Wenn Sie bereits eine Vorgehensweise geplant haben, Lieutenant, sollten wir uns auf jeden Fall daran halten.«

»Ich hatte vor, eine ›heiße Spur‹ zu verfolgen, wie es wohl bei Ihnen heißt«, sagte Iano. »Ich könnte diese Aufgabe mühelos allein bewältigen, aber es wäre mir ein Vergnügen, wenn Sie und Ihre Offiziere mich begleiten würden. Falls wir Rebellen begegnen, die mit Disruptoren bewaffnet sind, könnte Ihre Rückendeckung von großem Nutzen sein. Vor allem, da Ihre Leute mit Phasern bewaffnet sind.«

»Sie denken, es besteht die Möglichkeit, daß wir angegriffen werden?« fragte McCoy, als sie sich auf den Weg zum Lift machten.

»Es würde mich sehr überraschen, wenn die Rebellen noch nichts von Ihrer Anwesenheit auf unserer Welt erfahren haben«, erwiderte Iano. »Wir haben Sicherheitsmaßnahmen getroffen, aber wir sollten trotzdem auf der Hut sein, wenn wir unterwegs sind. Jalo und Inal werden Ihren Leuten alle Ermittlungsberichte zur Verfügung stellen, sobald sie eingetroffen sind. In der Zwischenzeit werde ich versuchen, Ihnen eine kurze Zusammenfassung zu geben.«

Auf dem Weg zum Dach teilte Iano ihnen schnell die wichtigsten Punkte mit.

»Im Augenblick verfolge ich einen Verdächtigen namens Rak Jolo«, sagte er. »Nach meinen Informationen frequentiert er häufig einen bestimmten Spielclub. Ich habe vor, diesen Arena Club aufzusuchen und einige Fragen zu stellen. Das heißt, natürlich nur, wenn Sie keinen anderen Vorschlag haben.«

»Es führt zu nichts, wenn wir ständig Rücksicht auf mögliche Empfindsamkeiten des anderen nehmen, Lieutenant«, sagte Kirk, als sie das Dach erreichten und sich dem Polizeigleiter näherten. »Sie haben bisher an diesem Fall gearbeitet. Wir dagegen haben noch eine Menge nachzuholen.«

»Was diesen Spielclub betrifft«, sagte McCoy. »Handelt es sich dabei um ein Etablissement für Glücksspiele?«

»Sie meinen Spiele, bei denen man Wetten auf den Ausgang abschließt?« fragte Iano. »Ja, ich denke, man könnte dieses ›Etablissement‹ als eine Art Spielkasino bezeichnen, obwohl ich kaum glaube, daß es dort genauso zugeht wie beim Glücksspiel in Ihrer Kultur. Aber Sie werden sich selbst ein Bild davon machen können. Vielleicht haben Sie ja Lust, auch ein paar Wetten abzuschließen.«

»Das klingt interessant«, sagte McCoy grinsend. »Was für Spiele sind es? Karten? Würfel? Computersimulationen?«

»Leben und Tod«, sagte Iano, als sie in den Gleiter stiegen. »Bei diesen Spielen geht es um Leben und Tod.«

Iano steuerte den Gleiter in sanften Kurven zwischen den Gebäuden hindurch. Andere Luftfahrzeuge bewegten sich über und unter ihnen, und sie erkannten jetzt, daß es sich bei den farbigen Leuchtkörpern an den Gebäuden um Markierungen für Flugschneisen handelte. Einige der Gleiter unter ihnen waren deutlich größer als die anderen, und Kirk vermutete, daß es langsamere öffentliche Verkehrsmittel waren, während über ihnen kleine Einpersonenflitzer und etwas größere Gefährte die schnelleren Luftstraßen benutzten.

Auch wenn die Leuchtmarkierungen die unterschiedlichen Ebenen anzeigten und die Farbe wechselten, um den freien Übergang von einer Schneise zur nächsten anzuzeigen, war es für Kirk nur schwer verständlich, wie sich so viele Luftfahrzeuge auf engstem Raum drängen konnten, ohne daß es zu Kollisionen kam. Vielleicht war jedes Fahrzeug mit einer Automatik ausgestattet, die Zusammenstöße verhindern sollte, mit einem Computersystem, das die Geschwindigkeit und Richtung der Gleiter in der näheren Umgebung berechnete und diese Daten bei der Navigation berücksichtigte. Oder die Patrianer besaßen ein erstaunlich schnelles Reaktionsvermögen, denn während des Fluges beobachteten sie keinen einzigen Unfall.

Der Verkehr hatte erheblich zugenommen. Sie befanden sich offensichtlich in einem deutlich belebteren Teil der Stadt. Kirk fragte sich unwillkürlich, ob in einigen der Fahrzeuge, die an ihnen vorbeiflogen, patrianische Terroristen saßen, die vielleicht mit Disruptoren bewaffnet waren. Ein gut gezielter Schuß, und alles wäre vorbei. Es war etwas ganz anderes als einem klingonischen Kampfkreuzer im Weltall zu begegnen. Selbst wenn das Schiff getarnt war, mußte es sich zuerst enttarnen, bevor es das Feuer eröffnen konnte, und es gab sogar Möglichkeiten, einem getarnten Schiff auf die Spur zu kommen. Hier auf dem Planeten standen sie vor einer völlig anderen Situation.

Hier befanden sie sich nicht im Weltraum, sondern in einer überfüllten Stadt, umgeben von Tausenden Zivilisten, von denen praktisch jeder ein Terrorist sein konnte. Jedes der Luftfahrzeuge, denen sie begegneten, konnte plötzlich zu ihnen aufschließen und ohne Vorwarnung das Feuer eröffnen, um sofort wieder im Getümmel des Verkehrs unterzutauchen. Jeder Zivilist auf der Straße konnte plötzlich einen Disruptor ziehen und auf den Polizeigleiter am Himmel schießen, um unerkannt in der Menge zu verschwinden. Zum ersten Mal erhielt Kirk einen gewissen Eindruck von dem Problem, mit dem die patrianischen Behörden konfrontiert waren. Und jetzt kam noch hinzu, daß sie nicht einmal wußten, wie sich Kirk und seine Offiziere verhalten würden. Es war eine äußerst beunruhigende Situation. Das war der eigentliche Schrecken des Terrorismus, dachte er. Die Gefahr versteckte sich hinter einem völlig normalen Gesicht, das sich zwischen anderen normalen Gesichtern verbarg, und sie konnte jederzeit zuschlagen.

Iano wurde langsamer, als er zwischen zwei Gebäuden einbog und auf etwa fünf Meter herunterging, so daß sie einen guten Blick auf ihre Umgebung und die übervölkerte Straße unter ihnen hatten.

»Das hier ist der älteste und bevölkerungsreichste Teil der Stadt«, sagte er. »Und hier gibt es auch die meisten Verbrechen. Dieser Stadtteil schläft nie. Hier waren die Rebellen bislang am aktivsten. Sie haben Anschläge in verschiedenen Vierteln der Hauptstadt durchgeführt, sich aber niemals sehr weit von hier entfernt. Unter den anderen Kriminellen fühlen sie sich sicher. Die beste Umgebung für einen Attentäter ist die Menge. Meine Aufgabe – oder vielleicht sollte ich sagen, *unsere* Aufgabe – wird darin bestehen, sie ans Tageslicht zu locken. Und ich glaube, daß Ihre Anwesenheit genau diesen Zweck erfüllen könnte.«

Er schob den Steuerknüppel nach vorn, worauf der Gleiter immer tiefer sank.

4

Die Sonne war bereits vor mehreren Stunden untergegangen, doch in den Straßen war es taghell. Sie waren in eine Symphonie aus farbigem Licht getaucht. Zahllose kunstvolle Leuchtreklamen forderten blitzend dazu auf, die verschiedensten Geschäfte zu besuchen. Lautsprecher wiederholten die Botschaften mit aufgezeichneten krächzenden Stimmen. Es war eine Kakophonie aus Bildern, Gerüchen und Geräuschen, die an die verrufensten Städte der Föderation wie Bangkok, Bradbury City, New York oder Elysium erinnerten.

Am Himmel drängte sich der Luftverkehr, und die Passanten füllten die Straßen. McCoy schrak zusammen, als eine Formation, die auf den ersten Blick aus Photonentorpedos zu bestehen schien, am Polizeigleiter vorbeischoß und ihn nur um Haaresbreite mit ihren Heckflossen verfehlte.

»Was zum Teufel ...!« schrie er und suchte instinktiv Deckung vor den vermeintlichen Geschossen, bis er plötzlich erkannte, daß die raketenförmigen Flugkörper von Patrianern mit Helmen gelenkt wurden. Sie saßen geduckt hinter kleinen Windschutzscheiben, während sie mit halsbrecherischen Manövern durch die Verkehrsströme jagten. »Sie halten wohl nichts von Geschwindigkeitsbegrenzungen, wie?« fragte er verärgert.

»Die meisten Leute schon«, erwiderte Iano. »Doch die Polizei muß sich im allgemeinen nicht daran halten.«

»Das war Polizei?« fragte McCoy.

»Wir bezeichnen diese Einheiten als Selbstmordkommandos«, sagte Iano. »Es handelt sich um Freiwillige. Es gab mehrere terroristische Anschläge, bei denen die Rebellen Raketengleiter benutzten. Sie sind viel wendiger als unsere Polizeifahrzeuge, wodurch die Rebellen bisher mühelos entkommen konnten. Die Selbstmordkommandos fliegen pausenlos Streife in der Stadt, um die Rebellen zu entmutigen, diese Taktik einzusetzen. Es ist sehr schwierig, mit einem Disruptor zu schießen, während man gleichzeitig mit hoher Geschwindigkeit verfolgt wird. Andererseits sind Polizisten auf Raketengleitern verlockende Ziele für Rebellen, die sich am Boden aufhalten. Außerdem sind diese Gefährte bei dichtem Verkehr recht gefährlich. Die Ausweichautomatik der anderen Fahrzeuge kann oftmals nicht schnell genug darauf reagieren. Es sind speziell ausgebildete Polizisten, die sich freiwillig für diesen Dienst melden. Sie neigen zu einer gewissen Rücksichtslosigkeit und machen sich oft den Spaß, die übrigen Polizisten zu ärgern, wie Sie gerade gesehen haben. Für sie ist das alles nur ein Spiel. Und einige Spiele sind nun einmal viel gefährlicher als andere.«

»Wie diese Spiele um Leben oder Tod, die Sie erwähnt haben?« fragte Kirk.

»Die interessantesten Spiele sind immer diejenigen, bei denen der Einsatz am höchsten ist«, erwiderte Iano.

»Das meinen Sie doch sicherlich nicht wörtlich!« sagte McCoy. »Oder wollen Sie behaupten, daß es in diesen Spielen tatsächlich um Leben oder Tod geht?«

»Genau das sind die spannendsten Kämpfe, Pille«, sagte Iano. »Wer gewinnt, kann unermeßlich reich werden. Wer verliert, kann sterben.«

»Das sind ja reizende Aussichten!« sagte McCoy.

»Gibt es auf den Welten der Föderation keine solchen Vergnügungen?« fragte Iano.

»Ich würde so etwas nicht als Vergnügung bezeichnen«, erwiderte McCoy.

»Mit Verlaub, Doktor«, meldete sich Spock zu Wort,

»ich denke, ich sollte darauf hinweisen, daß solche Spiele zwar umstritten sind, aber dennoch auf einigen Planeten der Föderation abgehalten werden. In der irdischen Geschichte gibt es zahlreiche Belege für Veranstaltungen, bei denen auf Leben und Tod gekämpft wurde, von den Gladiatoren im antiken Rom und den Ritterturnieren im mittelalterlichen Europa bis zu den Bukashi-Spielen afghanischer Stämme und den asiatischen Kumite-Veranstaltungen im Kampfsport, bei denen es immer wieder Todesopfer gab. Bis zum heutigen Tag erfreut sich der Boxsport großer Beliebtheit, bei dem das Publikum mit Begeisterung reagiert, wenn Blut fließt.«

»Sie müssen mir bei Gelegenheit mehr über diese Kampfsportarten erzählen«, sagte Iano, während er den Gleiter tiefer sinken ließ. »Ich denke, sie sind mit den Spielen vergleichbar, die Sie in wenigen Augenblicken erleben werden. Sie sind ebenfalls nicht unumstritten, aber keineswegs illegal. Zumindest noch nicht. Falls sie gesetzlich verboten werden sollten, würde ich sie jedenfalls nicht vermissen. Bei diesen Spielen kommt es oft zu großen Unruhen. Trotzdem sind sie sehr beliebt. Und sie bringen dem Staat eine Menge ein.«

»Heißt das, die Spiele werden besteuert?« fragte Chekov.

»Die Spielleiter müssen Gebühren für die offizielle Anerkennung entrichten. Weitere Gebühren werden auf die Kämpfe selbst und die Verzichtserklärungen der Spieler erhoben«, erklärte Iano. »Die Regierung zieht außerdem einen gewissen Prozentsatz der Wetteinsätze ein, auch wenn viele private Wetten die Steuer umgehen. Doch es ist praktisch unmöglich, diesen Bereich zu kontrollieren. Bei privaten Wetten wandern oft sehr hohe Geldsummen von einer Hand zur nächsten, obwohl es im Grunde illegal ist.«

»Faszinierend«, sagte Spock.

»Das alles erinnert mich sehr an das, was früher bei den Pferderennen auf der Erde ablief«, sagte Kirk.

»Pferderennen?« fragte Iano, als der Gleiter auf der Straße aufsetzte. »Ach so. Sie meinen die großen, domestizierten Säugetiere, die früher als Zugtiere auf Ihrem Planeten verwendet wurden und heute in erster Linie zu sportlichen Zwecken und als private Haustiere gezüchtet werden. Bei uns gibt es ein Tier, das eine vergleichbare Rolle spielt, ein großes zweibeiniges Reptil namens *razzik*. Doch in der Stadt werden Sie keine *razziks* zu Gesicht bekommen. Hier gibt es nicht genügend Platz für diese Tiere.«

Iano öffnete die Türen des Gleiters, und sie traten auf die Straße. Nachdem alle das Fahrzeug verlassen hatten, schloß Iano die Flügeltüren und aktivierte ein elektrisches Kraftfeld, das den Gleiter beschützen sollte, solange er unbesetzt war.

»Wenn wir zurückkehren, achten Sie bitte darauf, sich dem Gleiter erst dann zu nähern, wenn ich das Kraftfeld ausgeschaltet habe«, warnte Iano sie, während er seine Fernbedienung wieder einsteckte. »Sie könnten sich anderenfalls ernsthafte Verletzungen zuziehen.«

»Machen Sie sich keine Sorgen, daß jemand versehentlich gegen den Gleiter stoßen könnte?« fragte McCoy, der den dichten Fußgängerverkehr auf der Straße beobachtete.

»Nein«, sagte Iano. »Es ist ein Polizeifahrzeug. Die Leute wissen, daß sie sich davon fernhalten sollten.«

Als Iano die Straße überquerte, blickte sich McCoy zu den anderen um. »Ein richtig liebenswerter Kerl, nicht wahr?« sagte er.

»Ich denke, er ist kein Stück mehr von uns begeistert als wir von ihm«, sagte Kirk, als sie ihm folgten. »Aber wir brauchen ihn, ob es uns gefällt oder nicht. Wir müssen das Beste aus der Situation machen, bis wir herausgefunden haben, wie die Rebellen an klingonische Disruptoren gekommen sind.«

»Das könnte einige Zeit dauern«, unkte Chekov.

»Denken Sie positiv, Mr. Chekov«, sagte Kirk. »Die

Rebellen sind gegen einen Kontakt mit der Föderation. Und dieser Überzeugung verschaffen sie mit Gewalt Nachdruck. Es besteht also eine gute Chance, daß unsere Anwesenheit sie aus der Reserve locken wird.«

Iano wartete am Eingang eines Gebäudes auf sie, bei dem es sich offenbar um den Spielclub handelte. »Ihre Anwesenheit wird zweifellos eine gewisse Neugier erregen«, sagte er, als sie ihn erreicht hatten. Es war, als hätte er auf Kirks letzte Bemerkung reagiert, obwohl er ihr Gespräch im Straßenlärm unmöglich mitgehört haben konnte.

»Ja, das ist uns bereits aufgefallen«, sagte Kirk und blickte sich um. Sie zogen tatsächlich einige Aufmerksamkeit auf sich. Es hatte sich bereits eine kleine Menge versammelt, und die Leute starrten sie an und zeigten mit Fingern auf sie. »Dieser Punkt war mir von Anfang an klar«, fügte er hinzu. »Die Ermordung des Captains eines Föderationsraumschiffs und seiner Offiziere könnte zu einer schweren diplomatischen Krise führen, die den Rebellen zu trauriger Berühmtheit verhelfen würde.«

»Mit anderen Worten, wir geben eine hervorragende Zielscheibe ab«, sagte McCoy mit säuerlicher Miene.

»Natürlich habe ich diesen Punkt ebenfalls in Betracht gezogen«, sagte Iano. »Ich möchte Sie jedoch keinem unnötigen Risiko aussetzen.«

»Ich bin bereit, ein gewisses Risiko einzugehen, wenn es der Sache nützt, Lieutenant«, sagte Kirk. »Und meine Leute sehen das genauso.«

Iano nickte. »Natürlich«, sagte er. Sein Blick ruhte einen Moment lang auf Spock, und er machte den Eindruck, als wollte er noch etwas hinzufügen, bis er es sich anscheinend anders überlegte. »Die Spielclubs in diesem Bezirk ziehen das an, was Menschen wohl als ›zwielichtige Elemente‹ bezeichnen würden«, sagte er statt dessen. »Falls es irgendwelche Probleme gibt, haben Sie die Befugnis, sich nötigenfalls mit allen Mitteln zu verteidigen.«

»Nur wenn es unbedingt nötig ist, Lieutenant«, erwiderte Kirk und forderte ihn mit einer Geste auf, die Führung der Gruppe zu übernehmen.

»Vielen Dank, Captain«, sagte Iano. Er musterte die anderen, wobei er wieder für einen kurzen Moment bei Spock verweilte. Und wieder schien er noch etwas sagen zu wollen, doch dann drehte er sich um und trat durch den Eingang in den Spielclub.

»Seltsam«, sagte Spock und hob eine Augenbraue.

»Was ist seltsam?« fragte Kirk.

»Ich bin mir nicht ganz sicher, Captain«, sagte Spock, »aber ich habe einen Verdacht in bezug auf Lieutenant Iano, der einige Dinge erklären und unsere gegenwärtige Situation in einem völlig neuen Licht erscheinen lassen könnte. Doch vorläufig würde ich diesen Verdacht gerne für mich behalten, bis ich mehr als unbegründete Spekulationen äußern kann. Schließlich könnte ich mich irren.«

»Ja, das wäre möglich, auch wenn es bei Ihnen sehr selten vorkommt«, sagte Kirk. »Was haben Sie sich überlegt, Spock?«

»Vielleicht sollten wir später darüber reden, Captain«, entgegnete Spock. »Lieutenant Iano ist bereits hineingegangen, und wir erregen hier draußen auf der Straße einiges Aufsehen.«

»Ja, ich verstehe«, sagte Kirk und blickte sich zur aufgeregten Menge um, die immer größer wurde.

Sie betraten den Spielclub durch einen Gang mit gewölbter Decke. Ein paar der neugierigen Zuschauer folgten ihnen hinein.

Drinnen herrschte gedämpfte Beleuchtung, und es war sogar noch lauter als auf der Straße. Dröhnende Musik brach über sie herein. Sie hatten noch nie eine derartige Geräuschkulisse gehört. Sie klang wie eine seltsame Mischung aus heulendem Wind, donnernder Brandung und rasselndem Lärm, als würden viele Percussion-Instrumente gleichzeitig gegeneinander geschlagen. Kirk hätte den Lärm kaum als Musik erkannt, wenn diese nicht einen deutlichen Rhythmus gehabt hätte, ein beständiges An- und Abschwellen, das eine unheimliche, geradezu hypnotische Wirkung besaß.

Der Raum war dunkel und wie eine Höhle gestaltet. Schwarz war die dominierende Farbe, obwohl es sich weniger um eine Farbe als vielmehr um die Abwesenheit von Farbe handelte, wie Kirk überlegte.

Sie standen immer noch im Eingangsbereich, am oberen Ende einer Treppe, die zum Boden des eigentlichen Raumes hinunterführte. Unter ihnen wanden sich Körper in kunstvollen Tanzbewegungen zum fremdartigen Rhythmus der Musik. Kirk verglich die Szene unwillkürlich mit dem Gewimmel in einer Schlangengrube.

»Faszinierend«, sagte Spock, als er das Geschehen betrachtete.

»Es sieht aus wie eine Szene aus Dantes *Inferno*«, sagte Chekov.

»Es ist ein völlig normales Tanzlokal, Mr. Chekov«, entgegnete Kirk, als er die Bar an der Seite des Raumes entdeckte. Sie befand sich in einem Bereich mit Sitzplätzen, der gegenüber der Tanzfläche ein wenig erhöht war. »Ein anderer Planet, eine andere Spezies mit anderen Sitten, aber das Grundprinzip ist trotzdem das gleiche.«

»Nicht ganz, Captain«, widersprach Spock. »Die Atmosphäre hat weniger einen geselligen als vielmehr einen rituellen Charakter. Die Patrianer tanzen nicht einfach aus Selbstzweck. Sie scheinen sich gezielt in eine Art Raserei hineinzusteigern.«

»Aber zu welchem Zweck?« fragte Kirk mit verwirrt gerunzelter Stirn.

»Für die Spiele, Captain Kirk«, antwortete Iano. »Wir sind offenbar zu einem Zeitpunkt eingetroffen, an dem die Stimmung kurz vor ihrem Höhepunkt steht. Hier entlang ...«

Als sie die Treppe hinunterstiegen, erhöhte sich die

Tonlage der Musik, und ein Teil des Bodens geriet in Bewegung. Ein Quader schob sich in die Höhe, und einige Tänzer traten sofort herunter, während andere auf der langsam emporsteigenden Plattform blieben und mit schlängelnden Bewegungen weitertanzten. Als sie eine gewisse Höhe erreicht hatte, sprangen auch sie herunter in die wartenden Arme der Menge. Kirk hatte keine Ahnung, welchen Sinn das monolithische Gebilde haben mochte.

Niemand achtete auf die Männer von der *Enterprise,* die zusammen mit Iano über die Stufen herunterkamen. Zuerst wunderte Kirk sich darüber, bis ihm klar wurde, daß die Patrianer vermutlich gar nicht bemerkten, daß sich Menschen – und ein Vulkanier – unter ihnen aufhielten. Im gedämpften Licht des Clubs waren die Umrisse der humanoiden Gestalten kaum zu unterscheiden. Außerdem schienen alle Anwesenden vom Anblick des Monolithen gebannt zu sein, der sich immer noch in die Höhe bewegte.

Dann schob sich ein zweiter schwarzer Quader aus dem Boden und nahm einige Tänzer mit nach oben. Als er etwa die halbe Höhe des ersten Monolithen erreicht hatte, tauchte ein dritter und kurz darauf ein vierter Quader auf. Schließlich waren es sieben rechteckige Monolithen, die einen Durchmesser von etwas mehr als einen Meter und eine Höhe von schätzungsweise vier Metern hatten. Zwischen ihnen blieb etwa anderthalb Meter Platz. Zwei der Monolithen standen nebeneinander, dann kam eine versetzte Reihe aus drei Blöcken, und die hinteren beiden standen den ersten genau gegenüber. Kirk erkannte, daß sie von oben gesehen einen Kreis aus sechs Monolithen ergaben, in dessen Zentrum der siebte stand.

Als er aufblickte, sah er, daß der Raum von drei erhöhten Galerien umgeben war, von denen die Zuschauer einen guten Blick auf die Arena hatten. Iano führte sie jedoch nicht zu einer der Treppen, über die man auf die Galerien gelangte, sondern stieg über die breiteren Stufen zum Sitzbereich vor der Bar hinauf. Er trat an einen Tisch und baute sich davor auf, wobei er die beiden Personen anstarrte, die dort saßen. Als sie ihn bemerkten, machten sie unverzüglich und ohne Widerspruch die Plätze frei. Iano winkte Kirk und die anderen an den Tisch.

Als sie sich setzten, warf Kirk den zwei Leuten, die sie verjagt hatten, einen bedauernden Blick zu. Die Patrianer dagegen starrten voller Faszination und vielleicht auch mit ein wenig Furcht auf die Männer von der *Enterprise*. »Es war doch gar nicht nötig, diese Leute zu verscheuchen«, sagte er.

»Vielleicht nicht, aber es war praktisch«, erwiderte Iano. »Von diesem Tisch aus hat man einen guten Blick auf die Veranstaltung. Gleichzeitig können wir von hier jeden beobachten, der dieses Etablissement betritt oder verläßt.«

»Wie heißt dieser Laden?« fragte Chekov und blickte sich um.

»Es ist der Arena Club«, antwortete Iano.

»Was sind das für Gebilde?« fragte McCoy und zeigte auf die Monolithen.

»Sie meinen die Türme? Das werden Sie in wenigen Augenblick sehen«, versprach Iano. Er winkte einer Kellnerin, die sofort an ihren Tisch eilte, um die Bestellungen entgegenzunehmen.

Kirk und die anderen wollten nichts trinken. Als Iano mit der Kellnerin sprach, starrte die Frau die Offiziere der *Enterprise* an. Bis zu diesem Moment hatte Kirk keine Unterschiede zwischen männlichen und weiblichen Patrianern feststellen können, doch jetzt erkannte er, daß die Frauen etwas kleiner gebaut waren, einen geringer ausgeprägten Augenbrauenwulst besaßen und eine blassere Hautfärbung mit leichter Sprenkelung aufwiesen. Die Patrianer bewegten sich insgesamt mit einer schlangenhaften Anmut, doch für die Frauen galt dies in besonderem Maße. Kirk blickte ihr anerkennend nach, als sie sich entfernte.

Plötzlich hörte die Musik auf. »Meine Damen und Herren«, verkündete eine laute Stimme über die Verstärkeranlage, »willkommen im Arena Club! Das Spiel kann beginnen!«

Während das Publikum spontan applaudierte, verfolgten Kirk und die anderen die Ankündigungen über die winzigen und praktisch unsichtbaren Ohrhörer ihrer Translatoren. Unter dem Jubel der Zuschauer leuchteten die bislang schwarzen Monolithen im Zentrum der Tanzfläche auf, einer nach dem anderen, und zwar jeder in einer anderen Farbe. Die Patrianer gaben ein rauhes Krächzen von sich, das auf Menschen eine zermürbende Wirkung hatte und vage an das Röhren von Hirschen erinnerte.

»Und hier sind ... die Kämpfer!« rief der Moderator über die Lautsprecheranlage. »In Blau ... der Herausforderer Azk Yalu!«

Ein männlicher Patrianer in einem hellblauem, engen Overall schoß aus dem blau erleuchteten Turm hervor und landete mit den Füßen auf der Plattform, während er einen Stab in der Hand schwenkte.

»Und in Orange ... der Herausforderer Zyl Barg!«

Ein zweiter Patrianer erschien auf die gleiche Weise auf dem orangefarbenen Monolithen. Er war genauso wie der erste ausgestattet, nur in Orange.

Kirk erkannte, daß es am oberen Ende der Türme eine Art verschließbare Falltür geben mußte. Die Monolithen waren hohl, wie schmale Liftröhren, und wenn sie erleuchtet waren, konnte man hindurchsehen. Die Kämpfer betraten ihren Turm offenbar durch das Untergeschoß und wurden dann von irgendeinem Mechanismus durch die Röhre nach oben katapultiert. Wenn sie oben angekommen waren, schloß sich die Klappe, so daß die Kämpfer darauf stehen konnten.

»Sehr dramatisch«, sagte er.

»Das ist noch längst nicht alles, Captain«, erwiderte Iano. »Warten Sie's ab!«

Inzwischen hatten sich alle sechs Herausforderer auf ihren Türmen eingefunden. Alle waren gleich gekleidet, wenn auch in unterschiedlichen Farben, und trugen identische Stäbe, die aus Metall zu bestehen schienen. An einem Ende befand sich eine Kugel und am anderen ein karoförmiger Aufsatz, der wie eine Klinge aussah.

»Was sind das für Metallstäbe?« fragte Chekov.

»Es sind Kampfstöcke, Mr. Chekov«, antwortete Iano. »Das runde Ende dient lediglich als Keule, um Schläge damit auszuteilen. Am anderen Ende befindet sich eine Vorrichtung, die einen starken elektrischen Schock erzeugt.«

»Wie stark?« fragte Kirk neugierig.

»Stark genug, um den Gegner zu betäuben«, sagte Iano. »Der wiederholte Einsatz kann zum Tode führen.«

»Und so etwas wollen Sie als *Vergnügung* bezeichnen?« fragte McCoy in einem Tonfall, der keinen Zweifel daran ließ, wie sehr er diese Vorstellung verabscheute.

»Immer mit der Ruhe, Pille«, ermahnte Kirk ihn.

»Und jetzt, meine Damen und Herren«, rief der Ansager, »der Meister! In Weiß ... der ungeschlagene ... der unbezwingbare ... Zor Kalo!«

Die Menge jubelte begeistert, als der Meister durch den mittleren Turm schoß, auf der Plattform landete und seinen Stab schwenkte. Er war eindeutig der Favorit der Zuschauer.

»Kalo ist ein Profi, der beste Kämpfer der Spiele«, erklärte Iano. »Er hat noch nie einen Wettkampf verloren.«

»Bevor wir mit den heutigen Spielen beginnen, meine Damen und Herren, haben wir noch eine wichtige Neuigkeit zu verkünden. Es ist uns eine große Ehre, heute ganz besondere Gäste unter uns begrüßen zu dürfen ... den Befehlshaber des Föderationsraumschiffs *Enterprise*,

Captain James T. Kirk, und seine Führungsoffiziere. Bitte heißen Sie unsere Besucher aus dem All herzlich willkommen!«

Als ein heller Scheinwerfer auf ihren Tisch gerichtet wurde, stand Kirk auf und winkte seinen Offizieren, es ihm nachzutun. Er wandte sich der Menge zu und hob die Hände zum patrianischen Gruß. Die anderen folgten seinem Beispiel. Sie wurden fast genauso lange wie der Meister bejubelt. Iano nickte ihnen anerkennend zu, als sie wieder Platz nahmen. Kirk vermutete, daß er der Kellnerin einen Hinweis gegeben hatte, damit der Ansager sie begrüßte.

»Falls die Rebellen noch nicht wußten, daß wir hier sind, dann dürfte es ihnen spätestens jetzt bekannt sein«, sagte Kirk.

»Genau das war doch Ihre Absicht, oder etwa nicht?« sagte Iano. »Die Föderation ist hier, um diplomatische Beziehungen aufzunehmen. Ich dachte, ich könnte Ihnen damit eine Gelegenheit verschaffen, eine ... diplomatische Beziehung herzustellen.«

»Erinnern Sie uns daran, daß wir uns bei Ihnen bedanken, wenn die Terroristen uns über den Haufen schießen«, sagte McCoy.

Dann wurde das Zeichen gegeben, daß der Kampf beginnen sollte. Das Publikum tobte, und die Männer von der *Enterprise* sahen fasziniert zu, wie die Kämpfer in Stellung gingen. Ihre Kampfstöcke waren etwa zwei Meter lang, wodurch sie den Gegner auf dem benachbarten Turm erreichen konnten, wenn er sich nicht auf die andere Seite der Plattform zurückzog. Doch die Türme waren so angeordnet, daß jeder Kämpfer sich immer in Reichweite zweier oder dreier Gegner befand.

»Das Ziel des Spiels ist erreicht«, sagte Iano, »wenn nur noch ein Kämpfer auf den Türmen steht. Es gibt kein Zeitlimit und keine weiteren Regeln. Ein Spieler kann jedes Mittel einsetzen, um die anderen herunterzudrängen.«

»Sie meinen, die Leute versuchen sich gegenseitig von den Türmen zu werfen? Aber was passiert, wenn sie in die Menge der Zuschauer stürzen?« fragte Chekov.

»Nichts, Mr. Chekov«, sagte Iano. »Schauen Sie zu.«

Da der Meister genau in der Mitte stand, konnte er mit seinem Stab jeden der sechs Herausforderer erreichen, aber das bedeutete gleichzeitig, daß er auch von allen anderen getroffen werden konnte. Daher verlor er keine Zeit und ging sofort in die Offensive. Sobald der elektronische Gong ertönte, der den Beginn des Kampfes anzeigte, setzte Kalo zu einem Sprung an, der ihn auf den grün erleuchteten Turm brachte. Mit den Füßen voran rammte er seinen grün gekleideten Herausforderer, der rückwärts vom Turm fiel und in die Menge stürzte. Der Schrei des Mannes ging im Lärm der Zuschauer unter, als er seinen Stab fortwarf und von den Armen der Menge aufgefangen wurde. Sie warfen ihn immer wieder hoch, so daß er wie ein Korken auf dem Wasser zu tanzen schien.

»Sie werden ihn so lange hochwerfen, bis sie genug haben«, erklärte Iano. »Dann lassen sie ihn herunter. Wenn er Glück hat, muß er nur ein paar Kratzer einstecken.«

»Wie meinen Sie das – wenn er Glück hat?« fragte McCoy.

»Wenn die Menge in Raserei verfällt, kann sie recht gewalttätig werden«, sagte Iano. »Unbeliebte Kämpfer wurden schon einige Male nach dem Ende des Kampfes tot auf dem Boden der Arena aufgefunden. Und sie waren nicht immer in einem Stück.«

Obwohl das Spiel gerade erst begonnen hatte, war bereits ein Kämpfer ausgeschaltet. Und ein zweiter war betäubt. Während Kalos Angriff hatte Barg, der Herausforderer in Orange, seinem roten Gegner links von ihm einen Schlag mit der Spitze seines Stabes versetzt. Es gab eine knisternde Entladung, während der Getroffene heftig zuckte und in die Knie ging. Er konnte sich nur mit Mühe auf seinem Turm halten. Gleichzeitig hatte der Kämpfer neben ihm, der einen violetten Anzug trug, sich zu Kalo umgedreht, um seinen Angriff abzuwehren. Barg nutzte diese Gelegenheit und sprang auf den roten Turm, wobei er den betäubten Herausforderer herunterstieß, um den violetten Kämpfer von hinten anzugreifen. Er traf ihn mit dem Stab am unteren Ende der Wirbelsäule. Der violette Kämpfer schrie auf, während er von krampfhaften Zuckungen geschüttelt wurde und dann vom Turm herab in die Menge stürzte.

Gleichzeitig hatte Yalu, der Herausforderer in Blau, den gelb gekleideten Mann auf dem Turm neben ihm in einen Kampf verwickelt. Er parierte einen Hieb seines Gegners, worauf es zu einem heftigen Schlagabtausch kam, bis Yalu den Mann mit dem stumpfen Ende seines Stabes am Kopf traf. Blut floß in Strömen über das Gesicht des gelben Gegners, als er ins Taumeln geriet und Yalus nächstem Hieb nichts mehr entgegensetzen konnte, worauf auch er in die Tiefe fiel.

McCoy sprang auf, doch Iano hielt ihn am Arm fest und schüttelte den Kopf.

»Dieser Mann ist vielleicht schwer verletzt!« protestierte McCoy.

»Sie würden ohnehin nicht an ihn herankommen«, sagte Iano. »Und dort unten in der Menge würden Sie sich selbst in große Gefahr bringen. Der Kämpfer wußte um das Risiko, als er sich für das Spiel aufstellen ließ. Außerdem können Sie sowieso nichts ausrichten.«

Das Spiel war schnell, brutal und völlig unberechenbar. Innerhalb weniger Augenblicke waren vier Herausforderer ausgeschaltet, so daß nur noch drei Kämpfer übrig waren. Außerdem kam jetzt eine weitere Schwierigkeit hinzu, die das Spiel noch gefährlicher machte.

Wenn ein Gegner besiegt war, wurde sein Turm wieder schwarz. Im schwachen Licht der Arena, die nur von einigen Scheinwerfern erhellt wurde, waren die

Türme nicht nur Kampfplattformen gewesen, sondern auch leicht erreichbare Rückzugsfelder. Nachdem jetzt vier dieser Türme dunkel geworden waren, konnten die Kämpfer in der Hitze des Gefechts nicht mehr auf einen Blick erkennen, wo sie sich befanden.

»Der Kampf ist jetzt in die Phase eingetreten, in der der Meister einen leichten Vorteil hat«, erklärte Iano, während das Spiel weiterging. »Die übriggebliebenen Herausforderer können sich nun freier bewegen, nachdem es vier unbesetzte Türme gibt. Die Zuschauer und wir können die verdunkelten Türme mühelos erkennen, aber für die Kämpfer ist es viel schwieriger. Im Kampfgetümmel können sie höchstens einen kurzen Blick riskieren. Da der Meister schon häufiger in der Arena gekämpft hat, ist er mit der Anordnung der Türme bereits vertraut. Er hat den Vorteil der Erfahrung. Die Herausforderer können sich nur auf ihr Gedächtnis und ihren Instinkt verlassen. Und natürlich auf ihr Glück.«

»Dann wäre es für die Herausforderer viel sinnvoller, sich zusammenzutun und zuerst den Meister auszuschalten, bevor sie den Kampf unter sich entscheiden«, sagte Kirk.

»Sehr gut, Captain«, sagte Iano nickend. »Ich sehe, daß Sie ein hervorragender Stratege sind. Das wäre in der Tat das Klügste, was die Herausforderer in dieser Kampfphase tun können. Doch in der Hitze des Gefechts denken nur wenige mit der nötigen Klarheit. Und wenn es um eine hohe Preissumme geht, wird die Situation zusätzlich durch den Faktor der Habgier kompliziert. Schauen Sie ...«

Kirk sah, daß Iano recht hatte. Statt sich zu verbünden – zumindest vorübergehend –, um die größere gemeinsame Gefahr zu eliminieren, dachten die zwei noch übrigen Herausforderer nur an sich selbst und kämpften weiterhin jeder für sich. Sie attackierten nicht nur den weiß gekleideten Meister, sondern auch sich gegenseitig. Barg, der Kämpfer im orangefarbenen Anzug, griff Kalo mit dem Stab an, doch im selben Augenblick wurde er von Yalu im blauen Anzug bedrängt, worauf Barg gezwungen war, den Angriff auf Kalo abzubrechen und Yalus Schlag zu parieren. Dadurch erhielt Kalo die Gelegenheit, auf einen der dunklen Türme zu springen und sich außer Reichweite seiner Herausforderer zu bringen.

Kirk sah genau, was Iano gemeint hatte, als er vom Vorteil des Meisters gesprochen hatte. Kalo mußte blind in die Dunkelheit springen, während er von einem Scheinwerfer geblendet wurde. Er konnte seinen Sprung nur nach Gefühl abschätzen. Der Scheinwerfer folgte ihm natürlich, aber die Plattform wurde erst in dem Augenblick erhellt, als Kalo dort landete. Hätte er den Turm verfehlt, hätte der Lichtstrahl seinen Sturz in die Menge verfolgt. Doch der Meister hatte den Sprung völlig richtig eingeschätzt und war genau in der Mitte der dunklen Plattform gelandet, wo zu Anfang des Kampfes der violett gekleidete Herausforderer gestanden hatte.

Das Spiel wurde jetzt etwas ruhiger und war nun kein hektisches Getümmel mehr, sondern eher ein spannungsgeladener Tanz. Kirk erkannte bald, daß die Strategie des Meisters darin bestand, sich immer wieder von seinen Herausforderern zu entfernen. Er verließ sich darauf, daß er die Anordnung der verdunkelten Türme kannte; und seine Gegner waren gezwungen, sich gegenseitig zu bekämpfen oder riskante Sprünge zu wagen, um zu Kalo zu gelangen. Kirk fand, daß es ein sehr spannender Kampf war, und er konnte den Blick nicht von den Kämpfern losreißen.

Er spürte, wie sich sein Herzschlag beschleunigte. Unwillkürlich feuerte er den Meister an, der sich mit Intelligenz gegen eine Übermacht durchzusetzen verstand. Kirk beobachtete, wie Kalo sich mit fließender, athletischer Anmut bewegte, und er versuchte vorauszusehen, welche der Möglichkeiten Kalo nutzen würde.

Dann warf er Iano einen kurzen Blick zu und bemerkte, daß der Lieutenant das Spiel nur am Rande verfolgte. In erster Linie beobachtete der patrianische Polizist aufmerksam die Menge und musterte mit konzentriertem Gesichtsausdruck die Anwesenden. Kirk blickte sich zu Spock um und nickte. Während McCoy mit bestürzter Miene und Chekov voller Begeisterung dem Spiel zusahen, schauten sich nun auch Kirk und Spock in der Menge um.

Es war leicht, sich von der Erregung des Kampfes mitreißen zu lassen, erkannte Kirk, aber sie spielten hier ihr eigenes, wesentlich gefährlicheres Spiel. Er konnte sich keine Ablenkung erlauben. Jeder Zuschauer konnte ein Rebell sein. Und an einem Ort wie diesem konnte ein Angriff aus jeder beliebigen Richtung und ohne Vorwarnung erfolgen.

Yalu machte plötzlich einen wagemutigen Vorstoß, als er einen Hieb von Barg parierte und auf den weißen Turm in der Mitte sprang. Barg hatte sich auf seinem eigenen, noch erleuchteten Turm wieder in Stellung gebracht und wandte sich dem zentralen Turm zu, als Yalu sprang. Doch im gleichen Moment sprang Kalo in dieselbe Richtung, so daß er zum selben Zeitpunkt wie Yalu auf der mittleren Plattform landete. Bevor Yalu sein Gleichgewicht wiedergefunden hatte, warf Kalo sich mit dem Körper gegen den verblüfften Gegner und stieß ihn dadurch rückwärts vom Turm. In einer fließenden Fortsetzung dieser Bewegung schleuderte er seinen Kampfstock mit der Spitze voran auf Barg. Dieser war viel zu überrascht, um reagieren zu können, und wurde von Kalos Stab mitten in die Brust getroffen. Knisternd entlud sich die Energie. Barg schrie auf und zuckte, dann verlor er den Halt und kippte rückwärts in die Zuschauermenge. Das Publikum tobte vor Begeisterung, als der Meister triumphierend die Arme hochriß.

»Faszinierend!« sagte Spock.

»Faszinierend?« wiederholte McCoy fassungslos. »Sie bezeichnen diese barbarische Szene als *faszinierend*?«

»Immerhin ist es ein Wettkampf, bei dem Geschwindigkeit, Kraft, Beweglichkeit, Koordinierungsvermögen und schnelles Denken eine große Rolle spielen, Doktor«, erwiderte Spock. »Und ein derartiges Kampfgeschick finde ich in der Tat faszinierend.«

»Es bringt das Blut in Wallung, wenn man einen solchen Kampf beobachtet«, stellte Chekov fest.

»Es sieht ganz danach aus, Mr. Chekov«, gestand Kirk ein. »Lieutenant, ich ...« Er sprach nicht weiter, als er bemerkte, wie sich alle Gesichter der Menge ihm zuwandten. Und plötzlich sah er, daß der siegreiche Meister Kalo mit ausgestrecktem Stab genau auf ihn zeigte. »Was geht hier vor?« fragte er.

»Interessant«, sagte Iano. »Ich glaube, Sie werden gerade herausgefordert, Captain.«

»*Wie bitte?*« entfuhr es McCoy.

Ein Scheinwerfer war auf ihren Tisch gerichtet. Kalo blickte Kirk an und nickte ihm zu. Die Menge wurde immer erregter.

»Ist das Ihr Werk?« wollte McCoy wutschnaubend von Iano wissen.

Iano schüttelte den Kopf. »Nein. Aber Sie müssen zugeben, daß es eine interessante Entwicklung ist.«

»Nun, es ist mir schon immer schwergefallen, eine Herausforderung abzulehnen«, sagte Kirk und stand auf.

»Jim! Du willst doch nicht ernsthaft bei diesem Spektakel mitmachen!« sagte McCoy erschrocken.

»Warum nicht?« entgegnete Kirk. »Wir sind hergekommen, damit man Notiz von uns nimmt. Und es gibt nichts Besseres, als sich ins Zentrum der Aufmerksamkeit zu rücken, um sich bemerkbar zu machen.«

»Dieser Mann ist ein Profi!« sagte McCoy. »Ein Meister!«

Kirk lächelte. »Ach, ich glaube nicht, daß er mir weh

tun wird, Pille. Es ist nur eine freundliche Geste. Und schließlich sind wir hier, um diplomatische Beziehungen zu etablieren.« Er drehte sich zu Kalo um, hob die Hände, um sein Einverständnis zu erklären und verbeugte sich. »Wie komme ich nach unten?«

Wie zur Antwort auf seine Frage erschien plötzlich ein Ordner und forderte ihn mit einem Wink auf, ihm zu folgen.

»Ich denke, ich sollte Sie lieber begleiten«, sagte Iano und musterte skeptisch die Menge.

»Nein, Lieutenant, Sie bleiben hier und behalten die Umgebung im Auge«, erwiderte Kirk. »Mr. Spock wird mich begleiten.«

»Passen Sie gut auf sich auf!« sagte Iano.

Kirk nickte. »Genau das habe ich vor.«

Spock stand auf und folgte dem Captain und dem Ordner ins Kellergeschoß, wo sie zur Basis der Türme geführt wurden und Kirk einen Kampfstock erhielt. Er hob ihn prüfend hoch. Es war eine verhältnismäßig simple Waffe, die gut in der Hand lag. Es waren keinerlei Kontrollen vorhanden. Die Betäubungsvorrichtung an der Spitze wurde automatisch bei Körperkontakt ausgelöst. Dann führte der Aufseher ihn zum Eingang am unteren Ende eines Turms. Kirk wandte sich an Spock.

»Sobald ich oben bin, gehen Sie zurück zu den anderen«, sagte er. »Und dann halten Sie die Augen offen.«

Spock nickte. »Seien Sie vorsichtig, Captain.«

Kirk lächelte. »Machen Sie sich keine Sorgen um mich. Dies ist eine gute Gelegenheit, um einige Punkte für die Föderation zu sammeln, wenn wir ihnen zeigen, daß wir keine Spielverderber sind. Beobachten Sie nicht mich, sondern die Zuschauer. Da oben werde ich ein ausgezeichnetes Ziel abgeben.«

»Dessen bin ich mir bewußt, Captain«, entgegnete Spock.

»Gut. Dann kann es losgehen!«

Er trat in den Turm, wobei er den Stab aufrecht an seiner Seite hielt. Kirk blickte nach oben, und plötzlich spürte er, wie er unter dem lauten Zischen komprimierter Luft durch die hohle Röhre hochgeschossen wurde. Eine Sekunde später tauchte er durch die offene Klappe am oberen Ende auf und wurde ein Stück hochgeschleudert, während die Zuschauermenge johlte. Er blickte schnell nach unten und sah, wie sich die Klappe schloß, bevor er auf die Plattform zurückfiel. Ohne Probleme landete er auf der Spitze des Turmes und schaute sich um.

Jetzt waren alle Türme beleuchtet, obwohl er mit seinem Herausforderer allein war. Der Lärm der Menge war ohrenbetäubend. Schließlich wurden sie Zeugen eines einzigartigen Schauspiels. Ihr Meister sollte gegen einen Menschen kämpfen, was es noch nie zuvor gegeben hatte. Kirk musterte seinen Gegner.

Aus der Nähe wirkte Kalo viel größer als von den Zuschauerplätzen. Er überragte Kirk fast um Hauptеslänge und war kräftig gebaut. Er stand ihm gegenüber auf einer Turmplattform, sah ihn an und hielt seinen Stab waagerecht vor der Brust. Kirk nahm die gleiche Haltung ein.

»Meine Damen und Herren«, sagte der Ansager, »wir präsentieren Ihnen jetzt ein noch nie dagewesenes Ereignis, einen ganz besonderen Schaukampf! Captain Kirk von der Vereinten Föderation der Planeten, der Befehlshaber des Raumschiffs *Enterprise*, der zu Besuch auf unserer Welt ist, um diplomatische Beziehungen zu den Republiken von Patria aufzunehmen, gegen den ungeschlagenen Meister der Arena, den einzigartigen Zor Kalo!«

Die Menge raste vor Begeisterung.

»Zu diesem speziellen Schaukampf werden alle Türme erleuchtet bleiben«, gab der Ansager bekannt. »Und aus Respekt vor dem Herausforderer der Föderation, der nicht mit diesem Spiel vertraut ist, wird ein Zeitlimit von drei Minuten festgesetzt. Wenn die Zeit verstrichen ist, wird das Signal ertönen und das Ende des Kampfes anzeigen. Sind die Kämpfer bereit?«

Kirk drehte sich zur Kabine des Ansagers um und nickte. Kalo hob lediglich seinen Stab und schüttelte ihn. Kirk lächelte dem Meister zu. Dann erklang das elektronische Signal, um den Beginn des Kampfes anzuzeigen.

Kirk nahm sofort Kampfhaltung an, und der Meister startete ohne Zögern seinen ersten Angriff. Er schlug mit dem Keulenende seines Stabes nach Kirk, doch Kirk konnte den Hieb parieren. Mit einer eindrucksvollen Bewegung drehte Kalo im nächsten Moment den Stab herum und stieß mit der Spitze nach seinem Gegner. Kirk wich zur Seite aus und blockierte den Angriff mit seinem Kampfstock. Die Menge jubelte anerkennend.

Nach einer Finte setzte der Meister plötzlich zum Sprung an und landete genau vor Kirk auf seinem Turm. Überrascht hob Kirk seinen Stab, um ihn abzuwehren. Die Stäbe schlugen gegeneinander, und Kalo stemmte sich gegen den Menschen. Der Patrianer war erstaunlich kräftig. Die Menge feuerte die Kämpfer an, als der Meister versuchte, Kirk vom Turm zu drängen. Ihre Gesichter waren nur wenige Zentimeter voneinander entfernt, während Kirk sich gegen den Druck seines Gegners stemmte.

»Sie werden belogen, Mensch!« sagte Kalo. »Können Sie mich verstehen?«

»Was?« fragte Kirk verdutzt.

Kalo schlug ihm plötzlich die Beine weg, so daß Kirk zu Boden ging. Sein Gegner hob den Stab und zielte mit der betäubenden Spitze auf Kirk, doch Kirk konnte sich gerade noch rechtzeitig zur Seite rollen, wobei er gefährlich nahe an den Rand der Turmplattform geriet. Schnell drehte er seinen eigenen Stab herum und versetzte Kalo mit dem runden Ende einen heftigen Schlag gegen die Beine. Kalo verlor das Gleichgewicht, und die Menge keuchte überrascht auf. Der Meister wäre beinahe vom Turm gestürzt! Kirk kam sofort wieder auf die Beine und warf sich auf seinen Gegner.

Der Meister richtete sich auf den Knien auf und hob seinen Stab, mit dem er Kirks Angriff blockierte. Kirk drückte gegen seinen Stab, um ihn am Aufstehen zu hindern. »Was haben Sie gesagt?«

»Ich sagte, daß man Sie belügt«, wiederholte Kalo. Niemand konnte seine Worte im tobenden Lärm der Menge hören. Selbst Kirk verstand kaum, was der Meister sagte. »Vertrauen Sie nicht der Polizei!«

Kalo riß urplötzlich seinen Stab herum, schob damit Kirks Waffe beiseite und brachte ihn aus dem Gleichgewicht. Kirk taumelte zum Rand der Plattform. Dann spürte er, wie ein Keulenschlag ihn in den Rücken traf. Er stöhnte schockiert über den Schmerz auf. Der Meister hatte sich nicht zurückgehalten. Kirk erkannte, daß er sich nicht mehr auf dem Turm halten konnte. Also versuchte er gar nicht, sein Bewegungsmoment abzubremsen, sondern nutzte es zu einem Sprung.

Er landete auf dem grünen Turm, fing sich ab und drehte sich schnell zum Meister herum. Kalo schien die Angelegenheit ernst zu nehmen! Oder? Der Patrianer war äußerst stark, und Kirk erkannte, daß er möglicherweise viel härter hätte zuschlagen können. Er hätte ihn mühelos in den Abgrund schleudern können. Statt dessen hatte er ihn gezwungen, zum anderen Turm zu springen. Und was meinte der Mann damit, daß er angelogen wurde und nicht der Polizei vertrauen sollte?

Als Kalo ihn erneut angriff, blockierte Kirk den Schlag und wehrte sich mit einem eigenen Vorstoß. Sie standen beide am Rand ihrer Türme und lieferten sich einen schnellen Schlagabtausch. Die Menge war begeistert. Dann sprang Kalo auf den violetten Turm. Kirk setzte ihm nach und landete neben ihm auf der Plattform, um ihn sofort zu bedrängen. Beide Kämpfer gingen zu Boden und waren dem Rand gefährlich nah.

»Was soll das heißen, ich soll der Polizei nicht vertrauen?« fragte Kirk. »Wer sind Sie? Gehören Sie zu den Rebellen?«

»Sie werden benutzt, Mensch!« sagte Kalo. »Man hat Sie wegen der Energiewaffen belogen! Die Untergrundbewegung trifft keine Schuld!«

Kalo zog ein Knie hoch und rammte es Kirk in den Bauch. Ihm wurde die Luft aus den Lungen gepreßt, als er nach hinten kippte und Kalo wieder auf die Beine kam. Er stürzte sich auf Kirk, der seinen Stab gerade noch rechtzeitig heben konnte, um den Schlag zu blockieren.

»Iano ist ein Telepath!« sagte Kalo, dessen Gesicht nur wenige Zentimeter von Kirks entfernt war. »Er kann Ihre Gedanken lesen! Seien Sie vorsichtig!«

»Ein Telepath!« sagte Kirk. Dann rammte Kalo ihn mit dem Kopf. Kirk taumelte rückwärts, doch Kalo griff nach ihm und zog ihn zurück, bevor er vom Turm in die Menge stürzen konnte. Er riß Kirk mit einem Ruck an sich.

»Wir sind keine Gegner der Föderation«, sagte er. »Sie sind unsere einzige Hoffnung!«

»Aber was ist mit den Disruptoren?« fragte Kirk und versetzte Kalo einen kräftigen Faustschlag in den Bauch. Kalo klappte zusammen und riß Kirk mit sich zu Boden.

»Wir besitzen keine solche Waffen!« keuchte Kalo, während er nach Luft schnappte.

»Und die Klingonen?«

»Wir haben keinen Kontakt mit ihnen!«

»Woher soll ich wissen, daß Sie mir die Wahrheit sagen?« fragte Kirk schwer atmend.

»Woher wissen Sie, daß Iano die Wahrheit sagt?«

Kalo schlug Kirk ins Gesicht und riß sich von ihm los. Beide Kämpfer kamen wieder auf die Beine.

»Wir müssen miteinander reden!« sagte Kirk.

»Zu gefährlich.«

»Ich kann Sie beschützen!«

»Und wer beschützt Sie?«

Kalo täuschte einen Schlag vor, und als Kirk ihn parieren wollte, drehte er den Stab um und berührte Kirk leicht mit der Spitze an der Schulter. Es gab eine knisternde Entladung, und Kirk schrie auf, als der Elektroschock durch seinen Körper raste. Gelähmt ließ er seinen Kampfstock fallen und ging in die Knie, während er sich die Schulter hielt.

Die Offiziere der *Enterprise* am Tisch vor der Bar erstarrten, als sie sahen, wie ihr Captain zu Boden ging. Spock bemerkte, daß Iano die zwei Kämpfer konzentriert anstarrte. Plötzlich wirbelte der Polizist herum, sprang auf, zog seine Waffe und feuerte. Ein lauter Knall war zu hören, gefolgt von einem hellen Pfeifen, als das Projektil den Lauf von Ianos schwerer Pistole verließ. Ein Mann an der Bar schrie auf, als er in die Brust getroffen wurde, wo das Geschoß explodierte und ihn nach hinten warf. Die Leute in seiner Nähe gerieten sofort in Panik und flüchteten. Iano wandte sich sofort wieder der Arena zu, doch Kalo war nirgendwo mehr zu sehen. Auch Kirk war verschwunden.

McCoy reagierte als erster. »Mein Gott!« sagte er und eilte schnell an die Seite des Patrianers, auf den Iano geschossen hatte. Er hatte nicht bemerkt, daß Kirk und Kalo von den Türmen verschwunden waren, doch Spock war aufgesprungen und lief zur Treppe, die ins Untergeschoß führte. Zuvor hatte er Chekov noch zugerufen, bei McCoy zu bleiben. Dann stürmte er über die Stufen nach unten, während er seinen Phaser vom Gürtel nahm und sich an einem Ordner vorbeidrängte. Am Eingang zu den Türmen stand Kirk, der sich gerade die Schulter von einem Helfer untersuchen ließ. Kalo war nirgendwo zu sehen.

»Captain!« rief Spock besorgt. »Ist alles in Ordnung?«

»Mir geht es gut, Spock«, antwortete Kirk. »Ich hörte etwas, das nach einem Schuß klang, dann öffnete sich die Klappe, und ich fiel nach unten. Was ist geschehen?«

»Lieutenant Iano hat auf einen Mann an der Bar geschossen«, sagte Spock. »Dr. McCoy kümmert sich darum. Wo ist Zor Kalo?«

»Ich weiß es nicht«, sagte Kirk. »Er hat mir einen ziemlich heftigen Elektroschock verpaßt. Ich konnte vorübergehend nicht mehr klar sehen, und als ich wieder bei Sinnen war, hatte Kalo sich bereits in Luft aufgelöst. Machen Sie sich meinetwegen keine Sorgen, aber wir sollten schleunigst wieder nach oben gehen.«

Sie eilten zurück zur Bar, wo McCoy neben dem Patrianer hockte, den Iano erschossen hatte. Der Arzt packte gerade seine Tasche zusammen. Offensichtlich konnte er nichts mehr tun. Die Brust des Opfers war eine einzige blutige Masse. McCoy stand auf und wandte sich mit funkelnden Augen Iano zu. »Was hat dieser Mann Ihnen getan?« wollte er wissen.

»Immer mit der Ruhe, Pille«, sagte Kirk und berührte McCoy am Arm.

»Wie soll ich ruhig bleiben?« fragte McCoy. »Er hat diesen Mann kaltblütig und hinterrücks erschossen!« Er blickte Iano wütend an. »Was für eine Art Polizist sind Sie? Dieser Mann hat überhaupt nichts verbrochen!«

»Aber er hat daran gedacht, Doktor«, erwiderte Iano gelassen.

McCoy starrte ihn fassungslos an. »*Was?*«

Nur Kirk konnte Ianos Antwort verstehen, aber auch er konnte es kaum fassen. Er drehte sich zum patrianischen Polizisten um und wiederholte seine Worte, als wäre er sich nicht sicher, ob er sie richtig verstanden hatte. »Er hat daran *gedacht?*«

»Völlig richtig, Captain«, sagte Iano. »Er hat daran gedacht, einen Mord zu begehen.«

»Einen Mord?« sagte McCoy verdutzt. »Wie wollen Sie das gewußt haben?«

»Lieutenant Iano wußte es, weil er ein Telepath ist«, sagte Spock.

»*Was?*« entfuhr es McCoy erneut.

Iano blickte sich zu Spock um. »Ja, das ist korrekt, Mr. Spock«, sagte er. »Wie Sie schon seit einiger Zeit vermutet haben.«

»Sie wußten es?« fragte Kirk seinen Ersten Offizier voller Überraschung.

»Ich war mir nicht völlig sicher, Captain«, erwiderte Spock, »aber ich hatte einen starken Verdacht in dieser Richtung.«

»Sie meinen ... *alle* Patrianer sind Telepathen?« fragte Chekov erstaunt.

»Nein, Mr. Chekov«, sagte Iano. »Nicht alle. Nur einige.«

»Einige, die eine Elitetruppe telepathischer Polizeiagenten bilden«, sagte Spock.

»Ist das eine auf Intuition gegründete Schlußfolgerung, Mr. Spock?« fragte Iano.

»Lediglich eine naheliegende logische Konsequenz, Lieutenant«, erwiderte Spock. »Habe ich recht?«

»Ja«, sagte Iano. »Sie haben recht.«

»Telepathische Eliteagenten?« sagte McCoy. »Eine *Gedankenpolizei?*«

»Selbst ein Telepath hat niemals das Recht, gleichzeitig als Gesetzeshüter, Richter und Vollstrecker aufzutreten«, sagte Kirk verbittert.

»Ganz im Gegenteil, Captain«, widersprach Iano. »Ich verfüge über dieses Recht. Die Gesetze geben mir ausdrücklich diese Befugnis.«

McCoy starrte Iano ungläubig an. »Wollen Sie damit etwa sagen, das Gesetz erlaubt Ihnen, jemanden *wegen eines Gedankens zu exekutieren?*«

»Nach dem patrianischen Gesetz ist bereits die Absicht ein Vergehen«, sagte Iano und blickte auf den Toten. »Dieser Mann hatte die Absicht, einen Mord zu begehen.«

»Und wen wollte er ermorden?« fragte Kirk.

»Mich«, antwortete Iano. Er bückte sich und zog aus der Jackentasche des Toten eine Pistole hervor, die ähnlich wie seine eigene konstruiert war. »Ich glaube, Ihre Gesetze würden in einem solchen Fall von ›Notwehr‹ sprechen. Was ist mit Zor Kalo geschehen?«

»Ich weiß es nicht«, antwortete Kirk.

Iano blickte ihn eine Weile einfach nur an. »Richtig«, sagte er schließlich, »ich erkenne, daß Sie es nicht wissen. Ich schlage vor, daß ich Sie jetzt zum Gesandtschaftsgebäude zurückbringe. Hier können wir heute abend nichts mehr erreichen.«

»Ich hätte gerne ein paar Antworten«, sagte Kirk.

»Worauf?« fragte Iano. »Soll ich mich zu den grotesken Behauptungen eines Fanatikers äußern? Es lohnt sich nicht, darüber zu diskutieren. Die Rebellen waren schlauer, als wir dachten, Captain. Sie haben Sie zur Ablenkung benutzt, während ein Anschlag auf mein Leben geplant war. Es war nicht der erste, und es wird auch nicht der letzte sein. Und wenn ich gestorben wäre, kann ich Ihnen versichern, daß Sie die nächsten Opfer gewesen wären.«

5

Als Iano mit Kirk und seinen Offizieren in die Gesandtschaft zurückkehrte, wurden sie bereits von Sekretärin Wing und Botschafter Jordan erwartet. Nach dem Abschluß ihrer ersten Gesprächsrunde mit den Vertretern der Patrianer waren sie kurz vor der Rückkehr von Kirks Gruppe eingetroffen. Außerdem hatte Scotty inzwischen die Sicherheitswächterin Jacob und den Kommunikationsspezialisten Muir von der *Enterprise* heruntergebeamt, damit sie Kirk und die anderen unterstützen konnten. Die beiden hatten sich bereits eingerichtet und einen Arbeitsplan mit Jalo und Inal, ihren patrianischen Verbindungsleuten von der Polizei, zusammengestellt.

Botschafter Jordan und Sekretärin Wing hatten in der zentralen Suite auf sie gewartet, der als Konferenzraum diente. Sie waren begierig darauf zu erfahren, wie ihr erster Tag verlaufen war. Kirk faßte die Ereignisse zusammen, doch als er berichtete, was im Arena Club vorgefallen war und daß sich Iano als Telepath erwiesen hatte, nickten die beiden nur, als wäre diese Information für sie alles andere als neu.

»Ja, wir hatten uns bereits Gedanken gemacht, wie du reagieren würdest, wenn du es erfährst«, sagte Jordan.

»Willst du damit andeuten, du hast es längst gewußt?« fragte Kirk erstaunt.

»Wie konnten Sie uns dieses Wissen verschweigen?« fragte McCoy fassungslos.

»Ich mag es nicht, wenn ich mit jemandem zusammenarbeite, der meine Gedanken lesen kann, vor allem, wenn man mir nichts davon sagt!« warf Kirk gereizt ein.

»Genau das scheint der Punkt zu sein, Jim«, erwiderte Jordan. »Auch wir wurden vor vollendete Tatsachen gestellt.«

»Wie darf ich das verstehen?« fragte Kirk mit irritiertem Stirnrunzeln.

Sekretärin Wing setzte sich auf das Sofa und schlug die Beine übereinander. »Die Patrianer haben uns absichtlich nicht über die Telepathen informiert, Captain. Wir erfuhren erst vor kurzem davon, nachdem Sie bereits mit Lieutenant Iano aufgebrochen waren. Andernfalls hätten wir Sie natürlich sofort informiert.«

Sie hatte ein dunkelblaues, besticktes Freizeitkleid aus Seide angezogen. Es war schlicht und sah bequem aus, doch gleichzeitig umspielte es ihre Figur auf vorteilhafte Weise, wodurch sie sehr anmutig, zart und anziehend feminin wirkte. Kirk ertappte sich dabei, wie er auf ihre unbedeckten Beine starrte. Sie hatte sehr hübsche Beine. Er wandte den Blick ab und räusperte sich.

»Ich muß mich entschuldigen«, sagte er. »Meine Bemerkung sollte nicht wie eine Anklage klingen.«

»Das kaufe ich dir zwar nicht ab, Jim, aber es geht in Ordnung«, sagte Jordan. »In deiner Situation wäre ich genauso wütend. Und ich bin mir nicht einmal sicher, ob ich mich tatsächlich in einer anderen Situation befinde.«

Jacob kam mit einem Tablett herein, auf dem eine dampfende Kanne und mehrere Tassen standen. »Ihr Kaffee, Botschafter«, sagte sie.

Jordan lächelte. »Vielen Dank. Der Duft ist einfach köstlich.«

»Gibt es hier Kaffee?« fragte McCoy, der sich vorübergehend ablenken ließ.

»O nein, Doktor«, sagte Jacob. »Mr. Scott hat uns eine ›Notration‹ mitgegeben, als wir von der *Enterprise* hergebeamt wurden.«

»Leiten Sie bitte meinen verbindlichsten Dank an Mr. Scott weiter«, sagte Jordan. »Das war sehr aufmerksam von ihm.«

Kirk machte sich eine geistige Notiz, daß auch er Scotty für seine Vorausschau danken mußte. Er hätte selbst daran denken können, aber er war viel zu sehr mit anderen Problemen beschäftigt gewesen, um an das leibliche Wohl des Einsatzteams zu denken. Im Augenblick brauchte er mehr als nur eine ›Notration‹ von der *Enterprise*, um sich wohler in seiner Haut fühlen zu können.

»Bitte, meine Herren!« sagte Jordan. »Darf ich Ihnen auch einen Kaffee anbieten?«

»Nein, danke«, sagte Kirk, dessen Gedanken wieder zum patrianischen Polizisten zurückgekehrt waren.

»Ich könnte eine Tasse vertragen«, sagte McCoy dankbar. »Es war eine verdammt harte Nacht.«

Jacob goß McCoy und Chekov eine Tasse ein. Spock lehnte höflich ab, und Wing schüttelte mit einem Seufzer den Kopf.

»Um ehrlich zu sein, wäre mir im Augenblick etwas Kräftigeres lieber«, sagte sie bedauernd.

»Davon haben wir auch einen kleinen Vorrat mitgebracht, Madam«, sagte Muir, der soeben mit einem Tablett hereinkam, auf dem einige Gläser und eine Karaffe mit rigelianischem Brandy standen.

»Ausgezeichnet!« sagte sie lächelnd. »Ich hatte schon befürchtet, ich müßte den Captain um einen Schluck von Anjors Whisky bitten.«

Spock wandte sich mit nachdenklicher Miene an Jordan. »Sie haben vorhin angedeutet, daß Sie sich in derselben Situation wie wir befinden könnten, Botschafter. Haben Sie Anlaß zu der Vermutung, daß bei den Verhandlungen mit den Patrianern Telepathen anwesend sind?«

Jordan blickte ihn über den Rand seiner Kaffeetasse hinweg an. »Unter den gegebenen Umständen, Mr.

Spock, wäre es wohl recht naiv von mir, wenn ich diese Möglichkeit nicht in Betracht zöge. Meinen Sie nicht auch?«

»In der Tat«, erwiderte Spock und zog eine Augenbraue hoch.

»Du glaubst also, daß die Patrianer während der Verhandlungen deine Gedanken lesen?« fragte Kirk Jordan.

»Bislang gab es keinen eindeutigen Hinweis, aber ich halte es natürlich für durchaus möglich«, erwiderte dieser. »Mit meinen Mitteln kann ich nicht feststellen, wer von den Patrianern ein Telepath ist. Wenn die Informationen richtig sind, scheinen nur wenige von ihnen über diese Gabe zu verfügen. Aber wir sollten uns einmal in ihre Lage versetzen! Wenn wir einen derartigen Vorteil hätten, würden wir ihn dann nicht auch nutzen?«

»Ich verstehe, worauf du hinauswillst«, sagte Kirk.

»Nun, eins steht jedenfalls fest«, sagte McCoy mit mürrisch verzogener Miene. »Die Patrianer scheinen keinerlei Hemmungen zu haben, diesen Vorteil zu nutzen. Wir haben heute abend erlebt, wie Lieutenant Iano seelenruhig einen Mann erschoß … weil er nur daran *gedacht* hatte, ein Verbrechen zu begehen!«

»Aber er hatte eine Waffe dabei, Doktor«, warf Spock ein.

»Darum geht es gar nicht«, erwiderte McCoy schroff. »Okay, vielleicht war es gerechtfertigt. Ich weiß es nicht. Aber der Knackpunkt ist der, daß es hier tatsächlich ein Gesetz gibt, nach dem es gleichbedeutend ist, ob man ein Verbrechen begeht oder nur daran *denkt!*«

»Es wird als ›intentionales Delikt‹ bezeichnet«, sagte Muir.

Kirk drehte sich zum jungen Mitglied seiner Besatzung herum. »Das ist richtig«, sagte er. »Woher wissen Sie davon, Mr. Muir?«

»Entschuldigen Sie, Captain. Ich wollte nicht unaufgefordert sprechen …«

»Kein Problem. Sprechen Sie weiter!« ermutigte Kirk ihn.

»Wir haben es von den zwei Verbindungsleuten Jalo und Inal erfahren«, erklärte Muir. »Und ich hatte den Eindruck, daß auch sie sich in der Gegenwart von Telepathen nicht sehr wohl fühlen. Sie machen lieber einen großen Bogen um sie.«

»Sie meinen, die Leute selbst sind keine Telepathen?« fragte Chekov.

»Nein«, sagte Muir. »Nur besondere Freiwillige werden für die Abteilung Gedankenverbrechen ausgewählt.«

»Abteilung *Gedankenverbrechen?*« wiederholte Kirk.

»Ja, Captain, so wird sie genannt«, bestätigte Muir. »Es ist eine Eliteeinheit der Polizei.«

»Und was meinen Sie mit den ›besonderen Freiwilligen‹?« fragte Kirk stirnrunzelnd.

»Nun, sie werden nicht als Telepathen geboren, Captain«, erwiderte Muir. »Sie werden durch eine Operation dazu gemacht.«

»*Was?*« sagte McCoy.

»Sind Sie sich dessen völlig sicher, Mr. Muir?« fragte Jordan. »Besteht vielleicht die Möglichkeit, daß Sie etwas mißverstanden haben?«

»Nein, Botschafter. Entschuldigen Sie, aber ... aber ich dachte, Sie wüßten es bereits«, sagte Muir, der einen reichlich verwirrten Eindruck machte.

»Offensichtlich haben Sie und Jacob es geschafft, wesentlich mehr als wir über dieses Thema in Erfahrung zu bringen«, sagte Kirk. »Vielleicht hätten Sie die Freundlichkeit, uns weitere Einzelheiten mitzuteilen.«

Muir warf Kirk einen Blick zu, dann Jacob. »Ja, Captain, natürlich. Nun, wir hatten sozusagen etwas Freizeit, nachdem man uns hergebeamt hatte ...«, begann er. »Ich meine, wir hatten natürlich unsere Arbeit, aber ...«

»Andy ... das heißt, Mr. Muir war in der Lage, ziemlich schnell mit den hiesigen Computern umzugehen«, sagte die Sicherheitswächterin. »Er hat das System praktisch auf Anhieb verstanden.«

»Nun ja … es ist wirklich nicht sehr kompliziert«, sagte Muir mit einem Schulterzucken. »Die patrianischen Computer sind im Vergleich zu unseren recht primitiv, und nachdem Jalo mir die Grundlagen erklärt hatte, war es überhaupt nicht mehr schwierig.«

»Das sagt er nur aus Bescheidenheit«, warf Jacob ein.

Kirk bemerkte den Blick, den Muir und die hübsche brünette Sicherheitswächterin austauschten, und mußte still lächeln. »Kommen Sie zur Sache«, forderte er ihn auf.

»Ja, Captain«, sagte Muir. »Danach gab es für uns nicht mehr viel zu tun, außer auf Ihre Rückkehr und neue Befehle zu warten. Also beschlossen wir, unsere Verbindungsleute etwas besser kennenzulernen. Jalo und Inal stehen der Gesandtschaft rund um die Uhr zur Verfügung, und sie sind genauso neugierig auf uns wie wir auf sie.«

»Wir haben über viele Dinge gesprochen«, sagte Jacob. »Wie es ist, im Dienst von Starfleet und bei der Polizei von Patria zu arbeiten … Schließlich verglichen wir die verschiedenen Aspekte unserer Arbeit, und dabei hörten wir von der Abteilung Gedankenverbrechen.«

»Wie sie uns erklärten, begann die Sache durch Zufall«, sagte Muir. »Ihre Ärzte hatten eine neue Operationsmethode entwickelt, mit der sich bestimmte Hirntraumata behandeln ließen. Die Resultate waren zwar nicht so gut, wie man sich erhofft hatte, aber es gab den Nebeneffekt, daß die operierten Patienten plötzlich über telepathische Fähigkeiten verfügten.«

»Man führte weitere Forschungen durch«, fügte Jacob hinzu, »und irgendwann kam jemand auf die Idee, die Methode zur Schaffung einer Polizeielite zu nutzen, die gegen die zunehmende Gewalt in der patrianischen Gesellschaft vorgehen sollte.«

»Die Mitglieder der Abteilung Gedankenverbrechen haben größere Machtbefugnisse als die reguläre Polizei«, sagte Muir, »und mehr Freiheit in der Wahl ihrer Mittel. Sie dürfen auf der Grundlage ihrer telepathisch gewonnenen Erkenntnisse handeln.«

»Ja, wir haben heute abend erlebt, wie diese ›Machtbefugnis‹ eingesetzt wird«, sagte McCoy mürrisch. »Ich kann es immer noch nicht glauben. Was ist das für eine Gesellschaft, die solche Dinge erlaubt?«

»Es steht uns nicht zu, solche Fragen zu beantworten, Doktor«, sagte Jordan. »Oder sie auch nur zu stellen.«

»Und was haben wir dann überhaupt hier zu suchen?« erwiderte McCoy. »Ich dachte, das Ziel dieser Mission bestünde darin, eine Entscheidung zu finden, ob die Patrianer der Föderation beitreten sollen. Darum geht es doch bei diesen Verhandlungen! Wir beurteilen die Patrianer, und sie beurteilen uns. Was für eine Regierung kann solche Gesetze erlassen? Wie sollen wir mit einer Gesellschaft umgehen, in der ein Bürger bereits aufgrund seiner Gedanken schuldig werden kann? Wollen wir einen solchen Planeten in der Föderation haben?«

Jordan warf ihm einen gequälten Blick zu. »Doktor, ganz gleich, was wir als Individuen von einem Gesetz zur Bestrafung intentionaler Delikte halten mögen, es bleibt die Tatsache, daß die Patrianer das Recht haben, mit der Gesetzgebung zu leben, die sie für richtig halten. Es gibt eine ganze Reihe von Planeten in der Föderation, deren Gesetze uns als äußerst repressiv erscheinen würden, wenn sie in unserer Gesellschaft angewendet würden. Jede Gesellschaft ist anders, und wir dürfen sie nicht nach unseren Grundsätzen beurteilen. Das müßte Ihnen als Starfleet-Offizier eigentlich bewußt sein. Die Föderation mischt sich nicht in die internen Angelegenheiten ihrer Mitgliedswelten ein, und das hier ist eine interne Angelegenheit der Patrianer. Daher betrifft sie uns überhaupt nicht.«

»Im Prinzip stimme ich mit dir überein«, sagte Kirk, »aber wenn jemand ohne mein Einverständnis meine Gedanken liest, betrifft es mich sehr wohl.«

»Wahr gesprochen!« rief McCoy.

»Ich bin derselben Meinung«, sagte Chekov. »Bedauerlicherweise gab es in der Geschichte meines Heimatlandes eine Zeit, in der jemand wegen seiner Überzeugungen verurteilt werden konnte. Aber zumindest hatte jeder noch die Freiheit zu denken, was er wollte, solange er seine Gedanken nicht in die Tat umsetzte.«

»Genau«, sagte McCoy. »Der Knackpunkt ist doch, ob jemand nach seinen Gedanken handelt oder nicht. Wie oft haben Sie sich schon über jemanden aufgeregt und daran gedacht, daß Sie ihn am liebsten umbringen würden? Ich bin sicher, daß es jedem von uns schon einmal so ergangen ist. Wer so etwas sagt oder denkt, muß nicht notwendigerweise wirklich zum Mörder werden. Es ist nur ein Mittel, mit dem man seiner Wut oder Verzweiflung Luft verschaffen kann. Wer jedoch auf diesem Planeten solche Gedanken hegt, kann sofort angeklagt, verurteilt und exekutiert werden ... und all das durch eine einzige Person.«

»Was erwarten Sie also von mir, Doktor?« fragte Jordan gereizt. »Soll ich morgen vor die Patrianer treten und ihnen sagen, daß ihre Gesetze falsch sind und geändert werden müssen? Sollen wir fordern, daß die Abteilung Gedankenverbrechen aufgelöst wird? Sollen wir darauf bestehen, daß die Operationen eingestellt werden, mit denen die Telepathen geschaffen werden? Sollen wir ihre moralischen Grundsätze verteufeln und ihnen unsere eigenen aufzwingen? Darauf läuft Ihre Argumentation doch hinaus!«

»Er hat recht, Pille«, sagte Kirk zu McCoy. »Wir alle sind wegen der Ereignisse des heutigen Abends etwas aufgedreht. Außer Spock natürlich, der sich niemals von emotionalen Reaktionen aus der Ruhe bringen läßt. Ausnahmsweise muß ich ihn darum beneiden. Ich denke, wir sollten uns zunächst ein wenig beruhigen.«

Wing hatte der Diskussion interessiert zugehört und wandte sich nun an Spock. »Mr. Spock, Sie haben noch gar keine Meinung zu diesem Thema geäußert. In Anbetracht der Tatsache, daß Vulkanier telepathische Fähigkeiten besitzen, möchte ich Sie fragen, wie Sie es finden würden, mit jemandem zusammenzuarbeiten, der Ihre Gedanken lesen kann?«

»Wenn dies der Fall wäre, muß ich zugeben, daß ich gewisse Bedenken hätte«, sagte Spock.

»*Wenn* dies der Fall wäre?« wiederholte sie und beugte sich vor. »Sie meinen ... es würde bei Ihnen gar nicht funktionieren?«

»Das dürfte an seiner unglaublichen vulkanischen Mentaldisziplin liegen«, sagte McCoy mit ironischem Unterton. »Er schirmt sich ab. Das ist also der Grund, warum Iano ihn die ganze Zeit so merkwürdig angesehen hat. Er konnte Spocks Gedanken nicht lesen!«

»Ich glaube, daß es eine völlig neue Erfahrung für ihn ist und daß er nicht zu wissen scheint, wie er damit umgehen soll«, sagte Spock mit typischem Understatement. »Ich vermute, daß Lieutenant Iano mir aus diesem Grund nicht vertraut.«

»Wahrscheinlich bringt es ihn ganz schön auf die Palme!« sagte McCoy grinsend.

»Genauso wie uns, nachdem wir von Ianos telepathischen Fähigkeiten erfahren haben«, sagte Kirk trocken. »Mit Ausnahme von Mr. Spock dürfte es keinem von uns gelingen, unsere Gedanken vor ihm zu verbergen. Doch was wir denken, ist eine Sache. Es kommt darauf an, was wir tun!«

»Das sieht man hier möglicherweise anders«, sagte McCoy.

»Wenn Sie zu große Einwände gegen diese Mission haben, Dr. McCoy, könnte ich Captain Kirk darum bitten, Sie von dieser Aufgabe zu entbinden«, sagte Jordan.

»Dann müßten Sie die gesamte Landegruppe abziehen, mit Ausnahme von Spock«, erwiderte McCoy verärgert. »Ich habe keine größeren Schwierigkeiten als alle übrigen Anwesenden. Nein, danke, Botschafter. Wenn ich schon einmal hier bin, stehe ich die Sache auch durch. Aber niemand kann mich dazu zwingen, Vergnügen daran zu haben!«

»Pille, beruhige dich!« sagte Kirk beschwichtigend. McCoy war mit Leib und Seele Arzt, und er nahm es sich jedesmal zu Herzen, wenn jemand starb und er nichts dagegen tun konnte. »Ich weiß genau, wie du dich fühlst. Auch mir macht es nicht gerade Spaß. Doch es geht hier nicht darum, was ich empfinde – oder du. Der Botschafter hat recht. Es ist eine interne Angelegenheit der Patrianer.«

»Und wir müssen sie davon überzeugen, der Föderation beizutreten, weil die Alternative wesentlich unmoralischer und verwerflicher wäre«, fügte Wing hinzu. »Wir können den Patrianern nicht einfach den Rücken zukehren und sie der Gnade der Klingonen überlassen, nur weil ihre Moral unsere Gefühle beleidigt.«

»Völlig richtig«, sagte Jordan. »Sie scheinen noch nicht zu verstehen, was es bedeuten würde, von den Klingonen erobert zu werden. Aber wir müssen dafür sorgen, daß sie es verstehen. Sie müssen sich der Föderation anschließen, und zwar zu ihrem eigenen Wohl.«

»Zu ihrem eigenen Wohl, oder weil Sie sich dann eine neue Feder an Ihren Diplomatenhut stecken können?« fragte McCoy.

»Pille! Es reicht!« sagte Kirk. Er befürchtete, daß McCoy damit zu weit gegangen war.

»Das war keine sehr intelligente Bemerkung, Dr. McCoy!« sagte Jordan.

»Ich glaube, wir alle sollten unsere Gedanken und Gefühle einer sorgfältigen Prüfung unterziehen«, sagte Kirk schnell, bevor McCoy etwas erwidern konnte. »Wir sollten gut darauf achtgeben, denn wir werden vor den

Patrianern nichts verheimlichen können. Zumindest nicht vor den Telepathen. Wir wissen, daß Lieutenant Iano ein Mitglied der Abteilung Gedankenverbrechen ist, aber wir haben keine Ahnung wer ihr außerdem angehört.«

»So ist es«, sagte Jordan unbehaglich. »Von nun an werde ich davon ausgehen müssen, daß mindestens ein Telepath an den Verhandlungen teilnimmt. Und es ist gut möglich – oder sogar wahrscheinlich –, daß wir im Laufe dieser Mission mit weiteren Personen in Kontakt kommen, die uns nicht über ihre Fähigkeiten aufklären.«

»Mein Gott, Scotty!« rief Kirk unvermittelt. »Er weiß noch gar nichts davon! Ich muß ihn sofort in Kenntnis setzen. Die *Enterprise* wird in diesem Sektor patrouillieren, um nach möglichen Waffenlieferungen durch klingonische Schiffe Ausschau zu halten. Unsere Leute werden eng mit Commander Anjor und seiner Besatzung sowie anderen patrianischen Schiffen zusammenarbeiten. Falls sie gemeinsam die Fracht eintreffender Schiffe überprüfen, könnten auch an diesen Einsätzen Telepathen beteiligt sein.«

»Ja«, bestätigte Jordan mit einem Nicken. »Es würde mich eher überraschen, wenn es nicht so wäre.«

»Eine Sache noch, Captain«, sagte Wing. »Machen Sie bitte Ihren Leuten klar, daß sie vermutlich nichts davon bemerken, wenn sie einem patrianischen Telepathen begegnen. Und solange sie nicht über die Mentaldisziplin eines Vulkaniers verfügen ...« Sie warf Spock einen Seitenblick zu und lächelte. »... können sie durch nichts verhindern, daß ihre Gedanken gelesen werden. Ihre Leute müssen das einfach akzeptieren. Ich weiß, daß es schwierig wird, zumal die Situation ohnehin schon angespannt ist. Wir sollten es nicht dadurch schlimmer machen, daß jeder an Bord der *Enterprise* pausenlos seine Gedanken zu kontrollieren versucht.«

»In diesem Fall könnte ich in einer Woche die Krankenstation wegen Überfüllung schließen, weil die Leute reihenweise unter der nervlichen Belastung zusammenklappen!« sagte McCoy.

»Aber die große Mehrheit der Patrianer hat keine telepathische Fähigkeiten, wenn ich es richtig verstanden habe«, sagte Kirk. »Ich frage mich, wie sie damit zurechtkommt.«

»Captain?« sagte der junge Kommunikationsspezialist.

»Ja, Mr. Muir?«

»Zufällig habe ich heute abend die gleiche Frage an Jalo gerichtet.«

»Tatsächlich? Und was hat er geantwortet?« fragte Kirk neugierig.

»Nicht sehr gut, Captain«, antwortete Muir. »Wie sie damit zurechtkommen, meine ich. Zumindest habe ich es so verstanden. Wie Jalo sagte, ist die ›Gedankenpolizei‹, wie man sie in der Bevölkerung bezeichnet, recht umstritten. Es gibt sie noch nicht sehr lange.«

»Seit wann?« fragte Kirk.

»Der Translator hat Jalos Worte mit ›etwa zehn Jahre‹ wiedergegeben, aber ich bin mir nicht sicher, wie lang ein patrianisches Jahr ist«, erwiderte Muir. »Hier gibt es eine eigene Zeitrechnung, und die Patrianer sind nicht mit der Sternzeit der Föderation vertraut. Auf jeden Fall hat Jalo die Anfänge miterlebt, und er ist noch verhältnismäßig jung. Es sind also noch nicht mehrere Generationen mit den Telepathen oder dem Straftatbestand des intentionalen Delikts aufgewachsen. Durch diese Dinge scheint ein ziemlicher Kulturschock ausgelöst worden zu sein. Die meisten Angehörigen der Abteilung Gedankenverbrechen tragen Uniform und spezielle Insignien, so wie Lieutenant Iano. Sie sind also recht einfach zu erkennen. Aber wenn sie in Zivilkleidung auftreten, lassen sie sich äußerlich nicht von normalen Patrianern unterscheiden. Jalo sagt, daß die Bevölkerung seitdem zu einer gewissen Paranoia neigt.«

»Nur zu einer *gewissen?*« fragte McCoy.

»So hat es Jalo jedenfalls ausgedrückt, Doktor«, erwiderte Jacob. »Es klang beinahe so, als wollte er die Angelegenheit bewußt herunterspielen. Wir hatten den Eindruck, daß er sich um so unbehaglicher fühlte, je länger wir darüber sprachen.«

»Der Große Bruder sieht dich an!« sagte Chekov.

»Genau«, bestätigte Kirk. »Ich kann mir vorstellen, was der Durchschnittsbürger von Telepathen hält, wenn sogar die Kollegen von der Polizei sich in ihrer Nähe nicht wohl fühlen. Es scheint, daß diese Kultur sich ein ernsthaftes Problem geschaffen hat.«

»Allmählich frage ich mich, ob wir nicht lieber mit den Rebellen sympathisieren sollten«, sagte McCoy in ironischem Tonfall.

»Das würde ich an Ihrer Stelle nicht zu laut sagen, Doktor«, warnte Botschafter Jordan den Arzt. »Ich würde nicht einmal daran *denken.*«

»Ich möchte, daß Scotty davon erfährt, bevor es zu einem Zwischenfall kommt«, sagte Kirk. »Er mag keine Überraschungen – und ich auch nicht, wenn ich ehrlich bin.« Er griff nach seinem Kommunikator.

Jordan stand auf und verabschiedete sich. »Es ist spät geworden«, sagte er. »Und ich könnte etwas Schlaf gebrauchen. Wir haben morgen einen langen Tag vor uns.«

»Ich denke, wir alle könnten ein wenig Ruhe vertragen«, sagte Kirk und entließ die anderen mit einem Nicken.

»Ich bin sicher, daß sich alles aufklären wird«, sagte Jordan. »Du hast mein volles Vertrauen, Jim. Gute Nacht.«

Die anderen zogen sich ebenfalls in ihre Unterkünfte zurück. Draußen im Korridor wurde McCoy von Wing abgefangen. »Könnte ich Sie kurz unter vier Augen sprechen, Doktor?« fragte sie.

»Aber sicher«, sagte McCoy. »Ich werde Sie zu ihrem Zimmer begleiten.«

»Sie glauben wirklich, daß wir einen großen Fehler begehen?« fragte sie.

»Nun, ich weiß nicht, ob ich dieses Wort benutzen würde«, antwortete McCoy, als sie zum Lift gingen, der zu ihrem Stockwerk führte. »Ich überlege nur, ob wir vielleicht unsere Perspektive verlieren.«

»Was veranlaßt Sie zu diesem Urteil?« wollte sie wissen.

»Ich habe nicht gesagt, daß ich mir sicher bin«, schränkte McCoy ein. Er dachte kurz nach, um seine Worte mit Bedacht zu wählen. »Es ist so ... daß ich einiges über Ihren Hintergrund weiß, Sekretärin Wing ...«

»Müssen wir so förmlich sein? Mein Name ist Kim.«

McCoy lächelte. »Angenehm, Leonard«, sagte er.

»Ja, ich weiß. Sie wollten etwas zu ... meinem Hintergrund sagen, Leonard.«

Sie traten in den Lift.

»Ihr Vater war einer der entschiedensten Verfechter der Menschenrechte in seiner Generation«, sagte McCoy, »und Ihre Mutter hat sich wie kaum jemand anderer für die Gleichheit der Rechte unabhängig von Herkunft, Geschlecht oder Spezies eingesetzt. Um offen zu sein, fällt es mir etwas schwer, daran zu glauben, daß die Tochter von Dr. Kam Sung Wing und Dr. Anna Stanford Anderson nicht mit Wut und Empörung auf das reagiert, was hier geschieht.«

Sie seufzte. »Ich habe nie behauptet, daß es mich nicht empört. Aber ich darf mir kein Urteil erlauben. Wir müssen dafür sorgen, daß die Republiken von Patria der Föderation beitreten, damit wir sie besser beschützen können. Sie ahnen noch gar nicht, welche Gefahr ihnen ansonsten droht. Sie haben uns um Hilfe gebeten, weil sie mit einem völlig neuartigen Waffentyp konfrontiert wurden, aber sie bleiben trotzdem sehr vorsichtig. Zu vorsichtig. Sie haben nicht die geringste Ahnung, was die geballte militärische Macht der Klingonen aus ihrem Planeten machen wird. Wir müssen sie davon überzeugen, daß die Mitgliedschaft in der Föderation ihren eigenen Interessen entgegenkommt. Das ist unsere Mission, Leonard, und wir müssen erfolgreich sein! Alles andere kann nur von zweitrangiger Bedeutung sein.«

»Nun, Sie haben eine wichtige Arbeit zu tun«, sagte McCoy, als der Lift anhielt und sie ausstiegen. »Und unsere Aufgabe ist es, Sie darin zu unterstützen.« Er schüttelte den Kopf. »Ich bin wirklich der letzte, der möchte, daß diese Leute von den Klingonen erobert werden, aber manchmal frage ich mich einfach, ob wir es mit unserer Philosophie der Nichteinmischung nicht manchmal ein wenig übertreiben. Wäre es denn so furchtbar, wenn wir versuchen würden, etwas positiven Einfluß auszuüben? Ich weiß es nicht. Aber es wäre schon möglich. Ich bin Arzt und kein Diplomat. Also spielt es wohl ohnehin keine Rolle, was ich meine.«

»Für mich schon«, sagte sie, als sie vor der Tür zu ihrer Suite stehenblieben.

McCoy zuckte die Schultern. »Warum sollte es für Sie eine Rolle spielen?« fragte er.

»Stellen Sie Ihr Licht nicht unter den Scheffel, Leonard«, erwiderte sie. »Sie sind ein ehrlicher, intelligenter und mitfühlender Mann, der keine Angst davor hat, seine Gefühle zu zeigen oder seine Gedanken auszusprechen. Von Ihrer Sorte gibt es nicht allzu viele Exemplare.«

McCoy lächelte. »Ich muß Ihnen sagen, daß Sie wirklich vorsichtiger sein sollten, wenn Sie solche Dinge sagen, Kim. Wenn ich es nicht besser wüßte, könnte ich auf die Idee kommen, das wäre ein Annäherungsversuch gewesen.«

Sie öffnete die Tür zu ihrem Quartier und blickte ihm in die Augen. »Das war es auch«, sagte sie leise.

»Telepathen?« sagte Scott.

»Das ist erst die halbe Wahrheit«, erwiderte Kirk über

seinen Kommunikator. Dann faßte er die Situation für seinen Chefingenieur zusammen.

»Und wir sollen diese Leute vor den Klingonen beschützen?« sagte Scott, als Kirk seinen Bericht beendet hatte.

Kirk verzog ironisch das Gesicht. »Es hört sich tatsächlich wie ein schlechter Witz an, nicht wahr? Im Vergleich zur Abteilung Gedankenverbrechen wirken die Gestapo, der KGB und die CIA wie harmlose Gesangvereine. Dabei haben die Patrianer gerade erst angefangen. Sie sind auf dem direkten Weg zum totalen Polizeistaat, in dem sogar die Gedanken überwacht werden.«

»Und der Botschafter hat vorher nichts davon gewußt?« fragte Scott.

»Offenbar nicht«, sagte Kirk. »Diese Neuigkeit scheint ihn genauso überrascht zu haben wie uns. Aber dadurch ändert sich überhaupt nichts an unserer Mission. Ganz gleich, was wir von der patrianischen Vorstellung eines intentionalen Deliktes und den Mitteln zur Bekämpfung dieses Verbrechens halten mögen, sind wir nach wie vor durch die Erste Direktive gebunden.«

»Ich habe verstanden, Captain«, sagte Scotty. »Aber ich glaube kaum, daß ich tatenlos zusehen könnte, wie jemand nur wegen eines Gedankens zur Rechenschaft gezogen wird.«

»Genau darüber wollte ich mit Ihnen reden, Scotty«, sagte Kirk ernsthaft. »Es besteht immerhin eine gewisse Wahrscheinlichkeit, daß es zu einer solchen Situation kommt.«

»Ich glaube, ich kann Ihnen nicht ganz folgen, Captain.«

»Hören Sie, Scotty, wir sind nun einmal in diese ... Sache verwickelt. Wir haben uns auf die Seite der Patrianer gestellt, um die klingonischen Waffenlieferungen an die Terroristen zu stoppen. Bis zu diesem Punkt bewegen wir uns vollständig im Rahmen der Ersten Direktive, da wir nur versuchen, für eine fremde Zivilisation das Gleichgewicht wiederherzustellen, nachdem es von außen gestört wurde. Doch alles weitere kann äußerst heikel werden. Wir befinden uns im patrianischen Hoheitsgebiet und unterstehen damit praktisch den patrianischen Gesetzen. Das bedeutet, daß man Sie zu etwas auffordern könnte, Scotty, wozu Sie unter normalen Umständen niemals bereit wären.«

»Was genau wollen Sie damit sagen, Captain?«

»Ich will damit sagen, daß Sie in eine Situation geraten könnten, in der man eine Maßnahme von Ihnen erwartet, die sich nicht auf beobachtbare Tatsachen gründet, sondern auf eine simple Absicht, von der ein patrianischer Telepath Sie in Kenntnis gesetzt hat.«

»Und wie zum Henker ... Entschuldigung, Captain. Aber was soll ich dann tun?«

»Mit ein wenig Glück werden Sie nie vor diesem Problem stehen, Scotty«, sagte Kirk. »Aber solange ich nicht auf dem Schiff bin, könnten Sie mit einer solchen Entscheidung konfrontiert werden. Denken Sie daran, daß nach den patrianischen Gesetzen bereits die Absicht ein Delikt darstellt. Und Informationen, die auf telepathischem Wege erlangt wurden, gelten als rechtskräftiger Beweis.«

»Bei allem Respekt, Captain, aber das ist so ziemlich das Verrückteste, was ich jemals gehört habe«, sagte Scott.

Kirk holte tief Luft und atmete langsam wieder aus. »Ich kann nicht behaupten, daß ich anderer Meinung bin, Mr. Scott. Aber so ist es nun einmal Gesetz auf Patria. Und solange wir uns im Hoheitsgebiet der Patrianer bewegen und mit den offiziellen Stellen zusammenarbeiten, werden wir uns daran halten müssen.«

»Verstanden, Captain«, sagte Scott mit resigniertem Tonfall.

»Versuchen Sie, etwas aus der Situation zu machen«, sagte Kirk. »Keiner von uns weiß, wie sich die Sache entwickeln wird. Kirk Ende.«

Er schloß den Kommunikator und ging zum großen Panoramafenster, um auf die Stadt hinauszublicken. Gedankenverbrechen. Eine beunruhigende Vorstellung. Er dachte an den Rebellen Kalo. Ein Meister des Kampfes, der im Licht der Öffentlichkeit stand. Wie war es ihm gelungen, der Entlarvung durch Iano oder andere Mitglieder der Abteilung Gedankenverbrechen zu entgehen? Schließlich hatte Iano in der Menge die Gedanken eines Attentäters gelesen. Warum hatte er Kalo nicht durchschaut? Vielleicht hatte es etwas mit der räumlichen Entfernung zu tun. Wie groß war die Reichweite eines patrianischen Telepathen? Und was hatte es mit dem auf sich, was Kalo ihm erzählt hatte. Iano hatte seine Behauptungen als ›grotesk‹ bezeichnet. Waren sie das wirklich?

Die Angelegenheit hatte als beinahe routinemäßige diplomatische Mission begonnen, dachte Kirk, und jetzt konnte sie sich zu einem offenen Konflikt mit den Klingonen ausweiten. Bob Jordan war ihm bei alldem keine große Hilfe. Er konzentrierte sich ausschließlich auf seine Verhandlungen und überließ es Kirk, sich mit den Disruptoren, Iano, den Rebellen und allem anderen auseinanderzusetzen. Unter normalen Umständen wäre Kirk der letzte gewesen, der sich über einen Föderationsdiplomaten beschwerte, der ihm einfach freie Hand ließ. Wieso wurde er dann den unangenehmen Eindruck nicht los, daß sein alter Zimmergenosse aus der Akademie sorgsam darauf bedacht war, ihn zum Sündenbock zu machen, falls etwas schiefging?

»Captain Kirk!« rief Inal, als er atemlos in den Konferenzraum stürzte. »Wir haben gerade eine dringende Nachricht von Lieutenant Iano erhalten. Es gibt einen neuen Angriff der Rebellen. Sie benutzen Disruptoren. Und diesmal haben sie Geiseln genommen.«

6

»Bericht, Mr. Chekov«, sagte Kirk, während er besorgt auf die Stadt hinausblickte.

»Lieutenant Iano müßte jeden Augenblick eintreffen, Captain«, sagte Chekov. »Jalo steht in ständiger Verbindung mit ihm, und Inal verfolgt die aktuellen Berichte. Es begann vor etwa einer Stunde, als die Terroristen ein Bürogebäude der Regierung im Stadtzentrum in ihre Gewalt brachten. Es wurde bestätigt, daß die Rebellen Geiseln genommen haben. Und es wurde auch bestätigt, daß sie mit Disruptoren bewaffnet sind.«

»Wo zum Teufel steckt McCoy? Und wo sind Muir und Jacob?« fragte Kirk ungeduldig.

Im selben Augenblick kamen Muir und Jacob über das Dach zu ihnen gelaufen. »Dr. McCoy ist nicht in seinem Quartier, Captain«, sagte Muir. »Auch in den anderen unbesetzten Unterkünften haben wir ihn nicht gefunden.«

»Vielleicht ist er zu einem Spaziergang in den Garten gegangen«, sagte Spock. »Er wirkte sehr erregt, als wir uns das letzte Mal gesehen haben.«

»Jalo sagt, die Sicherheitsleute werden nach ihm Ausschau halten«, bemerkte Muir.

»Da kommt Iano«, sagte Kirk, als der Polizeigleiter sich auf die Landeplattform senkte.

»Was ist mit Dr. McCoy?« fragte Chekov.

»Er müßte auf diesem Gelände in Sicherheit sein«, antwortete Kirk. »Wir können keine Zeit mehr darauf verwenden, länger nach ihm zu suchen.«

Ianos Gleiter hatte aufgesetzt.

»Also gut, dann los!« sagte Kirk.

Sie liefen über den Landeplatz zu Iano, dessen Gleiter mit laufenden Motoren auf sie wartete. Sie stiegen in das Gefährt, und Iano startete sofort. Er beschleunigte mit Höchstgeschwindigkeit, während die Warnlampen an der Außenseite des Gleiters hell blinkten.

»Es tut mir leid, Captain Kirk«, sagte Iano, als er den Kurs des Gleiters stabilisiert hatte. »Aber es sieht so aus, als sollten Sie heute nacht keinen Schlaf bekommen.«

»Ich habe schon mehrere schlaflose Nächte überstanden«, erwiderte Kirk. »Wie ist die momentane Lage?«

»Ein kleiner Stoßtrupp der Rebellen hat die Verwaltungsbüros des Rats von Patria besetzt«, sagte Iano. »Zum Glück war der Rat gerade nicht versammelt. Erst eine halbe Stunde zuvor hatten sie eine Spätsitzung beendet. Die Terroristen hatten offenbar gehofft, den Rat während einer Versammlung in ihre Gewalt zu bekommen. Zum Glück haben sie sich in der Zeitplanung verschätzt. Trotzdem befanden sich noch Verwaltungsbeamte im Gebäude, die an Protokollen und Vorbereitungen zu den verschiedenen Sitzungen arbeiteten. Wir wissen noch nicht genau, wie viele Geiseln es sind. Die Schätzungen bewegen sich zwischen zwanzig und dreißig Personen.«

»So viele!« sagte Kirk besorgt.

»Ein Teil des Personals verließ das Gebäude offenbar wenige Augenblicke vor dem Angriff«, sagte Iano. »Die meisten sind noch gar nicht zu Hause eingetroffen, so daß sie nichts von den Ereignissen ahnen. Und wir haben zur Zeit keine Möglichkeit, mit ihnen Kontakt aufzunehmen. Einige andere konnten zu Beginn der Aktion aus dem Gebäude entkommen. In dieser Phase gab es die meisten Todesfälle. Wir konnten noch nicht genau bestimmen, wer getötet wurde. Die Rebellen haben die Disruptoren auf Desintegration eingestellt. Das bedeutet, daß es keine Leichen mehr gibt, die wir identifizieren könnten.«

»Wissen Sie, mit wie vielen Rebellen Sie es zu tun haben?« fragte Kirk.

»Mindestens zehn oder zwölf«, antwortete Iano. »Zumindest deuten die Augenzeugenberichte darauf hin.«

»Und alle sind mit Disruptoren bewaffnet?« fragte Kirk.

»Es scheint so«, sagte Iano.

Kirk kniff die Lippen zu einem schmalen Strich zusammen. »Das klingt nicht sehr vielversprechend. Haben die Leute bereits Forderungen gestellt?«

»Noch nicht«, sagte Iano.

»Und welche Schritte haben Sie bisher unternommen?«

»Wir haben alles getan, um die Situation unter Kontrolle zu bekommen«, sagte Iano. »Zum Glück gibt es keine Wohnhäuser in diesem Stadtviertel. Wir haben das Gebäude, in dem sich die Rebellen befinden, vollständig umstellt, und die umliegenden Gebäude wurden evakuiert. Wir haben alle benachbarten Blocks in der Umgebung räumen lassen. Da es bereits spät war, arbeiteten nicht mehr viele Leute in diesem Bezirk, so daß wir diese Maßnahme sehr zügig abschließen konnten. Zur Zeit wird der Bereich aus der Luft von bewaffneten Polizeigleitern und mindestens einem Dutzend Einheiten am Boden bewacht. Natürlich können wir mit unseren Waffen nichts gegen die Disruptoren ausrichten. Im Augenblick versuchen wir nur, die Situation nicht weiter eskalieren zu lassen.«

»Ist das eine normale Taktik der Rebellen?« fragte Spock.

Iano blickte sich kurz zu ihm um. »Wie meinen Sie das?«

»Nach Ihren bisherigen Informationen«, sagte Spock, »hatte ich den Eindruck, daß die Rebellen in erster Linie mit Sprengsätzen und Guerilla-Taktik arbeiten, Lieutenant. Sie schlagen blitzschnell zu und ziehen sich sofort wieder zurück. Doch diese Situation hat einen völlig anderen Charakter. Haben die Rebellen jemals zuvor Geiseln genommen?«

»Nein«, sagte Iano. »Das ist das erste Mal.« Er runzelte die Stirn. »Warum? Welche Schlußfolgerungen ziehen Sie daraus?«

»Wenn sich ein beobachtetes Verhaltensmuster plötzlich und ohne erkennbare Erklärung verändert«, sagte Spock, »ist es häufig sehr hilfreich, wenn man untersucht, welche anderen Bedingungen sich im Umfeld verändert haben. Und in diesem Fall ist der offensichtlichste Faktor unser Eintreffen auf Patria Eins.«

»Sie meinen, daß man uns erwartet hat, Spock?« fragte Kirk.

»Unter den gegebenen Umständen wäre es eine logische Erklärung«, erwiderte Spock. »Die Rebellen haben Geiseln genommen, aber bislang noch keine Forderungen gestellt. In den meisten ähnlich gelagerten Fällen werden die Forderungen unmittelbar im Anschluß an die Geiselnahme gestellt, da sie im allgemeinen nur zu diesem Zweck erfolgt. Doch in diesem Fall müssen wir uns fragen, welchem anderen Zweck die Geiseln dienen.«

»Um sie gegen uns als Druckmittel einzusetzen«, sagte Kirk, der Spocks logischer Argumentation gefolgt war. »Natürlich! Sie wissen nicht, wie das Kräfteverhältnis zwischen ihren neuen Waffen und unseren ist. Also wollen sie es herausfinden. Gleichzeitig versuchen sie, ihre Chancen durch eine Geiselnahme zu verbessern.«

»Damit wir sie aus Rücksicht auf die Geiseln nicht überwältigen, falls sich unsere Waffen als überlegen erweisen«, fügte Chekov hinzu.

»Exakt«, sagte Spock.

»Es paßt zusammen«, sagte Kirk und nickte langsam. »Es paßt viel zu gut.« Er atmete tief durch. »Wir wollen hoffen, daß es nicht soweit kommt. Vielleicht können wir etwas erreichen, wenn wir mit ihnen verhandeln.«

»Das widerspricht unserer Strategie«, sagte Iano. »Unsere Hauptaufgabe besteht darin, die Gefahr zu neutralisieren, die sie für die Gesellschaft darstellen. Wir verhandeln nicht mit Terroristen. Wenn wir verhandeln, werden wir sie dadurch ermutigen, es immer wieder zu versuchen. Das dürfen wir nicht zulassen. Wenn wir dafür die Geiseln opfern müssen, dann läßt es sich nicht ändern.«

»Ich bin nicht bereit, diese Strategie zu akzeptieren«, erwiderte Kirk. »Es muß eine andere Möglichkeit geben.«

»Es gibt nur eine Möglichkeit, mit Rebellen umzugehen«, sagte Iano.

»Ihre Vorgesetzten haben uns um Hilfe gebeten und mich mit der Leitung dieser Mission beauftragt«, sagte Kirk. »Ich habe nicht die Absicht, das Gebäude mit Phasern zu stürmen und das Leben aller Geiseln aufs Spiel zu setzen.«

»Unsere Hauptaufgabe besteht ...«

»Ja, ich weiß. Sie müssen es nicht wiederholen«, sagte Kirk ungeduldig. »Aber ich sehe meine Hauptaufgabe darin, kein Leben zu gefährden, wenn es sich vermeiden läßt. Wenn es eine Chance gibt, mit diesen Leuten zu verhandeln ...«

Iano lachte mit einem schnaufenden Grunzer. »Damit würden Sie nur Ihre Zeit verschwenden. Es sind Fanatiker, die bereit sind, für ihre verrückten Ziele zu sterben. Sie würden sich mit allem einverstanden erklären, nur damit Sie in die Reichweite ihrer Waffen kommen. Dann würden sie Sie ohne das geringste Zögern niederschießen.«

»Ist schon einmal versucht worden, mit den Rebellen zu reden?« sagte Spock.

»Wenn Sie es unbedingt versuchen wollen, Mr. Spock, kann ich Sie nicht daran hindern«, sagte Iano. »Aber ich würde Ihre Überlebenschance als äußerst gering einschätzen. Wenn Ihnen jedoch nichts an Ihrem eigenen Leben liegt und Sie es leichtsinnig aufs Spiel setzen möchten, ist das einzig und allein Ihre Sache.«

»Ich wollte damit keineswegs implizieren, daß mir nichts an meinem Leben liegt«, sagte Spock. »Es geht hier jedoch nicht nur um meine Interessen, sondern auch um das Leben der Geiseln. Auch das Leben der Rebellen hat einen gewissen Wert, allein schon aus dem Grund, daß eine Befragung uns Informationen verschaffen könnte, wie sie an ihre Disruptoren gelangt sind.«

»Ich muß zugeben, daß ich neugierig darauf bin, wie sich Offiziere der Föderation in einer solchen Situation verhalten«, sagte Iano. »Doch wenn sich Ihre Bemühungen als fruchtlos erweisen, sehe ich keine andere Möglichkeit, als das Gebäude zu stürmen. Und falls Sie Ihren Fehlschlag überleben, werde ich darauf bestehen, daß Sie den Angriff mit ihren Phaserwaffen unterstützen.«

»Das ist eine faire Abmachung«, sagte Kirk.

Der Gleiter ging herunter und flog dicht über den Straßen zwischen den Gebäuden hindurch. Kurz darauf konnten sie die Absperrungen der Polizei und die Menge sehen, die sich dahinter versammelt hatte. Iano gab Gegenschub und wurde langsamer, bis er über der Straße schwebte und auf einer freien Stelle neben einer abgeschirmten Kommandozentrale niederging, die sich schräg gegenüber dem besetzten Gebäude befand.

Die Menge wurde erfolgreich zurückgehalten, so daß sich kein einziger Zivilist auf den Straßen vor dem besetzten Gebäude aufhielt. Die Polizei befand sich jedoch innerhalb der Waffenreichweite der Rebellen, und immer wieder schlugen vereinzelte Disruptorstrahlen in die Reihen der Polizisten ein.

Iano beriet sich eilig mit einigen Beamten, bis er zu den Männern von der *Enterprise* zurückkehrte. »Es hat weitere Todesopfer gegeben«, sagte er verbissen.

»Unter den Geiseln?« fragte Kirk voller Besorgnis.

»Nicht, soweit uns bekannt ist. Aber einige Polizisten wurden durch Disruptorschüsse getötet. Offenbar hatten die Männer die Reichweite der Energiewaffen unterschätzt.«

Noch während Iano sprach, wurden im Gebäude immer wieder Disruptoren abgefeuert, die auf die Polizeistellungen zielten. Ein Energiestrahl traf einen Polizeigleiter, der in einem Feuerball explodierte, als sich der Treibstofftank entzündete, bevor der Disruptorstrahl das Gefährt desintegrieren konnte. Einige Mitglieder der patrianischen Selbstmordkommandos rasten mutig mit ihren Raketengleitern auf das Gebäude zu, um etwas näher an die Fenster der oberen Stockwerke heranzukommen, doch die Rebellen stellten ihre Disruptoren einfach auf breite Fächerung, so daß sie die Flitzer mitten im Flug erwischten. Innerhalb weniger Sekunden explodierten mehrere Raketengleiter und regneten als Trümmer auf die Straßen herab.

»Rufen Sie diese Leute sofort zurück!« sagte Kirk. »Wenn die Rebellen sie sehen, können sie sie auch treffen. Gibt es eine Möglichkeit, mit den Rebellen im Gebäude zu kommunizieren?«

»Es müßte Bildtelefone in den Büros geben, wo sie sich verschanzt haben«, sagte Iano. »Wir können versuchen, dort anzurufen, aber ich weiß nicht, ob wir eine Antwort erhalten.«

»Tun Sie es!« sagte Kirk.

»Wie Sie meinen. Ich werde ein tragbares Bildtelefon herbringen lassen«, sagte Iano. »Aber wenn Sie mich fragen, verschwenden Sie nur Ihre Zeit.«

»Ich habe Sie aber nicht gefragt«, erwiderte Kirk. »Mr. Muir ...«

»Captain?«

»Ich möchte, daß Sie einen automatischen Translator an dieses Bildtelefon anschließen. Ich möchte keine Zeit durch Dolmetscher verlieren. Ich will direkt mit diesen Leuten reden können.«

»Ja, Captain. Wird sofort erledigt.«

Kirk klappte seinen Kommunikator auf. »Kirk an *Enterprise*. Melden Sie sich, Scotty!«

»Scott hier, Captain.«

»Mr. Scott, wir haben es hier unten mit einer Geiselnahme zu tun. Ich möchte, daß Sie unsere Position genau bestimmen. Exakt nordöstlich von meinem Standpunkt befindet sich ein hohes Gebäude, etwa siebzig Meter entfernt. Haben Sie es erfaßt?«

»Ich registriere mehrere hohe Gebäude in Ihrer unmittelbaren Umgebung, Captain«, antwortete Scott. »Könnten Sie vielleicht etwas präziser sein?«

»Es dürfte sich um das einzige Gebäude im Radius eines Häuserblocks handeln, in dem sich Lebensformen aufhalten«, sagte Kirk. »Alle anderen Gebäude in der Umgebung wurden evakuiert.«

»Ja, Captain, jetzt haben wir's«, sagte Scotty nach einer Weile.

»Wie viele Lebensformen haben Sie angemessen, Mr. Scott?« fragte Kirk.

»Es sind eine ganze Menge, Captain ... vielleicht vierzig oder fünfzig ... schwer zu sagen. Die meisten sind auf engem Raum zusammengedrängt ...«

»Das dürften die Geiseln sein«, sagte Kirk. »Was ist mit den anderen?«

»Der Rest verteilt sich in der näheren Umgebung, alle auf demselben Stockwerk, würde ich nach der Höhenangabe sagen. Nein, warten Sie ... Darunter halten sich sechs auf dem Bodenniveau auf, in der Nähe zum Eingang des Gebäudes.«

»Das dürften die Rebellen sein, die den Zugang zum Gebäude bewachen«, sagte Kirk. »Lassen Sie die Koordinaten speichern, Mr. Scott. Wir werden die Leute dort mit dem Transporter herausholen.«

»Captain, die meisten befinden sich in einem dichtgedrängten Haufen«, sagte Scott. »Ich glaube nicht, daß wir die Geiseln von den Leuten trennen können, die sie festhalten. Die Sensoranzeigen lassen sich kaum voneinander unterscheiden.«

»Das weiß ich, Scotty«, sagte Kirk. »Wir werden sie in einem Schwung herausholen. Zwei Sicherheitsteams sollen sich im Transporterraum einfinden und ihre Phaser auf Betäubung stellen. Sie sollen jeden ausschalten, der eine Waffe trägt. Diese Leute haben noch nie zuvor einen Transporteffekt erlebt. Daher dürften sie desorientiert sein, wenn sie aufs Schiff gebeamt werden, aber die Sicherheitsleute sollen kein Risiko eingehen. Betäuben Sie im Zweifelsfall lieber einige Geiseln, als jemanden zu Schaden kommen zu lassen.«

»Verstanden, Captain. Warten Sie bitte«, sagte Scott.

»Ich bin gleich mit dem Bildtelefon fertig, Captain«, sagte Muir.

»Sehr gut, Mr. Muir«, sagte Kirk. »Komm schon, Scotty ...«

»*Enterprise* an Captain Kirk ...«

»Reden Sie, Scotty!«

»Captain, wir haben ein Problem«, sagte Scott. »Ich kann die Transporter nicht justieren.«

»Wie meinen Sie das? Warum nicht?«

»Captain, wir erhalten deutliche Anzeigen der Lebensformen, aber wir können sie nicht erfassen. Irgend etwas scheint das Transportersignal abzulenken. Nach den Meßwerten zu urteilen, scheint man da unten einen Interferenzgenerator aufgestellt zu haben.«

»*Verdammt!*« stieß Kirk zwischen zusammengebissenen Zähnen hervor, als er seinen Kommunikator sinken ließ.

»Handelt es sich um weitere Klingonentechnik?« fragte Iano.

»Das liegt wohl auf der Hand«, erwiderte Kirk frustriert. »Sie haben damit gerechnet, daß wir etwas Derartiges ausprobieren würden. Jemand hat ihnen gesagt, wie ein Transporter funktioniert, und ihnen dann einen Interferenzgenerator gegeben, damit wir die Geiseln nicht herausbeamen können. Ich glaube, wir brauchen keine weiteren Beweise mehr, um zu wissen, wer hinter den Rebellen steckt. Sie haben bereits bewiesen, daß die Polizei es nicht mit ihren Disruptoren aufnehmen kann.

Jetzt wollen sie demonstrieren, daß sie auch nicht durch die Föderation aufgehalten werden können. Aber so leicht gebe ich mich nicht geschlagen.« Er hob wieder den Kommunikator. »Scotty, die Sicherheitsleute sollen sich weiterhin bereithalten. Ich brauche ein halbes Dutzend Individualschilde und ein tragbares Deflektorgitter. Haben Sie verstanden?«

»Ja, Captain, geht in Ordnung. Einen Augenblick ...«

»Ich erkenne, was Sie vorhaben, Kirk«, sagte Iano. »Es ist ein mutiger Plan, aber es könnte sehr gefährlich werden.«

»Wenn Sie meine Gedanken lesen können, Iano, dann müßten Sie längst wissen, daß ich mir dessen bewußt bin«, erwiderte Kirk trocken.

»Es gefällt Ihnen nicht, daß ich ihre Gedanken lesen kann«, sagte Iano.

»Nicht, daß Sie es können, sondern daß Sie es tun, und zwar ohne meine Erlaubnis«, sagte Kirk. »Wenn Sie die Freundlichkeit hätten, sich aus meinem Kopf herauszuhalten, Lieutenant, wäre ich Ihnen sehr verbunden.«

»Ich habe eine Aufgabe zu erfüllen, Captain«, sagte Iano.

»Ich ebenfalls«, entgegnete Kirk. »Und Sie machen es mir nicht gerade leicht.«

»Was haben Sie von mir zu befürchten, wenn Sie nichts zu verbergen haben?« fragte Iano.

»Das ist ein uraltes Argument, Lieutenant«, sagte Kirk. »In der Vergangenheit wurde es immer wieder als Rechtfertigung für jede Art von Machtmißbrauch benutzt. Wer tatsächlich unschuldig ist, hat nichts durch eine illegale Durchsuchung oder Bespitzelung zu befürchten. Wer nichts zu verbergen hat, kann nichts gegen eine Inhaftierung und ein Verhör einzuwenden haben. Wer unschuldig ist, sollte froh sein, wenn er sich vor Gericht rechtfertigen kann. Das ist genau die verkrüppelte Logik, mit der Faschisten und ...« Er ließ den

Satz unvollendet, aber Iano verstand auch so, was er sagen wollte.

»Und andere Leute wie ich arbeiten«, sagte Iano. »Das wollten Sie doch sagen, nicht wahr?«

»Vorsicht, Iano!« warf Kirk ein. »Ich habe daran *gedacht*, es zu sagen, aber ich habe mich entschieden, es *nicht* zu tun. Das ist ein wesentlicher Unterschied.«

»Verraten Sie mir eins, Kirk«, sagte Iano. »Wenn *Sie* über meine Fähigkeiten verfügen würden, hätten Sie dann Bedenken, sie auch einzusetzen?«

»Ich würde sagen, daß ich sie nicht bedenkenlos einsetzen würde«, erwiderte Kirk. »Ich würde versuchen, die Rechte anderer zu respektieren, vor allem das Recht auf Privatsphäre.«

»Ich verstehe«, sagte Iano. »Aber wer soll bestimmen, wie diese Rechte aussehen? Der Rat der Föderation? Oder vielleicht der Rat von Patria? Wer soll bestimmen, welche Rechte für Patrianer gelten?«

Bevor Kirk antworten konnte, meldete sich Scott zurück.

»Ich werde jetzt die Sachen losschicken, die Sie angefordert haben, Captain.«

»Sehr gut, Mr. Scott«, sagte Kirk.

Kurz darauf materialisierten die Individualschilde und das tragbare Deflektorgitter hinter ihnen auf der Straße.

»Die Lieferung ist angekommen, Scotty«, sagte Kirk. »Jetzt hören Sie bitte genau zu. Dieser Interferenzgenerator muß ein tragbares Gerät sein, ansonsten hätten die Rebellen ihn kaum herschaffen können. Das bedeutet, er wird durch Energiezellen gespeist, und das erzeugte Interferenzfeld kann keine hohe Reichweite haben. Wir können die Geiseln zwar nicht mit dem Transporter herausholen, aber wir können *uns* hineinbeamen lassen.«

»Das gefällt mir nicht, Kirk«, sagte Iano. »Warum warten wir nicht einfach ab, bis die Energiezellen für den Generator erschöpft sind?«

»Einen Augenblick, Scotty«, sagte Kirk und wandte sich an Iano. »Das dürfte sinnlos sein. Vergessen Sie nicht, daß man bei der Planung dieser Aktion unsere Möglichkeiten berücksichtigt hat. Ich bin überzeugt, daß die Rebellen nicht dumm sind. Sie haben bestimmt eine ausreichende Menge an Batterien mitgenommen. Und je länger wir warten, desto größer werden die Vorteile für sie. Solange sie den Interferenzgenerator zur Verfügung haben, können sie die Geiseln zusammenhalten und uns daran hindern, sie durch den Transporter zu befreien. Wenn ihre Energievorräte zur Neige gehen, hindert sie nichts mehr daran, die Geiseln in kleine Gruppen aufzuteilen. Dann könnten wir nur eine Gruppe nach der anderen herausholen, falls es uns überhaupt gelingt, sie schnell genug zu erfassen. Damit bliebe den Rebellen genügend Zeit, die restlichen Geiseln zu töten.«

»Ich verstehe«, sagte Iano. »Also gut. Es ist Ihre Entscheidung. Aber Sie setzen alles auf eine Karte, wie man bei Ihnen sagt.«

»Ich weiß«, erwiderte Kirk. »Uns bleibt nur die Möglichkeit, sie zu überrumpeln.« Er sprach wieder in seinen Kommunikator. »Scotty, bitte lassen Sie die Transporterkoordinaten für eine Stelle berechnen, die im Erdgeschoß des Gebäudes knapp hinter den Lebensformen liegt, die Sie dort angemessen haben. Und einen Koordinatensatz für den Bereich direkt über der Hauptgruppe in den oberen Geschossen. Stellen Sie fest, wie nahe sie uns heranbringen können. Haben Sie verstanden?«

»Ja, Captain, die Daten müßten in wenigen Augenblicken vorliegen«, antwortete Scott.

»Beeilen Sie sich, Scotty! Kirk Ende.« Er schloß seinen Kommunikator. »Also gut. Mr. Spock, Mr. Chekov, wir müssen es vermutlich auf die harte Tour versuchen. Wir müssen zuerst diesen Generator ausschalten, bevor wir die Geiseln herausholen können.«

»Ich verstehe, Captain«, sagte Spock.

»Aber zuvor wollen wir noch eine andere Variante ausprobieren«, sagte Kirk verbittert. »Vielleicht gibt es eine Möglichkeit, mit den Rebellen zu verhandeln.«

»Glauben Sie, daß die Leute antworten werden, Captain?« fragte Chekov.

Kirk zuckte die Schultern. »Ich weiß es nicht. Aber ich möchte es auf jeden Fall versuchen. Sie haben noch nie zuvor mit einem Menschen gesprochen. Wenn sie in der Föderation einen so großen Feind sehen, wird es sie bestimmt interessieren, ihrem Feind einmal ins Auge zu blicken. Ich denke, daß sie zumindest aus reiner Neugier antworten werden. Zumindest baue ich darauf. In der Zwischenzeit sollten wir uns bereitmachen, sofort in das Gebäude zu gehen, wenn sie nicht verhandeln wollen. Mr. Spock und Mr. Chekov werden sich auf die *Enterprise* zurückbeamen lassen, während ich mit den Rebellen Kontakt aufnehme, und dort auf mein Signal warten. Wenn sie nicht gesprächsbereit sind, muß es sehr schnell gehen. Wenn ich das Signal gebe, lassen Sie sich von Scotty in das Gebäude beamen, genau hinter die sechs Rebellen im Erdgeschoß. Ich möchte, daß Sie die Leute so schnell wie möglich betäuben. Dann lassen Sie sich unverzüglich in das Geschoß direkt über den Rebellen beamen – oder zumindest so nahe heran, wie es Scotty möglich ist. Wenn ich dann das Zeichen gebe, versuchen Sie die Geiseln in Sicherheit zu bringen, und zwar schnell. Wenn wir die Aktion ohne Todesopfer zu Ende bringen wollen, ist Schnelligkeit unsere einzige Chance.«

»Ich verstehe«, sagte Spock. Chekov nickte bestätigend.

»Also gut. Iano ...«

»Ich bin Ihnen bereits einen Schritt voraus, Kirk«, sagte Iano. »Ich habe angeordnet, daß sich ein Sturmtrupp der Polizei bereithält, auf Ihren Befehl in das Gebäude einzudringen.«

»Verdammt noch mal, Iano! Warum müssen Sie ständig in meinen Gedanken herumschnüffeln?« regte Kirk sich auf.

»Ich versuche nur, die Dinge ein wenig zu beschleunigen«, sagte Iano.

»Das Bildtelefon ist bereit, Captain«, sagte Muir.

Kirk schickte Sicherheitswächterin Jacob zu den patrianischen Polizeitruppen, um die Männer in der Benutzung der Individualschilde zu unterweisen. Dann sagte er ihnen, wie sie vorgehen sollten.

»*Enterprise* an Captain Kirk!«

Kirk klappte den Kommunikator auf. »Sprechen Sie, Scotty.«

»Ich kann Sie problemlos ins Erdgeschoß bringen, Captain«, meldete der Chefingenieur. »Aber im Stockwerk über den Rebellen macht das Interferenzfeld Schwierigkeiten. Näher als zwei Stockwerke kommen wir nicht heran.«

»Okay, Scotty, das müßte ausreichen«, sagte Kirk. »Machen Sie sich bereit, Mr. Spock und Mr. Chekov auf die *Enterprise* zu beamen. Ich melde mich gleich zurück.« Er drehte sich zu Spock und Chekov um. »Also, wenn sie nicht verhandeln wollen, dann schnappen wir uns zuerst die Leute im Erdgeschoß. Während die Polizei vorstößt, wird Scotty Sie herausholen und in den oberen Geschossen absetzen, so nahe es der Interferenzgenerator zuläßt. Dann sollen Sie so schnell wie möglich in das Stockwerk direkt über den Rebellen vorstoßen. Wenn ich das Signal gebe, sprengen Sie sich durch den Fußboden, bringen die Geiseln in Sicherheit und schalten den Generator aus. Vergessen Sie nicht, daß es auf Schnelligkeit ankommt. Wenn Sie das Überraschungsmoment verspielen, werden Sie die Geiseln und sich selbst in große Gefahr bringen.«

»Ich verstehe, Captain«, sagte Spock.

Kirk wandte sich wieder an Iano. »Gut, dann wollen wir jetzt anrufen.« Im selben Moment, als sich die Rebellen meldeten, hob Kirk seinen Kommunikator und sagte leise: »Jetzt, Scotty!«

Während Spock und Chekov zur *Enterprise* hinaufgebeamt wurden, trat Kirk vor das Bildtelefon. Als die Rebellen erfuhren, daß der Captain eines Föderationsraumschiffs mit ihnen sprechen wollte, schienen sie sehr interessiert zu sein. Ihr Anführer kam sofort an den Apparat. Er machte in jeder Hinsicht den Eindruck eines Mannes, der ein klares Ziel vor Augen hatte. Als Kirk ihn sah, hatte er keinen Zweifel mehr daran, daß diese Leute für ihre Sache in den Tod gehen würden, wie Iano behauptet hatte.

»Ich bin Captain James T. Kirk vom Föderationsraumschiff *Enterprise*«, meldete er sich. »Mit wem habe ich die Ehre?«

»Ehre?« erwiderte der Rebell. Er wirkte amüsiert. »Es mag eine Ehre für einen bescheidenen Freiheitskämpfer sein, mit dem Captain eines Föderationsraumschiffs zu sprechen, aber sind Sie völlig sicher, daß *Sie* es als Ehre betrachten, Captain Kirk?«

»Wenn Sie mir Ihren Namen nicht nennen wollen, habe ich dafür Verständnis«, erwiderte Kirk. »Ich wollte nur wissen, wie ich Sie ansprechen soll.«

»Mein Name tut überhaupt nichts zur Sache, Captain«, gab der Anführer der Rebellen zurück. »Was wollen Sie mir sagen?«

»Sie haben sich vorhin als Freiheitskämpfer bezeichnet«, sagte Kirk. »Gefährden Freiheitskämpfer das Leben unschuldiger Personen?«

»Freiheitskämpfer tun alles, was nötig ist, um gegen die Unterdrückung zu kämpfen«, sagte der Rebell. »Und Personen, die den Unterdrückern dienen, wie wir sie hier in unserer Gewalt haben, können Sie kaum als unschuldig bezeichnen. Außerdem ist dies eine interne patrianische Angelegenheit, Captain. Wieso mischen Sie sich ein?«

»Die Einmischung hat bereits zuvor stattgefunden«,

sagte Kirk, »als Sie von den Klingonen mit Disruptoren beliefert wurden.«

»So ist das!« sagte der Rebell. »Und was geht es die Föderation an, mit wem die Patrianer Handel treiben?«

»Ersparen Sie sich diese Spielchen, Garibaldi«, sagte Kirk. »Sie wissen ganz genau, warum wir hier sind. Als die Klingonen Ihnen Disruptoren gaben, haben sie die kulturelle Autonomie der Republiken von Patria verletzt. Sie versuchen, Ihre Regierung zu destabilisieren und die Verhandlungen mit der Föderation zu stören, damit sie den Planeten erobern können. Sie sind kein Freiheitskämpfer, sondern nur ein unwissender Erfüllungsgehilfe der Klingonen.«

»Es überrascht mich nicht, daß ein Offizier der Föderation die Klingonen verunglimpft«, erwiderte der Anführer der Rebellen unerschüttert. »Es ist eine Tatsache, daß es das Klingonische Imperium und nicht die Föderation war, die uns Hilfe im Kampf gegen die Unterdrückung anbot. Es ist die Föderation, die sich mit den Unterdrückern verbünden will.«

»Wenn das unsere Absicht wäre«, sagte Kirk, »dann hätten wir die patrianische Regierung nur mit Phasern ausrüsten müssen, um ein Gegengewicht zu den klingonischen Disruptoren zu schaffen. Aber was hätte es genützt? Dadurch wäre die Gewalt nur eskaliert, und Gewalt war noch nie eine Lösung.«

»Ach, kommen Sie, Captain!« sagte der Rebell verächtlich. »Wollen Sie mir ernsthaft weismachen, daß *Sie*, der Kommandant eines Kriegsschiffs der Föderation, ein Pazifist sind?«

»Die *Enterprise* ist kein Kriegsschiff«, widersprach Kirk. »Es verfügt zwar über Mittel, sich im Kampf zu verteidigen, aber in erster Linie ist es ein Erkundungsschiff. Unsere Mission besteht darin, fremde Zivilisationen zu erforschen und friedlichen Kontakt mit ihnen aufzunehmen. Wir wollen keine Kriege provozieren, sondern Frieden schaffen. Die Waffen eines Starfleet-

Schiffes sind nur als letzter Ausweg gedacht, wenn alle anderen Möglichkeiten ausgeschöpft sind. Und genau deshalb möchte ich mit Ihnen reden. Ich möchte feststellen, ob es noch eine andere Lösung gibt, damit weitere Gewalt in Zukunft vermieden werden kann.«

»Was schlagen Sie vor, Captain?« fragte der Anführer der Rebellen.

Kirk zuckte die Schultern. »Ich kann nichts vorschlagen, solange ich nicht weiß, was Sie wollen. Warum haben Sie diese Aktion unternommen? Welches Ziel wollen Sie damit erreichen?«

»Wir wollen damit auf unsere Sache aufmerksam machen, Captain«, sagte der Anführer. »Und wir wollen unsere Bereitschaft demonstrieren, gegen die Unterdrückung zu kämpfen.«

»Aber wie lauten Ihre konkreten Forderungen?« hakte Kirk nach, während er sich fragte, ob Spock und Chekov schon bereitstanden. »Sie haben Geiseln genommen. Unter welchen Bedingungen werden Sie sie freilassen?«

»Bedingungen?« fragte der Rebell. »Nun, wir würden sie freilassen, wenn der Rat von Patria geschlossen zurücktritt und die Gedankenpolizei aufgelöst wird. Das ... dürfte für den Anfang genügen.«

»Ich habe Ihnen doch gesagt, daß sie verrückt sind«, flüsterte Iano, der neben Kirk getreten war. »Mit einem Fanatiker kann man nicht vernünftig diskutieren.«

Kirk wehrte seinen Einwand mit einer ungeduldigen Handbewegung ab. »Was halten Sie davon, wenn ich mich im Austausch gegen die Geiseln in Ihre Gewalt begebe?«

»Sie?« sagte der Anführer. »Sie wollen, daß ich Sie gegen dreißig Patrianer eintausche? Sie scheinen Ihren persönlichen Wert sehr hoch einzuschätzen, Captain Kirk. Sie sind tatsächlich der Meinung, ein Mensch sei genausoviel wert wie dreißig Patrianer?«

»Nein, natürlich nicht, aber ich bin nun einmal ein

hochrangiger Offizier im Dienst der Föderation«, sagte Kirk. »Ihre Regierung befindet sich gegenwärtig in Verhandlungen mit der Föderation. Sie müßten eigentlich erkennen, daß ich in politischer Hinsicht für Sie eine viel wertvollere Geisel wäre als eine Gruppe von Verwaltungsbeamten.«

»Möglicherweise«, sagte der Anführer der Rebellen nachdenklich. »Es ist zumindest eine Überlegung wert. Ich werde darüber nachdenken, Captain Kirk. Kommen Sie zum Gebäude. Aber allein.«

»Lassen Sie zuerst die Geiseln frei!« sagte Kirk.

»Sie können keine Bedingungen stellen, Captain Kirk«, erwiderte der Rebell. »Sie müssen sich zuerst in unsere Gewalt begeben.«

»Und dann haben Sie mich und die Geiseln dazu«, sagte Kirk. »Sie müssen mir schon etwas Besseres anbieten.«

»Ich muß überhaupt nichts, Captain«, sagte der Anführer. »Ich habe die Geiseln. Und wenn man unsere Forderungen nicht erfüllt, werden sie sterben. Wenn Sie weiter darüber diskutieren wollen, kommen Sie allein und unbewaffnet ins Gebäude. Andernfalls haben wir uns nichts mehr zu sagen.«

Der Bildschirm wurde dunkel.

Kirk klappte sofort seinen Kommunikator auf. »Spock?«

»Wir sind bereit, Captain«, antwortete sein Erster Offizier von der *Enterprise*.

»Es geht los!« sagte Kirk.

Spock und Chekov wurden unverzüglich in das Gebäude gebeamt, wo sie hinter den sechs Rebellen materialisierten, die das Erdgeschoß besetzt hatten. Drei von ihnen bewachten den Vordereingang und drei weitere den Hintereingang. Alle waren mit Disruptoren bewaffnet. Beide Türen waren verbarrikadiert worden, aber sie hatten nicht damit gerechnet, von hinten angegriffen zu werden.

Als Spock und Chekov materialisierten, drehten sich die Rebellen überrascht um, aber ihre Reaktionen waren nicht schnell genug. Spock schaltete die drei Männer auf der Vorderseite aus, während Chekov die Leute am Hintereingang übernahm. Zwei schnelle Phasersalven mit breiter Fächerung, und die Rebellen lagen bewußtlos am Boden.

Die Offiziere von der *Enterprise* verloren keine Zeit und ließen sich sofort zum Schiff zurückbeamen, von wo sie wieder in das besetzte Gebäude geschickt wurden. Sie trafen zwei Stockwerke über den Rebellen ein. Mit den Phasern im Anschlag hasteten sie zur Treppe. Nach kurzer Zeit hatten sie sich genau über dem großen Konferenzraum in Stellung gebracht, wo die Geiseln festgehalten wurden.

»Wir sind jetzt am Einsatzort, Captain«, gab Spock über Kommunikator an Kirk weiter.

»Halten Sie sich bereit, Mr. Spock«, sagte Kirk. »Scotty, drei Personen zum Hochbeamen. Haben Sie uns erfaßt?«

»Alles ist bereit, Captain«, sagte Scott.

Muir und Jacob standen mit gezogenen Phasern neben den Einzelteilen des Deflektorgitters.

»Okay, Spock… Scotty… Sie schlagen gleichzeitig los, wenn ich das Zeichen gebe…« Kirk wandte sich an Iano. »Schicken Sie das Sturmkommando los, Lieutenant!«

Iano gab der Polizeieinheit den Befehl zum Einsatz. Die Männer schützten sich mit den Individualschilden und traten auf die Straße. Langsam, aber zielstrebig näherten sie sich dem besetzten Gebäude. Ohne weitere Deckung verteilten sie sich auf der Straße und kamen dem Gebäude immer näher.

Disruptorfeuer schlug ihnen entgegen, doch nur aus den oberen Stockwerken. Wenn die Rebellen bemerkten, daß ihre Kameraden im Erdgeschoß nicht auf die anrückenden Polizisten reagierten, mußte ihnen klar werden, daß dort unten irgend etwas nicht stimmte. Und genau damit rechnete Kirk.

Kirk hatte den Kommunikator gesenkt und beobachtete aufmerksam, wie die Polizeieinheit immer weiter vorrückte. »Komm schon«, sagte er leise, während er an den Anführer der Rebellen dachte. »Laß mich jetzt nicht im Stich ...«

Er wartete ab und zählte die Sekunden. Er gab dem Rebellen zehn oder vielleicht zwanzig Sekunden, bis er bemerkte, daß im Erdgeschoß irgend etwas nicht mit rechten Dingen zuging. Dann würde es vermutlich noch einmal zehn oder fünfzehn Sekunden dauern, bis er einen Teil seiner Leute losgeschickt hatte, die im Erdgeschoß nachsehen sollten. Und dadurch mußte er die Bewachung der Geiseln lockern.

Kurz darauf sah Kirk, wie Disruptorschüsse aus dem Vordereingang des Gebäudes drangen und die Polizisten aufzuhalten versuchten. »Spock und Scotty – jetzt!«

Im gleichen Moment wurden Kirk, Muir und Jacob auf die *Enterprise* gebeamt, während Spock und Chekov sich mit ihren Phasern einen Weg in das Stockwerk schmolzen, in dem sich die Rebellen aufhielten. Als Kirk im Transporterraum materialisierte, sah er, daß Scott persönlich die Kontrollen übernommen hatte. Offenbar wollte er nicht die Verantwortung für eine Aktion delegieren, bei der es in so hohem Maße auf exaktes Timing ankam.

»Scotty, schicken Sie mich nach unten! Muir und Jacob, Sie warten auf mein Signal! Sobald der Generator ausgeschaltet ist, kommen Sie sofort nach!« sagte Kirk. »Energie, Mr. Scott!«

»Ja, Captain«, sagte Scott und aktivierte den Transporter.

Kirk materialisierte an derselben Stelle, an der auch Spock und Chekov eingetroffen waren. Er konnte das Zischen ihrer Phaser hören und rannte sofort zur Treppe.

Als Spock sich durch das Loch in der Decke fallen ließ, feuerten die Rebellen von den Fenstern aus auf die heranrückenden Polizisten auf der Straße. Beim Geräusch seines Phasers drehten sie sich zu Spock um, doch der Vulkanier schoß bereits und zielte auf jeden, der eine Waffe in der Hand hielt. Vier Phaserschüsse in schneller Abfolge, und vier Rebellen stürzten bewußtlos zu Boden.

Chekov ging in die Hocke, nachdem er gesprungen war, und eröffnete sofort das Feuer. Kurz darauf waren drei Rebellen, die die Geiseln bewacht hatten, bewußtlos zusammengebrochen. Doch draußen im Korridor hielten sich noch weitere Rebellen auf. Als sie, von den Phaserschüssen alarmiert, hereinstürmten, hatte Spock gerade die letzten Gegner im Raum ausgeschaltet. Er war schnell und methodisch vorgegangen, wobei seine vulkanischen Reflexe ihm einen wesentlichen Vorteil verschafften. Ein Disruptorstrahl verfehlte ihn nur um wenige Zentimeter und schlug in die gegenüberliegende Wand. Er ließ sich zu Boden fallen und rollte sich ab. Noch während er sich wieder erhob, flog plötzlich Kirk mit dem Kopf voran durch das Loch in der Decke und warf sich auf die Rebellen, die in den Raum vordrangen.

Gemeinsam stürzten sie zu Boden. Als Kirk sich wieder aufgerappelt hatte, war er bereits in einen heftigen Kampf verwickelt. Er schlug einem Rebellen kräftig in den schuppenhäutigen Bauch und fällte ihn dann mit einem Nackenhieb. Er wirbelte herum und legte den Schwung seines Körpers in einen Kinnhaken, dem er einem weiteren Rebellen verpaßte. Der Mann klappte bewußtlos zusammen, während ein dritter Kirk von hinten packte. Kirk schüttelte ihn mit einem Schulterwurf ab und schleuderte ihn gegen einen anderen Rebellen, der gerade mit dem Disruptor auf ihn anlegte. Als sie sich gegenseitig zu Boden rissen, zog Kirk seinen Phaser und feuerte einen Betäubungsschuß auf die beiden ab. Wieder drehte er sich um, duckte sich und blickte sich schnell im Raum um. Als er den Interferenzgenerator entdeckte, veränderte er die Einstellung seiner Waffe und setzte das Gerät mit einem gezielten Energiestoß außer Funktion.

»Bewachen Sie die Tür!« rief er und holte seinen Kommunikator hervor. »Kirk an *Enterprise!* Scotty, schicken Sie jetzt die Verstärkung zu meinen Koordinaten!«

Sekunden später flimmerten zwei Gestalten im Raum, die sich zu Muir und Jacob verfestigten.

»Los, schnell!« befahl Kirk. »Wir haben nicht viel Zeit!«

Muir und Jacob begannen sofort damit, die Teile des Deflektorgitters zusammenzusetzen, die mit ihnen heruntergebeamt worden waren. Inzwischen bezogen Spock und Chekov Stellung an der Tür, um ihnen Deckung zu geben. Erst jetzt wandte Kirk sich an die eingeschüchterten Geiseln.

»Ich bin Captain James T. Kirk vom Föderationsraumschiff *Enterprise*«, sagte er zu ihnen. »Bleiben Sie bitte ruhig. Wir werden Sie hier herausholen. Geraten Sie nicht in Panik, und befolgen Sie meine Anweisungen.« Er blickte sich zur Tür um. »Wie sieht es aus, Spock?« fragte er.

Spock schaute sich nur kurz über die Schulter um, während er den Phaser bereithielt, der auf Betäubung justiert war. »Ich denke, daß wir bald wieder Gesellschaft erhalten werden, Captain.«

»Sie kommen über die Treppen«, sagte Chekov.

»Ich brauche jetzt dringend das Gitter, Mr. Muir!« sagte Kirk ungeduldig.

»Bin gleich soweit, Captain«, sagte Muir und ließ das letzte Teil einrasten. »Fertig!«

»Spock und Chekov, kommen Sie her!« rief Kirk.

»Einen Augenblick, Captain«, sagte Spock, als er und Chekov gleichzeitig eine Salve in den Korridor feuerten, um die anrückenden Rebellen aufzuhalten. Schreie waren zu hören, als die Betäubten gegen die Männer stürzten, sie sich weiter unten auf der Treppe befanden.

»Das dürfte sie ein oder zwei Minuten lang aufhalten«, sagte Chekov zuversichtlich.

Dann zogen sie sich hinter das Gitter zurück.

»Okay, Jacob«, sagte Kirk zur Frau. »Aktivieren Sie das Gitter.«

Als die Sicherheitswächterin auf ihre Fernbedienung drückte, klappte Kirk seinen Kommunikator auf. »Kirk an *Enterprise* ...«

»Ich höre Sie, Captain«, sagte Mr. Scott.

»Beamen Sie jetzt die Geiseln rauf, Scotty!«

»Verstanden, Captain.«

Während eine Gruppe der Geiseln vom Transporter erfaßt wurde, schlugen ungezielte Disruptorschüsse durch die Tür in den Raum.

»Sie kommen«, sagte Chekov angespannt und hielt seinen Phaser bereit.

Ein knappes Drittel der Geiseln war bereits an Bord der *Enterprise* in Sicherheit, und als Scotty nun die zweite Gruppe holte, stürmten die Rebellen durch die Tür und schossen wild um sich. Doch das Deflektorgitter am Boden erzeugte ein Energiefeld, das nach demselben Prinzip wie die Deflektorschilde der *Enterprise* funktionierte. Als die Disruptorschüsse auf das Energiefeld trafen, wurden sie zurückgeworfen, so daß sich das Feuer der Rebellen plötzlich gegen sie selbst richtete. Bis sie begriffen hatten, was geschah, waren bereits einige von ihnen durch die reflektierten Disruptorstrahlen getötet worden. Die anderen traten verwirrt den Rückzug an, um sich neu zu gruppieren.

Scotty beamte soeben die letzten Geiseln hinauf. Nur noch Kirk und die Besatzungsmitglieder von der *Enterprise* waren anwesend. Spock schaltete seinen Tricorder ein und überprüfte das Energiefeld.

»Das Gitter arbeitet immer noch zuverlässig, Captain«, sagte er.

Kirk sprach in seinen Kommunikator. »Scotty, sind alle Geiseln in Sicherheit?«

»Sicher wie in Abrahams Schoß, Captain, wenn auch reichlich durcheinander«, antwortete der Chefingenieur. Das überraschte Kirk nicht, wenn er bedachte, daß sie noch nie zuvor die Wirkung eines Transporters erlebt hatten. Doch zumindest waren sie unversehrt und außer Gefahr. Wir haben es geschafft, dachte er. Wir haben sie mit heiler Haut gerettet. Offiziere der Föderation retten dreißig Geiseln, ohne eigene Verluste. Bob Jordan mußte mit dieser Entwicklung sehr zufrieden sein. Sie würde ihm bestimmt bei den Verhandlungen helfen.

»Energie, Mr. Scott!« sagte Kirk.

Als die Rebellen einen zweiten Vorstoß wagten, wobei sie jedoch wesentlich vorsichtiger vorgingen, fanden sie einen leeren Raum vor. Nur noch das leuchtende Deflektorgitter lag am Boden.

7

»Was soll das heißen, sie sind entkommen?« fragte Kirk und starrte Iano fassungslos an. »Wie konnten sie entkommen? Sie hatten das gesamte Gebäude umstellt und das Dach aus der Luft gesichert!«

Bevor Kirk und seine Leute auf den Planeten zurückgebeamt wurden, hatten sie dafür gesorgt, daß zuerst die Geiseln zur Oberfläche zurückkehrten, damit sie von der Polizei befragt werden konnten. Doch als sie den befreiten Patrianern schließlich gefolgt waren, mußten sie erfahren, daß den Rebellen die Flucht gelungen war.

»Als sie sahen, daß sie die Geiseln verloren hatten, müssen sie in Panik geraten sein«, sagte Iano. »Während wir das Gebäude stürmten, fuhren sie mit dem Lift ins Kellergeschoß und sprengten sich einen Weg in die unterirdischen Tunnel frei, in denen die städtischen Abwässer zu den Aufbereitungsanlagen transportiert werden. Wir haben bei der Planung nicht berücksichtigt, daß sie zu einer solchen Fluchtmethode greifen könnten.«

Kirk verzog das Gesicht und zuckte die Schultern. »Um ehrlich zu sein, ich hätte auch nicht an diese Möglichkeit gedacht.«

»Ich weiß«, sagte Iano.

Kirk holte tief Luft und bedachte den patrianischen Polizisten mit einem finsteren Blick, verzichtete jedoch auf einen verbalen Kommentar.

»Auf jeden Fall konnten alle entkommen«, sagte Iano.

»Schade. Ich hatte gehofft, wir könnten einige von ihnen lebend fassen, um sie anschließend zu befragen.«

»Was ist mit den sechs Rebellen, die wir im Erdgeschoß betäubt haben?« fragte Spock.

Iano schüttelte den Kopf. »Sie waren spurlos verschwunden. Sie sind offenbar aufgewacht und mit den anderen geflohen.«

Spock runzelte die Stirn. »Es ist praktisch unmöglich, daß sie sich so schnell von einem Betäubungsschuß erholen«, sagte er. »Selbst unter Berücksichtigung der biologischen Variablen der patrianischen Konstitution hätten sie noch mindestens drei bis vier Stunden bewußtlos sein müssen. Ganz zu schweigen von den Nachwirkungen, die erst nach sechs bis zwölf Stunden abklingen dürften.«

»Dann scheinen sie von ihren Freunden weggeschafft worden zu sein«, sagte Iano. »Wir haben uns so lange zurückgehalten, bis wir sicher sein konnten, daß Sie nicht mehr im Gebäude waren. Wir wollten nicht aus Versehen ein Feuergefecht mit Ihnen riskieren oder zwischen die Fronten geraten. Doch als wir schließlich eindrangen, war nichts mehr von den Rebellen zu sehen, die Sie betäubt haben. Wir haben nur die Schußspuren am Boden gefunden.«

»Schußspuren?« wiederholte Kirk stirnrunzelnd. »Was für Schußspuren? Ein auf Betäubung gestellter Phaser hinterläßt keine Schußspuren!«

»Ich werde sie Ihnen zeigen, wenn Sie möchten«, sagte Iano.

Er führte sie ins Gebäude. Sie traten durch die Tür im Erdgeschoß und gelangten in die Lobby. Dort zeigte Iano auf die großen, dunklen Flecken am Boden, wo die drei Rebellen am Vordereingang gestanden hatten. Am Hintereingang gab es drei weitere Stellen.

Spock warf Kirk einen bedeutungsschwangeren Blick zu. »Captain, diese Spuren sind typisch für einen Disruptortreffer«, sagte er.

»Nun, damit wäre die Frage beantwortet, was mit den Leuten geschehen ist«, sagte Kirk verbissen. »Sie wurden von ihren eigenen Kameraden getötet. Statt sich mit sechs Bewußtlosen zu belasten, haben die anderen sie einfach an Ort und Stelle desintegriert. Mit den anderen haben sie vermutlich genau dasselbe getan.«

»Wie ich Ihnen sagte, Kirk«, meinte Iano. »Diese Rebellen sind Fanatiker. Sie würden alles tun, um uns nicht lebend in die Hände zu fallen.«

»Weil sie genau wissen, daß die Abteilung Gedankenverbrechen ihnen die Gehirne ausquetschen würde«, sagte Kirk. »Es mag sein, daß es Fanatiker sind, aber Sie lassen ihnen einfach keine andere Wahl.«

»Haben Sie etwa Mitleid mit Terroristen, Kirk?« fragte Iano.

»Ich habe nicht gesagt, daß ich Mitleid habe«, erwiderte Kirk. »Ich versuche nur, diese Leute zu verstehen. Wer seinen Gegner versteht, hat bereits den halben Sieg errungen.«

»Eine sehr scharfsinnige Feststellung«, sagte Iano.

»Nur etwas, das mich die Erfahrung gelehrt hat.«

»Ihre Erfahrung hat sich heute mehr als bezahlt gemacht«, sagte Iano. »Sie haben es geschafft, alle Geiseln ohne eigene Verluste zu retten. Ich muß zugeben, daß ich beeindruckt bin. Und ich glaube, daß meine Vorgesetzten gleichermaßen beeindruckt sein werden. Sie haben heute sehr viel für uns getan, Captain.«

»Vielleicht«, sagte Kirk, »aber meine Hauptsorge war, die Geiseln unversehrt in Sicherheit zu bringen. Ich bin froh, daß wir Ihnen dabei helfen konnten.«

»Und ich danke Ihnen für diese Hilfe«, sagte Iano. »Sie und Ihre Leute sind bestimmt müde. Ich muß noch eine Weile hierbleiben und meine Ermittlungen für den Bericht abschließen, aber ich werde einen Polizeigleiter rufen, der sie zum Gesandtschaftsgebäude zurückbringt.«

McCoy wartete bereits im Konferenzraum, als Kirk

und die anderen eintrafen. Er ging nervös auf und ab und lief ihnen sofort entgegen, nachdem sie den Raum betreten hatten.

»Ich habe gehört, was geschehen ist«, sagte er. »Inal hat mir von der Geiselnahme durch die Rebellen erzählt. Ist alles in Ordnung?«

»Ja, alles bestens, Pille«, antwortete Kirk. »Leider sind die Rebellen überraschend entkommen, aber wenigstens konnten wir die Geiseln unversehrt retten.«

»Das freut mich zu hören«, sagte McCoy mit sichtlicher Erleichterung. »Und mir fällt ein Stein vom Herzen, daß es keine Verluste gab. Als ich erfuhr, daß ihr zusammen mit Iano aufgebrochen wart und ich zurückbleiben mußte, befürchtete ich … nun, ich bin jedenfalls froh, daß alles gut gelaufen ist.«

»Ich danke dir für deine Besorgnis«, sagte Kirk. »Aber wo zum Teufel hast du gesteckt, Pille?«

»Ich … ich war in meinem Zimmer. Ich muß eingeschlafen sein …«

Muir und Jacob tauschten einen Blick, doch keiner von beiden wollte in aller Offenheit einem ranghöheren Offizier widersprechen. Spock jedoch hatte keine derartigen Hemmungen.

»Entschuldigen Sie, Doktor, aber wie mir zu Ohren gekommen ist, hat Mr. Muir genau dort erfolglos nach Ihnen gesucht.«

»Das ist richtig«, setzte Chekov hinzu. »Wir konnten Sie nirgendwo finden.«

»Ja«, sagte Kirk. »Also, wo warst du?«

»Ich … nun ja … wenn ich nicht in meinen Quartier war … äh … dann muß ich wohl …«, versuchte McCoy sich verzweifelt aus der Affäre zu ziehen.

Spock hob eine Augenbraue und wartete mit interessierter Miene auf eine Antwort.

McCoy schluckte beklommen und fuhr sich nervös mit der Zunge über die Lippen. »Ich war … wie soll ich sagen? … Ich …«

»Ja?« drängte Kirk. Es sah McCoy überhaupt nicht ähnlich, um den heißen Brei herumzureden, doch allem Anschein nach suchte er verzweifelt, aber erfolglos nach einer Ausrede.

»Er war in meinem Quartier«, sagte Wing, die plötzlich im Türrahmen stand.

Alle drehten sich zu ihr um. Sie trug einen Morgenmantel und war barfuß. Ihr langes schwarzes Haar fiel in ungebändigten Wellen über ihre Schultern. Kirk starrte sie sprachlos an. Chekovs Kinnlade klappte herunter. Sogar Spock neigte den Kopf zur Seite und hob anerkennend eine Augenbraue. Muir bemerkte, daß Jacob beobachtete, wie er die Frau anstarrte, und blickte schnell zu Boden.

»Er war bei *Ihnen?*« fragte Kirk erstaunt. Dann drehte er sich wieder zu McCoy um. »Du warst bei *ihr?*«

»Sekretärin Wing fühlte sich nicht wohl«, sagte McCoy, »und ich habe nachgesehen, ob ich etwas für sie tun ...«

»Ich hatte keinerlei Beschwerden«, widersprach sie ihm unverblümt, als sie den Raum betrat. »Dr. McCoy versucht lediglich, sich wie ein Gentleman zu verhalten. Ich weiß seine Bemühungen zu schätzen, aber sie sind vollkommen überflüssig. Es ist nichts geschehen, dessen ich mich schämen müßte. Schließlich sind wir alle erwachsene Menschen, nicht wahr?«

»In der Tat«, sagte Spock und neigte leicht den Kopf. Seinem Gesichtsausdruck war wie üblich nicht die geringste Regung zu entnehmen.

Chekov schloß den Mund, öffnete ihn, schloß ihn wieder und räusperte sich. »Selbstverständlich«, brachte er schließlich hervor.

Kirk starrte die Frau immer noch an, bis er sich erneut zu McCoy umdrehte und erstaunt wiederholte: »Du warst bei *ihr*?«

»Ich dachte, diese Tatsache hätten wir bereits geklärt, Captain«, sagte Wing, bevor McCoy etwas erwidern konnte. »Der Botschafter schläft, und ich wollte ihn nicht stören, aber ich bin sicher, daß er einen vollständigen Bericht von mir erwartet, wenn er morgen früh aufwacht. Wenn ich Sie jetzt bitten dürfte, Captain …«

»Oh«, sagte Kirk, während sein Blick zwischen ihr und McCoy wechselte. »Ja … natürlich. Sie wollen einen Bericht … Äh … Mr. Spock?«

Spock teilte ihr alles über die wichtigsten Ereignisse des Abends mit. Während er noch damit beschäftigt war, traf Botschafter Jordan in Morgenmantel und Pantoffeln ein. Spock fing noch einmal von vorne an, und als er seinen Bericht abgeschlossen hatte, schürzte Jordan nur nachdenklich die Lippen und nickte. »Es scheint, daß ich ein paar aufregende Stunden verschlafen habe«, sagte er.

»Mehr als du ahnst«, sagte Kirk.

»Was meinst du damit, Jim?« fragte Jordan.

»Gar nichts«, erwiderte Kirk hastig. »Ich habe nur laut gedacht. Es ist spät geworden. Ich denke, wir sollten uns jetzt zurückziehen. Wir alle brauchen nach dieser anstrengenden Nacht ein wenig Ruhe«, fügte er mit einem spöttischen Seitenblick auf McCoy hinzu.

»Du hast heute gute Arbeit geleistet, Jim«, sagte Jordan.

»Sie alle haben Ihr Bestes gegeben«, setzte Wing hinzu, als sie an ihr vorbeigingen und sich gegenseitig eine gute Nacht wünschten.

Kirk hatte das dumme Gefühl, daß sie damit nicht ausschließlich die Rettung der Geiseln meinte.

»Durch eure Aktion dürften wir unser Ansehen auf diesem Planeten mächtig verbessert haben«, sagte Jordan, nachdem die anderen gegangen waren und er mit Kirk, McCoy und Spock allein war. »Aber trotzdem bleibt es unsere dringlichste Aufgabe, möglichst bald herauszufinden, wie die Terroristen an die Disruptoren gelangt sind, die Lieferungen zu stoppen und die Waffen zu konfiszieren, die bereits in ihrem Besitz sind.«

»Vor allem mit dem letzten Punkt dürfte es Schwierigkeiten geben«, sagte Kirk.

»Dessen bin ich mir bewußt«, erwiderte Jordan. »Ich erwarte von dir natürlich keine Wunder, Jim, aber ich erwarte, daß du es zumindest versuchst. Ich möchte nicht in eine Position geraten, in der ich mich damit einverstanden erklären muß, die patrianischen Behörden mit Phasern auszurüsten.«

»Hat man in dieser Hinsicht Druck auf dich ausgeübt?« fragte Kirk.

»Ja«, antwortete Jordan erschöpft. »Und sogar ziemlich hartnäckig. Sie formulieren es zwar nicht als Forderung, aber praktisch läuft es darauf hinaus. Wenn wir sie ohne weitere Bedingungen mit Phasern ausrüsten, wäre das eine ausgezeichnete Demonstration unseres guten Willens, was sich nur positiv auf die Atmosphäre der weiteren Verhandlungen auswirken kann. Doch wenn ich sie darauf hinweise, daß eine Waffenlieferung an Planeten, die nicht der Föderation angehören, unserer derzeitigen Politik widerspricht und ich ohne ausdrückliche Befugnis des Rats der Föderation auf keinen Fall meine Zustimmung dazu geben darf, dann verschanze ich mich ihrer Meinung nach nur hinter irgendwelchen Vorschriften, weil ich meine Verhandlungsposition stärken und Bedingungen diktieren will. In diesem Punkt kommen wir keinen Schritt weiter, so daß wir uns anderen Themen zuwenden, doch irgendwann kommen immer wieder die Waffen zur Sprache. Es treibt mich allmählich in den Wahnsinn.«

»Ich schätze, du kannst Ihnen deswegen keinen Vorwurf machen, Bob«, sagte Kirk. »Sie haben Angst. Sie werden nicht nur mit Waffen konfrontiert, die ihrer eigenen Technik weit überlegen sind, sondern die Situation macht ihnen außerdem bewußt, daß es viele weitere Zivilisationen mit hochentwickelter Technologie gibt. Es ist kein Wunder, daß sie nervös werden.«

»Da ist etwas dran«, sagte McCoy. »Es muß eine sehr

ernüchternde Erfahrung sein. Eben noch ist man die dominierende Spezies einer ganzen Welt, der unangefochtene Herrscher, und plötzlich erfährt man, daß es da draußen noch andere intelligente Lebewesen gibt, die außerdem viel größere Keulen haben als man selbst.«

»Aber wir können einem Nichtmitgliedsplaneten einfach keine Waffentechnologie liefern«, sagte Wing. »Wenn wir es in der Vergangenheit getan haben, hat es jedesmal zu großen Problemen geführt.«

»Ja, ich weiß«, sagte Kirk, während er an seinen alten Freund Tyree dachte. Damals hatte er getan, was er seinem Gefühl nach für richtig gehalten hatte, aber er würde niemals vergessen, welche Konsequenzen seine Entscheidung gehabt hatte.

»Andererseits wirkt unsere Zurückhaltung auf die Patrianer so, als würden wir sie dazu zwingen wollen, sich der Föderation anzuschließen«, sagte Jordan.

»Ich verstehe dein Problem«, sagte Kirk mitfühlend.

»Deswegen rechne ich mit dir, Jim«, entgegnete Jordan. »Die heutige Aktion zur Rettung der Geiseln wird die Angelegenheit ein gutes Stück weiterbringen, aber ich fürchte, daß es noch nicht genügt. Ich glaube, wir werden den Patrianern helfen müssen, der Widerstandsbewegung das Rückgrat zu brechen.«

»Was?« sagte McCoy.

»Meinst du das ernst?« fragte Kirk entsetzt über diesen Vorschlag.

»Bei allem nötigen Respekt, Botschafter«, sagte Spock, »aber ich glaube, ich muß darauf hinweisen, daß eine direkte Einmischung in die internen politischen Konflikte der Patrianer völlig außerhalb unserer Befugnisse liegt. Es wäre eine klare Verletzung der Ersten Direktive.«

»Vielleicht«, erwiderte Jordan. »Aber ich denke, daß wir uns hier in einer Grauzone bewegen. Wenn sich die Föderation unmittelbar in einen internen Konflikt einmischen würde, wäre das sicherlich der Fall. Doch wir haben es hier mit einer ganz anderen Sachlage zu tun.

Wir versuchen, auf eine Bitte der Patrianer hin eine kulturelle Interferenz, die durch die Klingonen herbeigeführt wurde, zu neutralisieren, und wir beschränken unsere Aktivitäten auf die Beseitigung der Quelle dieser Interferenz.«

»Noch mal von vorne, bitte«, sagte McCoy mit gerunzelter Stirn.

»Ich glaube, ich verstehe, worauf er hinauswill, Pille«, sagte Kirk. »Wir haben die Befugnis, die illegalen Waffenlieferungen an die patrianischen Rebellen zu stoppen, wenn wir offiziell von der patrianischen Regierung dazu aufgefordert werden. Es geht schließlich nur darum, eine von außen stammende Störung der kulturellen Entwicklung der Patrianer aufzuheben. Wenn wir uns auf die Quelle der Störung beschränken würden, müßten wir uns eigentlich an die Klingonen halten, aber man könnte argumentieren, daß die Disruptoren die direktere Quelle dieser Störung darstellen, während die Klingonen nur indirekt verantwortlich sind, da sie nicht mehr getan haben, als die Waffen zu liefern.«

»Exakt«, sagte Jordan. Er wirkte ein wenig erleichtert.

»Und da die Rebellen die einzigen sind, die über die Disruptoren verfügen, könnte eine Maßnahme gegen die Rebellen als direkte Aktion gegen die Quelle der Störung interpretiert werden«, führte Kirk den Gedanken zu Ende.

»Ausgezeichnet«, sagte Jordan. »Ich sehe, daß wir den gleichen Gedanken haben, Jim.«

»Großer Gott!« sagte McCoy. »Das sind doch Haarspaltereien! Damit würden wir die Erste Direktive ganz schön strapazieren.«

»Möglicherweise«, erwiderte Jordan, »aber wenn wir uns auf diese Weise rechtfertigen, wird anschließend niemand dumme Frage stellen.«

»Aber wir werden unsere Berichte abliefern müssen«, warf Spock ein.

»Richtig, Mr. Spock«, sagte Jordan. »Ich gebe zu, daß

wir uns tatsächlich auf wackligem Boden bewegen, was die Interpretation der Vorschriften betrifft.«

»Aber wir stehen immer noch vor dem Problem, daß die Rebellen eine unbekannte Anzahl klingonischer Disruptoren besitzen«, sagte Kirk. »Selbst wenn es uns gelingt, die Lieferungen zu unterbinden, bleiben immer noch die Waffen, die sich bereits in ihren Händen befinden. Es scheint keine andere Lösung zu geben, als der patrianischen Polizei dabei zu helfen, den Terroristen das Rückgrat zu brechen und die Anführer dingfest zu machen, worauf wir die Waffen beschlagnahmen können. Entweder das, oder wir rüsten die Polizei mit Phasern aus und halten uns dann aus der Sache heraus.«

»Ich fürchte, daß ich nicht in der Position bin, um eine solche Entscheidung zu treffen«, sagte Jordan. »Dazu brauche ich die Genehmigung des Rats der Föderation. Und wer weiß, wie lange mein Gesuch auf dem Dienstweg unterwegs wäre?«

Kirk zuckte die Schultern. »Dann scheint es nur noch eine Lösung zu geben.«

»Gut«, sagte Jordan. »Ich bin froh, daß du die Situation im Griff hast. Ich wußte, daß ich auf dich zählen kann, Jim. Ich bin sicher, daß du die richtige Entscheidung getroffen hast. Damit möchte ich Ihnen eine gute Nacht wünschen, meine Herren. Ich habe morgen einen langen Tag vor mir.«

Er drehte sich um und verließ den Raum. Wing verabschiedete sich ebenfalls und folgte ihm.

Kirk blickte sich zu McCoy um und grinste. »Na, du alter Knochen! Ich wußte gar nicht, daß es bei dir noch klappt.«

»Ehrlich gesagt, ich auch nicht«, erwiderte McCoy trocken.

»Sie ist eine tolle Frau«, sagte Kirk.

»Ich bin noch nie zuvor einer Frau wie ihr begegnet«, sagte McCoy.

»Pille ... die Sache ist doch nicht etwa ernst, oder?«

»Ach, das glaube ich nicht«, sagte McCoy. »Immerhin bin ich viel zu alt für sie.«

»Viele Frauen mögen Männer in gesetztem Alter.«

»Und sie ist viel zu jung für mich«, sagte McCoy grinsend.

»In chronologischer Hinsicht vielleicht, aber sie ist eine erwachsene Frau, und hochintelligent dazu«, sagte Kirk. »Man ist immer nur so alt, wie man sich fühlt. Ich habe den Eindruck, daß sie sich daran überhaupt nicht gestört hat.«

»Hör mal zu! Nur weil du mit deinem unwiderstehlichen Charme jede geschlechtsreife Frau zwischen der Erde und Rigel Sieben herumkriegst, heißt das noch lange nicht, daß auch ich mich plötzlich aufführen müßte, als wäre der zweite Frühling über mich gekommen!« gab McCoy mürrisch zurück.

»Moment... ich möchte nur eins klarstellen«, sagte Kirk. »Der Teufel weiß, wie du es geschafft hast, aber irgendwie ist es dir gelungen, mit einer wunderhübschen, intelligenten Frau anzubändeln – was übrigens wieder einmal beweist, daß sich über Geschmack nicht streiten läßt. Aber ich verstehe einfach nicht, wieso du dich jetzt darüber beklagst?«

»Red keinen Unsinn!« brummte McCoy. »Natürlich beklage ich mich nicht. Ich fühle mich glücklich wie selten zuvor. Nur ...«

»Nur was?«

»Nun, es ist einfach zu schön, um wahr zu sein, das ist alles. Ich will nicht anfangen, die Sache aufzublasen. Es war eine einmalige Sache, mehr nicht.«

»Wieso bist du dir so sicher?« fragte Kirk.

»Kim stand in letzter Zeit unter großem Streß«, sagte McCoy. »Sie ist weit von zu Hause fort, und man stellt hohe Anforderungen an sie. Auch Jordan erwartet von ihr sehr viel, wie es scheint. Ich hatte den Eindruck, daß sie einfach mal den Druck der Verantwortung abschütteln wollte. Wie soll ich sagen ...?«

»In der Nacht ist der Mensch nicht gern alleine«, zitierte Kirk mit Unschuldsmiene.

»Wenn die Diskussion der wesentlichen Angelegenheiten abgeschlossen ist, meine Herren, würde ich mich gerne in mein Quartier zurückziehen«, sagte Spock.

»Gute Nacht, Mr. Spock«, sagte Kirk mit gespielter Ernsthaftigkeit.

»Gute Nacht, Captain. Doktor ...«

McCoy brummte nur.

»Mensch, laß dir deswegen keine neuen grauen Haare wachsen, Pille«, sagte Kirk. »Warum akzeptierst du es nicht einfach so, wie es ist?«

Wieder brummte McCoy nur.

»Es war wirklich ein harter Tag«, sagte Kirk. »Ich werde mich noch einmal mit Scotty in Verbindung setzen und dann auch zu Bett gehen. Gute Nacht, Pille. Schlaf gut!«

Kirk ließ McCoy allein im großen Konferenzraum zurück. Er ging zur Bar hinüber und goß sich ein Glas von ›Scotts Whisky‹ ein.

»Ich bin zu alt, um nur zu spielen, zu jung, um ohne Wunsch zu sein«, sagte McCoy wehmütig, obwohl niemand anwesend war, der ihn hören konnte. Dann hob er sein Glas und prostete sich stumm zu.

Er kippte den Drink hinunter, stellte das leere Glas auf die Bar zurück und ging durch den Korridor zu seinem Quartier. Er schloß die Tür und begann, seine Uniform auszuziehen, als er ein leises Rascheln hinter sich hörte und sofort herumfuhr. Im Mondlicht, das durch das Fenster hereindrang, konnte er eine schlanke Gestalt mit anmutigen Formen unter dem Laken erkennen.

»Wo warst du so lange?« fragte sie leise.

»Mr. Scott, die Fernbereichsensoren registrieren ein unbekanntes Schiff, das in den patrianischen Raumsektor eindringt«, sagte Sulu.

»Können Sie es identifizieren, Mr. Sulu?« fragte Scott.

»Nicht auf diese Distanz. Es ist noch zu weit entfernt, selbst bei maximaler Auflösung.«

»Dann sollten wir besser den Patrianern Bescheid sagen und anfragen, ob sie Besuch erwarten«, sagte Scott.

Lieutenant Uhura sendete eine Nachricht an die Patrianer. Wenig später erhielt sie eine Antwort. »Mr. Scott, ich empfange eine Botschaft von Commander Anjor an Bord der *Komarah*«, meldete sie, während sie sich mit ihrem Sessel zur Kommandokonsole der Brücke herumdrehte.

»Auf den Schirm, Lieutenant«, sagte Scotty.

Kurz darauf erschien das Bild des patrianischen Offiziers auf dem Hauptbildschirm.

»Hier spricht Lieutenant Commander Scott. Ich führe vorübergehend das Kommando über die *Enterprise*«, sagte der Chefingenieur.

»Ich grüßte Sie, Mr. Scott«, erwiderte Anjor. »Unsere Fernsensoren haben das fremde Schiff ebenfalls erfaßt. Wir haben es mehrfach angerufen, aber es verweigert eine Antwort. Wir sind auf Abfangkurs gegangen.«

»Wie ist Ihre gegenwärtige Position?« fragte Scotty.

»Mein Navigator wird Ihnen unsere Koordinaten und Kursvektoren übermitteln«, entgegnete Anjor und sprach dann kurz mit jemandem, der sich außerhalb des Erfassungsbereichs befand.

»Die Daten kommen soeben herein, Mr. Scott«, sagte Uhura.

»Geben Sie sie bitte an Mr. Sulu weiter, Lieutenant«, sagte Scott.

»Wird gemacht.«

»Koordinaten und Kursvektoren der *Komarah* empfangen und gespeichert, Mr. Scott«, sagte Sulu. »Wir können ihre Position in weniger als fünf Minuten erreichen.«

»Gut«, sagte Scott. »Wir machen uns sofort auf den Weg, Commander Anjor. *Enterprise* Ende.«

Scott gab dem Navigator, der Chekovs Posten übernommen hatte, Anweisungen, auf Kurs zu gehen, und befahl Mr. Sulu, das fremde Schiff mit den Fernbereichsensoren im Auge zu behalten, während sie sich der Position der *Komarah* näherten.

Scott konnte sich ein Lächeln nicht verkneifen, als er sich im Sessel des Captains zurücklehnte. Er erhielt nicht oft die Gelegenheit, Captain Kirk zu vertreten, doch wenn es dazu kam, genoß er es in vollen Zügen. Dabei ging es ihm keineswegs um die Machtposition, denn er war niemals daran interessiert gewesen, ein eigenes Kommando zu übernehmen. Er war mit ganzem Herzen Ingenieur und würde auch immer bei diesem Beruf bleiben. Aber durch diese Gelegenheiten war es ihm möglich, die *Enterprise* einmal auf Herz und Nieren zu prüfen.

Er liebte dieses Schiff. Vielleicht noch mehr als der Captain. Er hatte nicht nur seine Seele, sondern jede Menge Schweiß und Arbeit hineingesteckt. Er kannte jeden Quadratzentimeter des Schiffes, jede Maschine und jede Jefferies-Röhre, jede Schubdüse, jedes Deflektorgitter und jede Phaserbank. Er hatte sich an jeder Wartungsklappe jeder Konsole des Schiffes mindestens einmal die Fingerknöchel aufgeschürft, und es gab keinen Winkel, den er nicht wie seine eigene Westentasche kannte. Er beobachtete die Leistungen der *Enterprise* voller Stolz, denn seine harte Arbeit und sein Geschick waren dafür verantwortlich, daß das Schiff reibungslos funktionierte. In solchen Momenten fühlte er sich beinahe wie ein stolzer Vater, dessen Kind gerade eine schwierige Aufgabe mit Bravour gemeistert hatte. Es war ein Gefühl, das nur ein Ingenieurkollege richtig verstehen konnte.

»Wir müßten in wenigen Augenblicken in Sichtweite sein, Mr. Scott«, sagte Sulu.

»Holen Sie das Schiff auf den Schirm, sobald Sie es haben, Mr. Sulu«, sagte Scott.

»Verstanden, Mr. Scott.«

Kurz darauf konnten die Fernbereichsensoren der *Enterprise* das Schiff identifizieren. Auf dem Sichtschirm war im Vordergrund die *Komarah* zu erkennen, die einen großen Teil der Bildfläche ausfüllte, und im Hintergrund hob sich ein wandernder Lichtpunkt vom Sternenhimmel ab. Er war jedoch zu klein, als daß man Einzelheiten hätte ausmachen können.

»Maximale Vergrößerung bitte, Mr. Sulu«, sagte Scotty.

»Verstanden, Mr. Scott.«

Das Bild schien einen Sprung zu machen, und die *Komarah* verschwand aus dem Blickfeld, als sich die Sensoren auf das weiter entfernte Schiff konzentrierten. Jetzt erhielt der Lichtpunkt deutlichere Umrisse, so daß der Typ zu erkennen war.

»Es ist ein orionisches Raumschiff, Mr. Scott«, sagte Sulu überrascht.

»Rufen Sie das Schiff, Lieutenant Uhura«, befahl Scott.

»Wird gemacht«, sagte Uhura und sprach in ihr Mikrophon. »Wir rufen das orionische Schiff. Hier ist das Föderationsraumschiff *Enterprise*. Bitte melden Sie sich.« Kurz darauf wiederholte sie noch einmal die Aufforderung, bis sie sich umdrehte und sagte: »Sie antworten nicht, Mr. Scott.«

»Versuchen Sie es weiter«, sagte Scotty mit leichter Nervosität.

Uhura tat wie befohlen und schüttelte schließlich den Kopf. »Immer noch keine Antwort, Mr. Scott. Die Orioner sind in der Lage, sämtliche Standard-Grußfrequenzen der Föderation zu empfangen. Aber sie reagieren nicht.«

»Vielleicht liegt ein technisches Problem vor«, sagte Scott. »Oder sie haben eine Fracht geladen, die sie eigentlich nicht an Bord haben sollten.«

»Freibeuter?« meinte Sulu.

»Das wäre durchaus möglich, Mr. Sulu«, sagte Scott. »Die Orioner halten zwar keine großen Stücke auf die Klingonen, und die Klingonen mögen die Orioner noch weniger, aber Politik und Habgier führen manchmal zu den seltsamsten Bündnissen.«

»Sie meinen, die orionischen Freibeuter könnten einen Handel mit den Klingonen abgeschlossen haben, für sie Disruptoren zu den patrianischen Rebellen zu schmuggeln?« fragte Sulu.

»Das würde ich zumindest nicht ausschließen«, sagte Scott. Er blickte auf den Sichtschirm, während sich schnell die Entfernung zwischen ihnen und dem orionischen Raumschiff verringerte.

»Ich kann mir kaum vorstellen, daß die Klingonen genügend Vertrauen in die Orioner setzen, um ihnen ohne weiteres die Disruptoren zu überlassen«, sagte Sulu. »Was sollte die Freibeuter daran hindern, einfach zu verschwinden und ihre Fracht an den Meistbietenden zu verkaufen, sobald sie die Lieferung an Bord genommen haben?«

»Vermutlich gar nichts«, sagte Scott, »aber Sie können darauf wetten, daß die Klingonen daran gedacht haben. Wenn ich ein kluger Klingone wäre, der die patrianische Regierung in Schwierigkeiten bringen will, würde ich den Orionern die Waffen einfach geben und sie dafür bezahlen, sie an die Patrianer auszuliefern. Dann sollen sie sie selbst an die Rebellen verkaufen und meinetwegen soviel dabei herausschlagen, wie sie können. Einen solchen Handel könnte kein Freibeuter ablehnen. Ein hundertprozentig sicherer Profit. Ungeachtet aller Risiken würden sie brav jede Lieferung überbringen und dann schnellstens zurückkommen, um den nächsten Auftrag zu ergattern.«

Sulu nickte. »Das ergibt Sinn. Es sieht den Klingonen ähnlich, alle Risiken den Orionern aufzuhalsen, und die Orioner würden freiwillig mitmachen, weil sie durch solch einen Handel einen bedeutenden Profit erwirtschaften könnten. Auf diese Weise bekommt jeder, was er haben will.«

»Mit Ausnahme der Regierung von Patria«, warf Uhura ein.

»Richtig«, sagte Scott. »Aber ohne Fakten sollten wir keine voreiligen Spekulationen anstellen, obwohl ich zugeben muß, daß das Ausbleiben einer Antwort kein gutes Zeichen ist.«

»Immerhin haben sie noch nicht die Flucht ergriffen, obwohl sie uns längst gescannt haben müßten«, sagte Sulu.

»Ja, aber sie könnten uns ohnehin nicht entkommen«, sagte Scotty zuversichtlich, »und das wissen sie genau.«

»Vielleicht hoffen sie, mit Frechheit weiterzukommen«, sagte Sulu.

»Das denke ich auch, Mr. Sulu«, erwiderte Scott. »Außerdem wissen sie, daß wir kein Recht haben, sie außerhalb der Föderation aufzuhalten. Darauf werden sie bauen, auch wenn ich nicht glaube, daß sie sich damit bei unserem Freund Anjor beliebt machen würden.«

»Mr. Scott, ich empfange eine Nachricht von der *Komarah*«, sagte Uhura.

»Legen Sie sie bitte auf den Hauptsichtschirm, Lieutenant«, sagte Scotty.

Der Bildschirm zeigte Anjors Gesicht. »Wir haben Ihre Versuche verfolgt, das fremde Schiff zu rufen, Mr. Scott«, sagte er. »Es handelt sich dabei um Orioner?«

»Ja«, sagte Scott mit verzogener Miene.

»Wir wissen nichts über diese Spezies«, sagte Anjor.

»Es ist ein recht aggressives Volk, das es in dieser Hinsicht fast mit den Klingonen aufnehmen kann«, sagte Scott. »Die Orioner gehören nicht zur Föderation, und orionische Freibeuter haben wenig Respekt vor den Statuten der Föderation. Sie sind ein Haufen verschlagener Schmuggler und Schwarzmarkthändler, die sogar mit dem Teufel ins Geschäft kommen würden, wenn dabei ein Profit für sie herausspringt.«

»Diese Charakterisierung mißfällt mir sehr«, wurde ihr Gespräch von einer neuen Stimme unterbrochen.

Das Bild auf dem Sichtschirm änderte sich plötzlich, als Uhura zur neuen Übertragung umschaltete und das Gesicht des orionischen Kommandanten sichtbar wurde. Er hatte die smaragdgrüne Haut und das dichte, fast mähnenhafte schwarze Haar, die die typischen Merkmale der Orioner waren. Er trug eine schwarz glänzende Jacke aus Echsenleder über einem dunkelroten Hemd. Der untere Teil seines humanoiden Gesichts war schmal und wies dünne Lippen und ein spitzes Kinn auf. Scotty war normalerweise sehr tolerant und lehnte Verallgemeinerungen bezüglich anderer Spezies ab, doch in der Gegenwart von Orionern überkam ihn insgeheim jedesmal das Gefühl, daß ihre Erscheinung etwas Grausames und Abstoßendes hatte.

»Wenn Sie unsere Übertragung mithören können, hätten Sie auch auf unseren Ruf antworten können«, sagte Scott. »Warum haben Sie sich nicht gemeldet?«

»Wir sind nicht dazu verpflichtet, jedem Schiff zu antworten, das uns ruft«, erwiderte der Orioner überheblich. »Außerdem hatten wir zu der Zeit Probleme mit unseren Kommunikationssystemen und konnten keine Nachrichten senden.«

Der Orioner hatte es geschafft, jeden Einwand trotzig abzuschmettern und gleichzeitig seinen Hintern in Sicherheit zu bringen, dachte Scotty.

»Offensichtlich sind Sie jetzt zu einer Antwort in der Lage«, sagte Scott. »Ich bin Lieutenant Commander Montgomery Scott von der *U.S.S. Enterprise.* Was führt Sie in diesen Raumsektor?«

»Ich wüßte nicht, was Sie das angeht!« erwiderte der Orioner unfreundlich und ohne sich zu identifizieren. »Dieser Sektor gehört nicht zur Föderation. Sie haben hier nichts zu sagen.«

»Hier spricht Commander Anjor vom patrianischen Raumkreuzer *Komarah*«, mischte sich Anjor ein. »Sie befinden sich in patrianischem Hoheitsgebiet. Die *Enterprise* handelt im Auftrag der patrianischen Regierung. Ich wiederhole Lieutenant Commander Scotts Frage: Was haben Sie hier zu suchen?«

»Wir sind nur ein wenig vom Kurs abgekommen«, antwortete der Orioner ausweichend. »Und wie ich bereits erwähnte, hatten wir ein paar geringfügige Schwierigkeiten mit unseren Kommunikationssystemen, die auch unseren Navigationscomputer beeinträchtigten. Es war nicht unsere Absicht, Ihr Hoheitsgebiet zu verletzen, Commander. Doch nachdem wir die Probleme gelöst haben, werden wir jetzt weiterfliegen.«

»Da bin ich anderer Meinung, Captain«, sagte Scott. »Drehen Sie bei, damit wir Ihr Schiff inspizieren können!«

Der Orioner zuckte leicht zusammen. »Das werde ich auf gar keinen Fall tun! Sie haben kein Recht, mich festzuhalten oder mein Schiff zu betreten!«

»Sie befinden sich in patrianischem Hoheitsgebiet«, wiederholte Anjor. »Und wir haben Grund zur Annahme, daß Sie geschmuggelte Waffen für die patrianischen Rebellen an Bord haben. Wenn Sie Widerstand leisten, werden wir das Feuer auf Sie eröffnen.«

Scotty schüttelte den Kopf. Das war nicht die richtige Methode, dachte er. Wenn Anjor die Muskeln spielen ließ, würde sich der Orioner nur in die Enge getrieben fühlen. Er forderte ihn zum offenen Kampf heraus, zu einem Kampf, den Scotty nicht wollte. Der orionische Captain hatte erkannt, daß er in eine dumme Situation geraten war, und war vermutlich bereit, den Schaden in Grenzen zu halten, nachdem er mit ein wenig Protest das Gesicht gewahrt hatte. Anjor jedoch zwang ihn in eine Lage, in der ihm nur noch die Möglichkeit blieb, entweder zu kapitulieren oder zu kämpfen. Anjor ließ dem Orioner keine andere Wahl mehr.

»Unser Schiff zu beschießen, wäre ungerechtfertigt und sehr unklug, Commander«, warnte der orionische Captain. »Wir sind nur vom Kurs abgekommen. Wir haben nichts getan, was Sie zu Feindseligkeiten veranlassen müßte. Wenn Sie das Feuer auf uns eröffnen, werden wir uns verteidigen.«

»Wir wollen nichts überstürzen«, sagte Scotty gleichzeitig zu Anjor und zum Orioner. Er mußte sich etwas ausdenken, womit er diese Krise entschärfen konnte, und zwar schnell. Er gab Uhura ein knappes Zeichen, die Übertragung zu unterbrechen. »Mr. Sulu, fahren Sie die Schilde hoch, gehen Sie auf Impulskraft und bringen Sie die *Enterprise* zwischen die *Komarah* und das orionische Schiff.«

»Verstanden«, sagte Sulu.

»Möchten Sie, daß ich den Captain wecke, Mr. Scott?« fragte Uhura.

»Nein«, sagte Scott. »Das hier ist jetzt meine Aufgabe. Der Captain hat mir die Verantwortung übertragen. Aber ich denke, wir sollten die Lage zumindest in diplomatischer Hinsicht klären. Versuchen Sie, Botschafter Jordan zu erreichen.«

»Wird gemacht, Mr. Scott.«

Als kurze Zeit später die *Enterprise* genau zwischen dem patrianischen und dem orionischen Schiff stand, wandte Uhura sich wieder an Scott. »Mr. Scott, wir werden von der *Komarah* gerufen.«

»Ganz, wie ich erwartet habe«, sagte Scott angespannt. »Haben Sie Botschafter Jordan schon erreicht?«

»Nein, aber ich versuche es weiter.«

»Also gut, dann legen Sie den Anruf von der *Komarah* auf den Schirm«, sagte Scott. »Wir müssen etwas Zeit gewinnen.«

Anjors Gesicht erschien auf dem Hauptsichtschirm. »Lieutenant Commander Scott, die *Enterprise* schützt das orionische Schiff. Ich hätte gerne eine Erklärung für diese Aktion.«

»Ich versuche nur, die erhitzten Gemüter ein wenig zu beruhigen, Commander«, erwiderte Scott. »Wir wollen doch nichts überstürzen, oder?«

»Mr. Scott, ich muß Sie daran erinnern, daß die *Enterprise* entsprechend dem Einverständnis zwischen Captain Kirk und Botschafter Jordan mit meiner Regierung unter patrianischer Befehlsgewalt steht. Bitte ziehen Sie sich mit Ihrem Schiff zurück!«

»Mr. Scott«, sagte Uhura. »Ich habe Kontakt zum Botschafter in der Gesandtschaft.«

»Einen Augenblick, Commander, ich erhalte gerade eine weitere Nachricht«, sagte Scott. Er winkte Uhura, die Übertragung zu unterbrechen. »Legen Sie den Botschafter auf einen abgeschirmten Kanal, Lieutenant«, sagte er.

»Schon erledigt. Sie können jetzt sprechen.«

Jordan wurde auf dem Bildschirm sichtbar. Er sah aus, als hätte man ihn aus dem Schlaf gerissen. »Was gibt es, Mr. Scott?« fragte er ungeduldig. »Ich bereite mich gerade auf das morgendliche Treffen mit dem Rat von Patria vor. Ich hoffe sehr, daß es sich um eine wichtige Angelegenheit handelt.«

»Botschafter, wir haben es hier draußen mit einer verzwickten Situation zu tun«, sagte Scott. »Wir haben ein orionisches Schiff abgefangen, das in den patrianischen Raumsektor eingedrungen ist, und der Captain weigert sich, ein Inspektionsteam an Bord zu lassen.«

»Und was soll ich Ihrer Meinung nach in dieser Sache unternehmen, Mr. Scott?« fragte Jordan gereizt.

»Botschafter, die *Komarah* ist ebenfalls vor Ort. Wir versuchen, eine friedliche Lösung zu finden, aber Commander Anjor scheint entschlossen zu sein, sich notfalls mit Gewalt durchzusetzen. Ich wollte Sie nur um eine Klärung unserer Lage bitten, Botschafter.«

»Mr. Scott, haben Sie zur Zeit das Kommando über die *Enterprise* oder nicht?« fragte Jordan.

»Natürlich habe ich es, aber ...«

»Soll ich jedesmal Ihr Händchen halten, wenn irgend etwas nicht so läuft, wie Sie es erwartet haben?« gab Jordan zurück. »Offen gesagt, Mr. Scott, dafür habe ich nicht genügend Zeit. Ich muß mich um wichtigere Dinge kümmern.«

»Das verstehe ich durchaus, Botschafter«, erwiderte Scott, »aber ich möchte Sie nur um eine Klärung unseres Status in dieser gemeinsamen Mission bitten, wie es in den Vereinbarungen mit dem Rat von Patria festgelegt wurde. Wenn wir in dieser gemeinsamen Mission unter patrianischer Oberhoheit stehen, dann würde sich daraus ergeben ...«

»Mr. Scott«, unterbrach Jordan ihn. »Ich habe morgen einen sehr schweren und streßreichen Tag vor mir. Captain Kirk hat Ihnen das Kommando über die *Enterprise* anvertraut. Falls Sie sich nicht imstande fühlen, Ihre Pflichten zu erfüllen, würde ich vorschlagen, daß Sie Kontakt mit Captain Kirk aufnehmen und ihn bitten, Sie des Kommandos zu entheben. Und jetzt wäre ich Ihnen verbunden, wenn Sie mich nicht mehr mit derartigen Dingen belästigen würden.«

Der Bildschirm wurde schwarz.

»Was sagt man denn dazu?« lautete Scotts Kommentar.

»Es klingt so, als sollten wir uns gefälligst um unseren eigenen Kram kümmern«, sagte Sulu.

»Mr. Scott, ich empfange gerade einen neuen Anruf von der *Komarah*«, sagte Uhura.

»Das überrascht mich nicht«, sagte Scott mit mürrisch verzogener Miene. »Was machen die Orioner, Mr. Sulu?«

»Sie halten ihre Position, Mr. Scott«, antwortete Sulu.

»Sie scheinen abzuwarten, wie sich die Sache entwickelt«, bemerkte Scott. »Also gut, Lieutenant, stellen Sie den Anruf von der *Komarah* durch.«

»Mr. Scott«, sagte Anjor, als die Verbindung wieder hergestellt war, »wenn Sie nicht unverzüglich die *Enter-*

prise zurückziehen und mich bei dieser Operation unterstützen, werde ich auf Ausweichkurs gehen. Dann lassen Sie mir keine andere Wahl, als eine offizielle Protestnote beim Rat von Patria einzureichen.«

Scott kniff die Lippen zusammen und versuchte, die Lage einzuschätzen. »Commander«, sagte er, »bei allem Respekt vor der Autorität des Rats möchte ich Ihnen dringend empfehlen, noch einmal zu überlegen, ob ...«

Unvermittelt erlosch das Bild des Patrianers.

»Die *Komarah* hat die Übertragung abgebrochen, Mr. Scott«, gab Uhura überflüssigerweise bekannt.

»Mr. Scott, die *Komarah* verändert ihre Position, um sich freies Schußfeld auf das orionische Schiff zu verschaffen«, sagte Sulu. »Die Waffensysteme werden geladen, und das orionische Schiff hat daraufhin die Schilde aktiviert.«

»Verdammt!« fluchte Scott. »An diesem Brocken wird Anjor sich einen Bruch heben. Der Orioner ist ihm waffenmäßig haushoch überlegen.«

»Ich denke, das dürfte ihm klar sein, Mr. Scott«, sagte Sulu. »Er wird sich darauf verlassen, daß wir ihm unter die Arme greifen.«

»Wir sollen für ihn die Kohlen aus dem Feuer holen, damit er sich nicht die Finger verbrennt, meinen Sie?« sagte Scott verbittert. »Lieutenant Uhura, geben Sie mir eine Verbindung zur *Komarah*, schnell!«

»Zu spät«, sagte Sulu. »Die *Komarah* hat das Feuer eröffnet.«

»*Was?* Verdammter Mist!« fluchte Scott.

Die Schüsse von der *Komarah* schlugen ohne sichtbare Wirkung in die Schilde des orionischen Schiffes ein.

»Das orionische Schiff macht sich bereit, das Feuer zu erwidern, Mr. Scott«, sagte Sulu, ohne seine Monitore aus den Augen zu lassen.

»Sie werden die *Komarah* auf direktem Wege ins Jenseits befördern«, sagte Scotty und biß die Zähne zusammen. »Phaser feuerbereit machen!«

»Phaser sind feuerbereit«, sagte der taktische Offizier, der diesen Befehl bereits erwartet hatte.

»Das orionische Schiff feuert!« sagte Sulu.

Die Plasmastrahlen schlugen direkt in die Außenhülle der *Komarah* und schleuderten eine Wolke aus Trümmern in den Raum.

»Mit allen Phasern feuern!« befahl Scott.

Die Phaser der *Enterprise* entluden ihre Energie, doch der Kommandant des orionischen Schiffes hatte mit einer solchen Reaktion gerechnet. Unmittelbar nach dem Angriff auf die *Komarah* hatte er die Triebwerke zünden lassen. Die Phasersalve der *Enterprise* schoß knapp am kleinen und sehr wendigen Schiff vorbei, das bereits seine Position verlassen hatte.

»Daneben«, meldete der taktische Offizier verärgert.

»Er will unter uns hindurchtauchen!« sagte Sulu.

»Volle Kraft auf die unteren, hinteren Manöverdüsen!« befahl Scott.

»Volle Kraft auf untere, hintere Manöverdüsen«, wiederholte Sulu automatisch. »Befehl ausgeführt ...«

Als das orionische Schiffe schnell näher kam, aktivierte Sulu die Manöverdüsen an der unteren Außenhülle der *Enterprise*. Sie waren für kleine Korrekturbewegungen ausgelegt, zum Beispiel während eines Andockmanövers, aber nicht für den Einsatz im Kampf gedacht. Doch unter Vollschub ließen sie die *Enterprise* über ihre eigene Achse kippen. Das Heck des Schiffes wurde angehoben, während die *Enterprise* einen Kopfstand machte, der das Diskussegment in eine senkrechte Stellung zum orionischen Schiff brachte, das unter ihnen abgetaucht war. Dadurch geriet das Schiff wieder in den Erfassungsbereich der Phaser.

»Phaser bereithalten!« befahl Scotty.

»Phaser sind bereit.«

Der Captain des orionischen Schiffes sah sich plötzlich mit einer völlig veränderten und unerwarteten Situation konfrontiert. Er hatte die Absicht gehabt, sich in den toten Winkel der *Enterprise* zu flüchten, um sie von hinten anzugreifen, doch statt dessen flog er nun genau in die Schußlinie seines Gegners. Aber es blieb ihm keine andere Wahl, als das angefangene Manöver zu Ende zu bringen. Er konnte nur noch das Feuer eröffnen oder Vollschub geben, um möglicherweise den Phasern zu entkommen. Er entschied sich für beide Möglichkeiten.

»Das Schiff feuert, Mr. Scott«, sagte Sulu.

»Nicht die Ruhe verlieren!« sagte Scott. »Dauerbeschuß auf mein Kommando ...«

Während die *Enterprise* sich weiterdrehte, ging die Salve der Orioner knapp daneben, da der orionische Kommandant das Drehmoment des Föderationsraumschiffes nicht berücksichtigt hatte.

»Feuer frei!« sagte Scotty.

Das kleinere orionische Schiff beschleunigte an der *Enterprise* vorbei, blieb jedoch im Erfassungsbereich der Phaser. Schließlich schlug die erste Salve in die Triebwerksgondeln der Orioner, und der Bildschirm erstrahlte in blendendem Licht, als sie lautlos im unendlichen Vakuum des Alls explodierten. Als die Helligkeit nachließ, war nur noch eine Wolke aus treibenden Trümmern vom orionischen Schiff übrig.

»Volltreffer«, meldete der taktische Offizier überflüssigerweise. »Ein brillantes Manöver, Mr. Scott!«

Es war in der Tat ein recht ungewöhnliches Manöver, dachte Sulu, während er in Bewunderung für Scotts schnelle Reaktionen den Kopf schüttelte. Es war eine jener Aktionen, von denen noch nach Jahren an der Starfleet-Akademie gesprochen werden würde. Doch wie er den Ingenieur kannte, war Ruhm das letzte, woran er im Augenblick dachte. Und schon eine Sekunde später bestätigte Scott diese Vermutung, als er wütend mit der Faust auf die Armlehne des Kommandosessels schlug.

»Verdammter Mist!« fluchte der Chefingenieur. *»Das war unnötig!«*

»Mr. Scott, die *Komarah* steckt in Schwierigkeiten«, sagte Lieutenant Uhura. »Ich empfange ein Notsignal. Die Hülle wurde beschädigt, und an Bord ist Feuer ausgebrochen. Es hat Tote gegeben. Commander Anjor hat den Befehl erteilt, das Schiff zu verlassen, und bittet uns um Hilfe.«

»Dieser hitzköpfige Idiot!« sagte Scott verärgert. »Alle Transporterräume sollen sich bereitmachen, die Besatzung der *Komarah* an Bord zu beamen. Wenn alle Mann in Sicherheit sind, werden wir die *Komarah* in Schlepptau nehmen.« Er schüttelte den Kopf und knirschte mit den Zähnen. »Das wird ihn teuer zu stehen kommen, diesen Dummkopf! Es hätte nicht so weit kommen müssen! Der ganze Ärger für nichts und wieder nichts! Lieutenant Uhura, sagen Sie den Transportertechnikern Bescheid, daß Commander Anjor sofort zu mir auf die Brücke kommen soll, wenn er eingetroffen ist.«

»Wird gemacht«, antwortete Uhura.

Wenig später war die Besatzung der *Komarah* an Bord der *Enterprise* in Sicherheit, und Commander Anjor betrat die Brücke. Er tobte.

»Warum haben Sie so lange gewartet?« wollte er wissen, während er sich wutschnaubend vor Scott aufbaute. »Warum haben Sie nicht gleichzeitig mit uns auf die Orioner gefeuert? Sie allein tragen die Verantwortung für die Konsequenzen! Warum haben Sie gezögert und ihnen damit eine Gelegenheit zur Gegenwehr gegeben?«

»Sie befinden sich nicht mehr an Bord der *Komarah*, Commander Anjor, sondern auf der *Enterprise*«, rief Scott ihm ins Gedächtnis, während er seine eigene Wut zu bezähmen versuchte. Er bemühte sich, mit ruhiger Stimme zu sprechen, obwohl jeder die Anspannung darin hören konnte. »Ich mag zwar nur der stellvertretende Captain sein, aber im Augenblick habe ich hier das Kommando!«

Anjor starrte ihn wütend an und atmete schnell, doch

er konnte einen neuen Wutausbruch unterdrücken. »Ja, natürlich«, sagte er nach einer Weile. »Ich muß mich für meinen Auftritt entschuldigen, Mr. Scott. Trotzdem wurde mein Schiff schwer beschädigt, und das wäre niemals geschehen, wenn Sie mich im Kampf unterstützt hätten!«

»Ich hatte keinen Grund, das Feuer auf die Orioner zu eröffnen!« erwiderte Scott. »Ebensowenig wie Sie! Es ist richtig, daß das orionische Schiff in den patrianischen Raumsektor eingedrungen ist, aber das ist kein hinreichender Grund, um das Feuer zu eröffnen! Wir hatten keinerlei Beweis, daß es geschmuggelte Waffen für die Rebellen an Bord hatte! Sie haben einen Kampf provoziert, zu dem nicht die geringste Veranlassung bestand!«

»Ich bin anderer Meinung«, sagte eine Stimme hinter ihnen. Als Scott sich umdrehte, sah er, wie ein weiterer patrianischer Offizier die Brücke betrat. »Commander Anjor hat auf das orionische Schiff gefeuert, weil ich es ihm befohlen habe.«

»Und wer sind Sie?« fragte Scott stirnrunzelnd.

»Mein Name ist Captain Lovik«, sagte der Offizier.

»Bisher dachte ich, Sie hätten das Kommando über die *Komarah*«, sagte Scott mit verblüfftem Gesichtsausdruck zu Anjor.

»So ist es auch«, erwiderte Lovik, bevor Anjor etwas sagen konnte. »Allerdings habe ich das Kommando über diese Mission.«

»Das verstehe ich nicht«, sagte Scott.

»Captain Lovik ist der stellvertretende Befehlshaber der Abteilung Gedankenverbrechen der Polizei von Patria«, erklärte Anjor. »Da die Verfolgung der Rebellen in seine Zuständigkeit fällt, hat er offiziell die Leitung über diese Mission.«

»Und *Sie* haben ihm befohlen, das Feuer auf die Orioner zu eröffnen?« fragte Scott und blickte sich mit finsterer Miene zu Lovik um.

»So ist es«, sagte Lovik. »Bevor Sie weitersprechen, Lieutenant Commander Scott, möchte ich Ihrem Einwand begegnen, da ich bereits wahrgenommen habe, was Sie sagen wollen. Sie sind der Ansicht, daß der Angriff auf das orionische Schiff ohne Provokation erfolgte und daher ungerechtfertigt war. Sie wollten einwenden, daß wir Sie durch die Eröffnung des Angriffs in den Konflikt hineingezogen haben, während es für Sie keine rechtmäßige Grundlage für diese Aktion gab. Ich möchte Ihnen daher versichern, daß die Wahrheit ganz anders aussieht.«

»Wie meinen Sie das?« fragte Scott. Es gefielt ihm überhaupt nicht, daß der Patrianer seine Gedanken las.

»Die Orioner haben in der Tat Waffen für die Rebellen geschmuggelt«, sagte Lovik. »In den Frachträumen des Schiffes befanden sich mehrere Container mit klingonischen Disruptoren – genügend, um damit eine kleine Armee auszurüsten. Wenn diese Waffen in die Hände der Rebellen gelangt wären, hätte das katastrophale Konsequenzen für unsere Regierung und die gesamte Bevölkerung gehabt. Daher mußten sie zerstört werden.«

»Einen Moment, bitte«, sagte Scott. »Wollen Sie mir damit sagen, daß Sie die Gedanken des Orioners über eine Funkverbindung lesen konnten? Wie soll das möglich sein?«

»Ich habe es nicht nötig, mich Ihnen gegenüber zu rechtfertigen, Lieutenant Commander Scott«, erwiderte Lovik. »Aber es ist so, daß ich Ihre Gedanken aus unmittelbarer Nähe so deutlich lesen kann, wie Sie meine Stimme hören können. Aus größerer Entfernung wäre es mir nur möglich, wenn Sie sprechen oder wenn ich visuelle Ansatzpunkte habe, aus denen ich Ihr Gedankenmuster ableiten könnte.«

»*Ableiten?*« wiederholte Scott ungläubig. »Sie ließen das Feuer auf die Orioner eröffnen, weil Sie *abgeleitet* haben, daß sich Waffen an Bord befinden?«

»Die Handlungen des orionischen Captains haben für sich gesprochen«, erwiderte Lovik. »Seine Körperhaltung und seine Bewegungen wiesen deutliche Anzeichen von Unaufrichtigkeit auf, und als ich seine Stimme hörte, konnte ich unzweifelhaft erkennen, daß er log. Und bevor Sie daran Anstoß nehmen, wie es Ihre Absicht ist, möchte ich Ihnen versichern, daß ich keineswegs ›ins Blaue hinein geraten‹ habe. Das Sprachmuster des Orioners gestattete mir direkten Zugang zu seinen Gedanken, und ich bin dazu befugt, in solchen Fällen ein rechtskräftiges Urteil zu fällen und zu vollstrecken. Nicht nur auf patrianischem Boden, sondern im gesamten patrianischen Hoheitsgebiet.«

»Nun, für Sie mag das alles ja durchaus seine Richtigkeit haben«, sagte Scott verärgert, »aber *ich* bin kein Telepath, und ich kann keine Entscheidung auf der Grundlage abgeleiteter ...«

»Wenn ich Ihnen erneut zuvorkommen darf«, unterbrach Lovik ihn, »möchte ich Sie darauf hinweisen, daß niemand von Ihnen erwartet, eigene Entscheidungen zu treffen, Lieutenant Commander Scott. Zur Zeit untersteht die *Enterprise* dem Oberbefehl der patrianischen Regierung. Sowohl Captain Kirk als auch Sonderbotschafter Jordan von der Föderation haben dem Rat von Patria versichert, daß die *Enterprise* die patrianische Raumflotte unterstützen wird, in diesem Raumsektor zu patrouillieren und zu verhindern, daß weitere Disruptoren in die Hände unserer Rebellen gelangen. Die Kooperation wurde einmütig beschlossen. Heute haben Sie es versäumt, dieser Aufgabe nachzukommen, und Ihre Verweigerung hat zu umfangreichen und möglicherweise irreparablen Schäden an der *Komarah* geführt. Zusätzlich haben Sie den Tod von mindestens einem Dutzend Besatzungsmitglieder zu verantworten. Ich versichere Ihnen, daß man Sie dafür zur Rechenschaft ziehen wird.«

»Jetzt halten Sie mal einen Augenblick die Luft

an...«, begann Scott, dem bereits die Zornesröte ins Gesicht gestiegen war, doch Lovik gab ihm keine Gelegenheit, seine Meinung zu äußern.

»Ich möchte jetzt keine weiteren Ausreden von Ihnen hören, Lieutenant Commander Scott. Captain Kirk und Botschafter Jordan werden von dieser Angelegenheit erfahren, und die endgültige Klärung wird der Rat von Patria übernehmen. Es ist sinnlos, weiter darüber zu diskutieren.«

Lovik nickte Commander Anjor zu, worauf sie gemeinsam die Brücke verließen. Scott starrte ihnen verdattert nach. »Der Junge hat Nerven!« schnaufte er. »Zuerst provoziert er ein überlegenes Schiff zu einem Angriff, und dann gibt er uns die Schuld, weil man ihm einen Tritt in den Hintern versetzt hat!«

»Selbst wenn wir versucht hätten, der *Komarah* Rückendeckung zu geben, hätten wir damit niemals den Gegenschlag verhindern können«, sagte Sulu. »Dazu hätten die Patrianer uns informieren müssen, was sie beabsichtigen. Aber sie haben ohne Vorankündigung das Feuer eröffnet.«

»Und die ganze Aktion gründete sich nur auf das Wort eines angeblichen Telepathen«, sagte Scott angewidert. »Er hat *abgeleitet*, daß das orionische Schiff Disruptoren an Bord hatte! Und selbst wenn es so wäre, gibt es dafür nicht den winzigsten Beweis! Wir haben ein Schiff in Stücke geschossen, das nicht mehr getan hat, als unbefugt in den patrianischen Raumsektor einzudringen! Wie sollen wir das jemals rechtfertigen?«

Sulu und die anderen Mitglieder der Brückenbesatzung blickten sich stumm an. Sie alle dachten das gleiche. Scott hatte völlig recht. Es gab einfach keine Rechtfertigung. Auch wenn das patrianische Recht andere Maßstäbe kannte, die Föderationsstatuten über interplanetare Beziehungen erkannten ›telepathische Hinweise‹ nicht als rechtskräftige Beweise an. Selbst die Zivilisationen, die die Vereinbarungen nicht unterzeichnet hatten, wie beispielsweise die Orioner, erkannten im allgemeinen an, daß es gewisse ungeschriebene Gesetze und stillschweigende Abkommen gab, wie sich interplanetare Beziehungen gestalten sollten. Niemand griff ein fremdes Schiff aufgrund von Ahnungen, telepathischen Wahrnehmungen oder ähnlichen Dingen an. Jedenfalls niemand, der keinen Krieg provozieren wollte.

Wenn das soeben zerstörte orionische Schiff tatsächlich ein Freibeuter gewesen war – worauf alle Anzeichen hindeuteten –, bestand eine gute Chance, daß die Orioner auf einen offiziellen Protest oder eine Beschwerde verzichten würden. In diesem Fall wußten die Orioner vermutlich gar nichts über dieses Schiff, seine Fracht oder seine Bestimmung. Doch das änderte nichts an der Tatsache, daß die *Enterprise* ein orionisches Schiff beschossen und vernichtet hatte, ohne daß die Crew nach dem Gesetz der Föderation zu einer derartigen Reaktion provoziert worden war.

In rein pragmatischer und moralischer Hinsicht jedoch hatten sie gar nicht anders handeln können. Es bestand kein Zweifel daran, daß die Orioner sich nicht völlig korrekt verhalten hatten, und wenn die *Enterprise* nicht geschossen hätte, wäre die *Komarah* gemeinsam mit ihrer gesamten Besatzung vernichtet worden. Dem hätten sie auf keinen Fall tatenlos zusehen können. Trotzdem hatten sie sich an einem grundlosen Angriff auf ein orionisches Schiff beteiligt. Und sie hatten es zerstört. Scott war keineswegs wild darauf, vor Captain Kirk zu treten und diesen Vorfall erklären zu müssen.

8

Kirk war noch im Halbschlaf, als er seinen Kommunikator hörte und ihn aufklappte.

»*Enterprise* an Captain Kirk ...«

Uhuras Stimme in der Dunkelheit seines Schlafzimmers machte ihn plötzlich hellwach.

»*Enterprise* an Captain Kirk ... Bitte melden Sie sich ...«

Kirk holte den Kommunikator näher heran und sprach hinein. »Kirk hier. Was ist los, Lieutenant ...?«

Dann schaltete sich Scottys Stimme ein. »Captain, es hat Schwierigkeiten gegeben ... Wir wurden in eine Kampfhandlung verwickelt. Wir waren gezwungen, auf ein orionisches Schiff zu feuern. Es wurde zerstört. Die *Komarah* wurde beschädigt.«

Kirk saß jetzt auf der Bettkante. »Gab es Opfer, Mr. Scott?« sagte er, da seine erste Sorge immer seiner Besatzung galt.

»Negativ, was die *Enterprise* betrifft, Captain«, antwortete Scotty. »Doch auf der *Komarah* gab es ein Dutzend Todesopfer und fünfundzwanzig Verwundete.«

Kirk hatte das Bett verlassen und schlüpfte in seine Uniform. »Ich will einen vollständigen Bericht, Mr. Scott!« sagte er und warf den Kommunikator aufs Bett, während er sich weiter anzog.

Nachdem Scotty ihn ausführlich über die Ereignisse informiert hatte, war Kirk angekleidet. Er hob den Kommunikator wieder auf. »In welchem Zustand befinden sich die verletzten Patrianer?« fragte er.

»Ich habe nicht alle Einzelheiten erfahren, Captain«, erwiderte Scotty, »aber einigen geht es nicht sehr gut. Ich bin nicht sicher, ob sie transportfähig sind. Wir könnten Dr. McCoy hier oben sehr gut gebrauchen. Der Bordarzt der *Komarah* ist nicht mit der Ausrüstung unserer Krankenstation vertraut.«

»Machen Sie sich bereit, uns in wenigen Augenblicken hinaufzubeamen«, sagte Kirk.

»Ich habe dem Transporterraum schon die entsprechenden Befehle gegeben.«

Kirk verließ sein Zimmer und lief durch den Korridor. »Spock! Chekov! Aufwachen!« brüllte er, als er an ihren Quartieren vorbeikam. Als er McCoys Zimmer am Ende des Ganges erreichte, schlug er auf den Signalknopf neben der Tür. »Pille! Wach auf! Die *Komarah* hat einen schweren Treffer erhalten!«

Er hörte hektisches Geraschel aus dem Zimmer und ein paar typisch McCoysche Flüche. »Jim«, war dann zu hören. »Könntest du uns … ich meine, könntest du mir noch paar Minuten Zeit geben?«

Kirk war selbst schon oft genug in ›flagranti‹ ertappt worden, um genau zu verstehen, was sich gerade im Zimmer abspielte. »Ja, sicher, Pille«, sagte er. »Aber mach, so schnell du kannst!«

»Gibt es ein Problem, Captain?« fragte Spock, als er aus seinem Quartier kam. Er war bereits vollständig angezogen. »Ist alles in Ordnung mit Dr. McCoy?«

Chekov stürmte kurz nach Spock auf den Korridor und zog im Laufen sein Uniformhemd zurecht. Dann tauchten auch Muir und Jacob auf.

»Äh … nein … das heißt, eigentlich ja. Dr. McCoy …« Kirk suchte nach den angemessenen Worten. »Nun … wir werden im Konferenzraum auf ihn warten.«

Spock hob irritiert eine Augenbraue, fragte aber zu Kirks Erleichterung nicht weiter nach. Sie gingen durch den Korridor zum Konferenzraum. Wenige Augenblicke später traf McCoy ein, dicht gefolgt von Wing.

Der Arzt hatte einen verlegenen Gesichtsausdruck, doch die Frau wirkte völlig ruhig und gefaßt. Kirk teilte ihnen in Kurzfassung mit, was geschehen war.

»Dr. McCoy und ich werden unverzüglich aufs Schiff zurückgebeamt«, sagte er schließlich. »Mr. Spock, Sie haben hier das Kommando, solange wir fort sind. Wenn Iano vor unserer Rückkehr eintrifft, informieren Sie ihn bitte über die Lage.«

»Ja, Captain«, sagte Spock.

»Wo ist der Botschafter?« fragte Kirk.

»Vermutlich schläft er, falls er sich nicht auf die morgendliche Sitzung vorbereitet«, sagte Wing. »Bis dahin dürften die patrianischen Vertreter über alles informiert sein, also benötigt auch er einen vollständigen Bericht. Ich werde ihn informieren, nachdem ich mir persönlich ein Bild von der Lage gemacht habe. Wir sollten über Informationen aus erster Hand verfügen, wenn wir uns am Morgen mit dem Rat von Patria treffen.«

Kirk bemerkte, daß McCoy seinem Blick auswich. Wing dagegen verhielt sich völlig normal, als wäre überhaupt nichts geschehen. Er klappte seinen Kommunikator auf und stellte eine Verbindung zu Scotty her.

»Lassen Sie bitte drei Personen hinaufbeamen, Mr. Scott«, sagte Kirk. »Sekretärin Wing wird uns begleiten.«

»Verstanden, Captain«, sagte Scotty.

Kurz darauf materialisierten sie im Transporterraum der *Enterprise,* wo sie von Scotty begrüßt wurden. Sie machten sich sofort auf den Weg zur Krankenstation.

»Wo ist Commander Anjor«, fragte Kirk unterwegs.

»Er sieht in der Krankenstation nach den Verwundeten«, sagte Scotty angespannt. Sein Gesicht wirkte verhärmt, und der Streß der vergangenen Stunde war ihm deutlich anzusehen. »Captain, ich weiß nicht, was ich dazu sagen soll. Wenn es eine Möglichkeit gegeben hätte, diese Entwicklung zu vermeiden ...«

»Sie haben nur getan, was Sie tun mußten, Mr. Scott«,

schnitt Kirk ihm das Wort ab. »Es hat keinen Sinn, sich deswegen Vorwürfe zu machen. Nach Ihren Angaben hat die *Komarah* das Feuer auf die Orioner eröffnet, und die haben zurückgeschossen, bevor Sie die Gelegenheit hatten, irgend etwas zu unternehmen.«

»Ich hätte diese Möglichkeit vorhersehen müssen ...«

»Sie haben sich in jedem Punkt an die Vorschriften gehalten, Mr. Scott«, sagte Kirk. Er wollte nicht, daß Scotty sich wegen einer Sache grämte, an der er nichts hatte ändern können. »Die Patrianer sind allein für die Folgen verantwortlich. Wie Sie mir die Lage geschildert haben, war ihr Angriff völlig unbegründet.«

»Ich fürchte nur, daß die Patrianer in diesem Punkt anderer Meinung sind, Captain«, erwiderte Scotty mit verkniffener Miene.

»Offen gesagt ist es mir ziemlich egal, was die Patrianer meinen«, entgegnete Kirk knapp. »Und ich werde nicht zulassen, daß meine Besatzung für ihre Taten verantwortlich gemacht wird. Sie haben sich nichts zuschulden kommen lassen, Mr. Scott. Haben Sie verstanden?«

»Ja, Captain«, sagte Scotty seufzend. »Aber ich fürchte, es wird schlimme Auswirkungen auf die Verhandlungen haben«, fügte er mit einem unbehaglichen Seitenblick auf Wing hinzu.

»Das ist im Augenblick unsere geringste Sorge«, sagte Kirk.

»Der Captain hat recht, Mr. Scott«, bestätigte Wing. »Wir werden uns zu gegebener Zeit um die politischen Konsequenzen dieser Angelegenheit kümmern. Im Augenblick sollten wir uns vergewissern, daß den Verwundeten geholfen wird.«

Als sie die Krankenstation betraten, übernahm McCoy unverzüglich das Kommando. »Schwester Chapel, ich brauche schnell eine Zusammenfassung der Situation.«

»Dr. McCoy ...«, sprach Anjor den Arzt an, bevor

Chapel seiner Aufforderung nachkommen konnte. »Ich möchte, daß Sie darauf achten …«

»Jetzt nicht, Commander«, schnitt McCoy ihm schroff das Wort ab. »Im Augenblick sollten Sie darauf achten, mich nicht bei der Arbeit zu stören. Ihre Leute werden die bestmögliche Pflege erhalten.«

»Wir haben neun Patrianer in kritischem Zustand, Doktor«, sagte Schwester Chapel. »Den Zustand eines Dutzends Patienten würde ich als ernsthaft bezeichnen, während die übrigen sich von selbst erholen werden oder nur leicht verletzt sind.«

»Wo ist der Bordarzt der *Komarah?*« fragte McCoy.

»Da drüben, bei den kritischen Fällen«, antwortete sie und zeigte auf den patrianischen Mediziner. »Ich habe ihm assistiert, so gut ich konnte, aber ich bin nicht sehr gut mit der Biologie der Patrianer vertraut. Außerdem haben wir hier nur wenig Personal.«

»Kann ich dir irgendwie helfen, Pille?« fragte Kirk besorgt. Die ganze Krankenstation war mit verwundeten Patrianern belegt. Einige waren bewußtlos, andere stöhnten oder keuchten vor Schmerz.

»Ja, schick mir jeden aus der Besatzung, der über medizinische Kenntnisse verfügt oder einen Erste-Hilfe-Kursus mitgemacht hat«, sagte McCoy. »Wir haben hier alle Hände voll zu tun.«

»Scotty?« sagte Kirk.

»Schon erledigt, Captain«, antwortete Scott. »Ich habe kurz vor Ihrer Ankunft eine entsprechende Aufforderung über das interne Kommunikationssystem durchgegeben.«

»Guter Mann«, sagte Kirk.

In diesem Augenblick traten mehrere männliche und weibliche Besatzungsmitglieder in die Krankenstation. »Wir kommen auf die Durchsage hin«, sagte einer von ihnen. »In wenigen Minuten wird eine weitere Gruppe eintreffen.«

»Gut«, sagte McCoy. »Schwester, stellen Sie den Ausbildungsstand der Leute fest, und teilen Sie sie entsprechend ein.« Als Schwester Chapel sich an die freiwilligen Helfer wandte, eilte McCoy zum patrianischen Arzt. »Ich bin der Bordarzt Dr. Leonard McCoy«, stellte er sich seinem Kollegen von der *Komarah* vor. »Da die Patienten Ihrem Volk angehören, haben Sie hier das Sagen. Wie kann ich Ihnen helfen?«

»Vielen Dank, Doktor«, erwiderte der Patrianer, der offensichtlich froh über die Unterstützung war. »Ich bin Dr. Javik. Neun der Patienten sind schwer verwundet. Ich würde gerne die inneren Blutungen stoppen, aber ich bin nicht mit Ihren Instrumenten vertraut ...«

»Ich denke, wir sind hier nur im Weg«, sagte Kirk zu den anderen, als McCoy und Javik sich an die Arbeit machten, und führte sie nach draußen in den Korridor.

»Captain Kirk«, sagte Anjor, »ich möchte, daß Sie verstehen ...«

»Ja, ich würde gerne verstehen, was passiert ist«, sagte Kirk wütend, ohne den patrianischen Offizier ausreden zu lassen. »Ich würde gerne verstehen, wieso *ein* orionisches Schiff, das *keinerlei* feindselige Handlungen unternommen hat, das von einem patrianischen Raumkreuzer *und* einem Raumschiff der Föderation gestellt wurde, als so große Bedrohung empfunden wurde, daß ein nicht provozierter und einseitiger Angriff für notwendig erachtet wurde!«

»Captain ...«, mischte sich Wing ein. »Jetzt ist vielleicht nicht der richtige Augenblick, um diese Frage zu diskutieren.«

»Bei allem Respekt, aber ...«, sagte Kirk, doch er erhielt keine Gelegenheit mehr, seinen Satz zu vollenden.

»Commander Anjor hat das orionische Schiff auf meinen Befehl angegriffen, Captain«, sagte Lovik, während er zu ihrer Gruppe stieß. »Und weder Commander Anjor noch ich müssen einen solchen Befehl vor einem Diplomaten oder einem Offizier der Föderation rechtfertigen!«

»Sie scheinen Captain Lovik zu sein«, sagte Kirk.

»Der bin ich. Und ich habe die Absicht, eine offizielle Protestnote bei meiner Regierung einzureichen. Ich werde mich über die Aktionen der *Enterprise* und das Verhalten von Lieutenant Commander Scott beschweren.«

»Lieutenant Commander Scott hat auf meinen Befehl gehandelt«, sagte Kirk, »und als Captain der *Enterprise* bin ich allein für dieses Schiff und das Verhalten meiner Offiziere verantwortlich.«

»Dann werden Sie dafür Rechenschaft ablegen müssen, Captain Kirk«, sagte Lovik.

»Meine Herren, dies ist weder die rechte Zeit noch der rechte Ort für eine solche Diskussion«, sagte Sekretärin Wing und trat zwischen die beiden. »Captain Lovik, es steht Ihnen selbstverständlich frei, Ihre Beschwerde beim Rat von Patria einzureichen. Wenn Sie nicht so lange warten wollen, bis Sie zur Oberfläche transportiert werden können, bin ich überzeugt, daß Captain Kirk Ihnen zu diesem Zweck gerne die Kommunikationseinrichtungen dieses Schiffes zur Verfügung stellt.«

»Und falls Sie es sehr eilig haben, stelle ich Ihnen ebenso bereitwillig die Transportereinrichtungen zur Verfügung, um Sie auf die Oberfläche des Planeten beamen zu lassen«, fügte Kirk hinzu. »Ich kann Ihnen einen meiner Offiziere als Begleitung mitschicken, wenn Sie es wünschen.«

»Soll das heißen, daß Sie mir befehlen wollen, dieses Schiff zu verlassen, Captain?« fragte Lovik.

»Ich habe Ihnen nur im Sinne unserer friedlichen Zusammenarbeit angeboten, die Einrichtungen dieses Schiffes zu benutzen, Captain Lovik«, sagte Kirk in gepreßtem Tonfall. »Wie Sie diese Äußerung verstehen wollen, ist allein Ihre Sache. Ich bin gegenüber der Führung von Starfleet nur für meine Worte und Taten verantwortlich, nicht für meine Gedanken.«

»In diesem Fall möchte ich Sie darum bitten, daß ich von einem Ihrer Offiziere in den Transporterraum begleitet werde«, erwiderte Lovik kalt.

»Mr. Scott?« sagte Kirk.

»Ja, Captain«, antwortete Scott. »Hier entlang, bitte!«

Lovik warf Kirk noch einen finsteren Blick zu, dann folgte er Scotty mit steifen Schritten zum Transporterraum.

»Ich sehe, daß die Diplomatie nicht gerade Ihre starke Seite ist, Captain«, bemerkte Wing mit trockener Ironie.

»In Gegenwart von Bürokraten verliere ich sehr schnell die Geduld«, erwiderte Kirk grinsend.

»Bezieht sich das auch auf Diplomaten der Föderation?«

»Das habe ich nicht gesagt«, entgegnete Kirk. »Doch nachdem Sie das Thema angesprochen haben, würde ich mich gerne mit Ihnen unter vier Augen unterhalten, wenn Sie nichts einzuwenden haben.«

»Ich habe keinerlei Einwände«, sagte sie.

»In meinem Quartier?«

»Nach Ihnen, Captain.«

Als sie sein Quartier erreichten, trat Kirk zur Seite, um die Frau vorzulassen. Während sich die Tür zischend hinter ihnen schloß, forderte er sie auf, am Tisch Platz zu nehmen. »Bitte setzen Sie sich. Darf ich Ihnen etwas zu trinken anbieten?«

»Vielen Dank. Einen schwarzen Kaffee, bitte.«

Kirk tippte das Gewünschte in die Kontrollen des Synthetisierers und kehrte kurz darauf mit zwei dampfenden Kaffeetassen zum Tisch zurück. Er nahm gegenüber der Frau Platz.

»Es tut mir leid, wenn ich mich vorhin nicht sehr geschickt verhalten habe …«, begann er.

Sie antwortete mit einer wegwerfenden Handbewegung. »Machen Sie sich darüber keine Sorgen«, sagte sie. »Worüber wollten Sie mit mir reden?«

»Mir ist klar, daß jetzt eigentlich nicht der günstigste

Augenblick dafür ist«, sagte er, »aber ... ich wollte mit Ihnen über Dr. McCoy sprechen.«

Sie hob die Augenbrauen. »Ich verstehe«, sagte sie. Dann lächelte sie. »Wollen Sie mich jetzt fragen, ob ich ernsthafte Absichten habe, Captain?«

Kirk erwiderte ihr Lächeln nicht. »Um ehrlich zu sein, ja.«

»Großer Gott, sind Sie aber ernst!« sagte sie überrascht.

»Wenn ich offen sprechen darf ...«, sagte Kirk.

»Wenn wir offen über so persönliche Dinge reden wollen, dann sollten Sie mich vielleicht mit meinem Vornamen anreden«, sagte sie.

»Also gut, Kim«, sagte Kirk. Er holte tief Luft und kam dann zur Sache. »Leonard McCoy ist mehr als nur der Bordarzt meines Raumschiffes. Er ist außerdem einer meiner besten Freunde.«

»Ich möchte Sie nicht beleidigen, Jim«, sagte sie ruhig, »aber bevor Sie weitersprechen ... Sind Sie sicher, daß Sie die Sache etwas angeht?«

»Vielleicht nicht«, gab Kirk zu. »Im Grunde gehen mich Ihre persönlichen Beziehungen überhaupt nichts an. Aber in anderer Hinsicht hat alles, was die Moral meiner Besatzung betrifft, Auswirkungen auf die Leistung meiner Leute und damit auch auf die meines Schiffes. Von dieser Seite betrachtet, geht es mich durchaus etwas an. Im Augenblick kann ich es mir nicht leisten, mich um die verwirrten oder aufgeregten Gefühle meines Ersten Medo-Offiziers zu kümmern.«

»Gut, in diesem Punkt gebe ich Ihnen recht«, erwiderte sie mit einem Nicken. »Und weiter?«

»Ich hoffe, daß dieses Gespräch unter uns bleibt.«

»Selbstverständlich.«

»Diese ... Sache ... zwischen Ihnen und McCoy ...«, begann er reichlich unbeholfen, bis er tief durchatmete. »Ich weiß nicht, wie gut Sie über McCoys Leben Bescheid wissen ...«

»Ich weiß, daß er einmal verheiratet war«, sagte sie, »und daß die Ehe geschieden wurde. Aber er schien nicht über Einzelheiten reden zu wollen.«

»Das überrascht mich nicht«, sagte Kirk nickend. »Das geschah vor seiner Starfleet-Zeit. Das alles war sogar der Grund, warum er zu Starfleet gegangen ist.«

»Davon hat er nichts erwähnt.«

»Nein, das würde er niemals tun«, sagte Kirk. »Ich glaube, daß er immer noch nicht über diese Geschichte hinweggekommen ist.«

»Ich hatte den Eindruck, daß es da einen wunden Punkt gibt ...«, sagte sie. »Was ist geschehen?«

»Es steht mir nicht zu, mit Ihnen darüber zu reden«, sagte Kirk. »Schließlich ist er mein Freund. Und wenn er gewollt hätte, daß Sie es wissen, hätte er es Ihnen gesagt. Ich will darauf hinaus, daß McCoy sich in all den Jahren danach niemals auf eine ernste Beziehung eingelassen hat. Er neigt dazu, mürrisch aufzutreten, aber er ist in Wirklichkeit ein sehr empfindsamer Mensch. Er kann sogar sehr verletzlich werden, wenn ... bestimmte Dinge geschehen. Er ist zu tiefen Gefühlen fähig.«

»Ich glaube, ich verstehe allmählich«, sagte sie. »Sie machen sich Sorgen, ich könnte mit seinen Gefühlen spielen, ich würde ihn nur benutzen.«

»Verstehen Sie mich bitte nicht falsch. Ich möchte Ihnen keineswegs unlautere Absichten unterstellen«, sagte Kirk.

»Aber Sie sind besorgt«, sagte sie und lächelte dann. »Ich glaube, Leonard hat großes Glück, einen Freund wie Sie gewonnen zu haben, Jim.«

»Ich selbst schätze mich glücklich, McCoy als Freund zu haben«, erwiderte Kirk. »Deshalb will ich nicht, daß jemand ihm weh tut.«

Sie nickte und starrte in ihre Kaffeetasse, während sie ihre Gedanken sammelte. »Ich habe die meiste Zeit meines Lebens meiner Karriere gewidmet, Jim«, sagte sie nach einer Weile. »Ich hatte kaum Zeit für persönliche

Beziehungen. Bei meinem Aussehen muß ich mich keineswegs über mangelnde männliche Aufmerksamkeit beklagen. Meistens habe ich sie jedoch als lästige Störung empfunden. Ich habe diese Seite von mir einfach abgeschottet. Es mag für manche Männer schwer zu verstehen sein, aber ich habe diese Energien in andere Richtungen gelenkt. Ich habe mich in meine Karriere verliebt, in meine Berufung, meine Pflicht ...«

»Ich denke, viele Männer haben überhaupt keine Schwierigkeiten, das zu verstehen«, sagte Kirk mitfühlend.

»Ja«, sagte sie und erwiderte seinen Blick. »Ich glaube Ihnen. Ich habe gesehen, wie Sie sich um Ihr Schiff und Ihre Besatzung kümmern. Sie sind das beste Beispiel. Wir beide haben viele Gemeinsamkeiten. Für uns kam die Karriere immer an erster Stelle. Die Pflicht und die Verantwortung.«

Kirk nickte.

»Sie haben mir einige sehr persönliche Fragen gestellt, Jim. Jetzt bin ich an der Reihe. Haben Sie es jemals erlebt, daß Sie jemandem begegneten ...« Sie dachte nach und befeuchtete ihre Lippen. »... einem ganz besonderen Menschen ... bei dem Sie plötzlich gedacht haben, daß alles vielleicht ganz anders sein könnte?«

Kirk schürzte nachdenklich die Lippen und blickte auf die Tischplatte. »Ja ... ein- oder zweimal.«

»Dann verstehen Sie vielleicht, was ich für Leonard empfinde«, sagte sie. »Er ist ein ganz besonderer Mann, Jim. Das habe ich sofort bemerkt. Er hat etwas in mir berührt, er hat Gefühle geweckt, die ich schon seit sehr langer Zeit nicht mehr empfunden habe. Heute früh, als Sie ... uns gestört haben ...«

Kirk räusperte sich unbehaglich. »Nun ja ... es tut mir leid, wenn ich ...«

»Ich bin nicht prüde, Jim«, sagte sie und wischte das Problem damit beiläufig vom Tisch. »Ich lasse mich nicht so leicht schockieren oder in Verlegenheit bringen.

Darum geht es mir gar nicht. Ich wollte nur sagen, daß wir fast die ganze Nacht miteinander geredet haben. Wir beide haben erkannt, daß wir etwas Besonderes erleben, doch gleichzeitig war uns beiden bewußt, daß eine ernsthaftere Beziehung nicht in Frage kommt. Wir hatten beide die gleichen Gedanken, aber es war Leonard, der das Thema angesprochen hat.« Sie lächelte. »Er machte sich Sorgen, daß *ich* mich verletzt fühlen könnte!«

Kirk lächelte ebenfalls. »Ja, das sieht ihm ähnlich.«

»Er hat seine Pflichten und seine Verantwortung«, sagte sie, »genauso wie ich. Und deshalb werden unsere Lebenswege zwangsläufig unterschiedliche Richtungen einschlagen. Wir beide wissen, daß es nicht von Dauer sein kann. Aber solange es geht – auch wenn es nur für kurze Zeit ist –, wollen wir das Beste daraus machen.«

Kirk lächelte immer noch. »Ich danke Ihnen für Ihre Offenheit. Und ich glaube, McCoy hat großes Glück, einer Frau wie Ihnen begegnet zu sein.«

»Ich danke Ihnen. Nachdem wir diesen Punkt geklärt haben, sollten wir lieber darüber sprechen, was ich Botschafter Jordan über den Zwischenfall mit den Orionern erzähle und wie wir unsere Berichte an den Rat der Föderation formulieren.«

Spock saß vor dem Computerterminal im Konferenzraum des Gesandtschaftsgebäudes und studierte mit nachdenklicher Miene die patrianischen Polizeiakten über die Terroristen. Irgend etwas kam ihm daran unlogisch vor, aber er war sich nicht sicher, was es war.

Auf der anderen Seite des Tisches hatte sich Chekov vor ein weiteres Terminal gesetzt und las die Berichte über Verhaftungen und die Protokolle der Zeugenbefragungen, die von der patrianischen Polizei durchgeführt worden waren. Muir und Jacob arbeiteten mit ihren Verbindungsleuten Jalo und Inal zusammen und sprachen mit verschiedenen Polizeibeamten der unteren Ränge, um sich einen Überblick zu verschaffen, wie die patrianischen Behörden bisher bei der Bewältigung dieser Krise vorgegangen waren. Spock versuchte, alle konkreten Fakten zusammenzustellen, aber er hatte immer stärker den Eindruck, daß etwas fehlte.

»Ich weiß immer noch nicht genau, wonach wir eigentlich suchen, Mr. Spock«, sagte Chekov und lehnte sich erschöpft in seinem Sitz zurück. »Wir beschäftigen uns jetzt schon seit Stunden mit diesen Dateien, und wir scheinen genausowenig zu wissen wie am Anfang.«

»Genau das ist das Problem, Mr. Chekov«, erwiderte Spock. »Wir scheinen es hier mit einem Überfluß an Daten zu tun zu haben, unter denen sich jedoch nur sehr wenige brauchbare Informationen finden. Kommt Ihnen das nicht irgendwie ungewöhnlich vor?«

Chekov blickte ihn verdutzt an. »Mir kommt es so vor, als hätten die patrianischen Behörden sehr wenig Erfolg damit gehabt, Informationen über die Organisation der Rebellen zu sammeln«, sagte er. »Sie haben bislang nicht die geringste Spur von den Anführern gefunden.«

»Exakt«, sagte Spock. »Die Leiter der Organisation agieren völlig unbemerkt aus dem Untergrund. Und auch das erscheint mir sehr ungewöhnlich, wenn man bedenkt, wie lange die Rebellen schon aktiv sind und wie lange die Polizei sie verfolgt.«

Chekov runzelte die Stirn. »Ich fürchte, ich verstehe nicht, was Sie damit andeuten wollen.«

»Ganz gleich, wie diszipliniert und straff eine Untergrundbewegung organisiert ist, irgendwann muß es zu undichten Stellen, Pannen und Überläufern kommen«, erklärte Spock. »Keine Organisation, sei sie auch noch so effizient, ist gegen das Element des Zufalls gefeit. Um es einfach auszudrücken, irgendwann geht immer etwas schief. Und doch ist es der patrianischen Polizei trotz jahrelanger Bemühungen niemals gelungen, in die Widerstandsbewegung einzudringen, weder durch

Spione noch mit Hilfe von Informanten oder durch erfolgreiche Verhaftungen. Die Anführer der Rebellen sind immer noch genauso unbekannt wie zu Anfang der Krise. Und das ist besonders irritierend, wenn man bedenkt, daß die Polizei sogar telepathische Agenten einsetzt.«

Chekovs Stirn war immer noch gerunzelt. »Das ist in der Tat nur schwer zu begreifen«, sagte er. »Wie kann jemand vor einem Telepathen Informationen verbergen?«

»Das ist unmöglich, sofern er nicht die Mentaldisziplin eines Vulkaniers besitzt«, antwortete Spock. »Daraus ergeben sich die möglichen Schlußfolgerungen, daß die Anführer der Rebellen und ihre unmittelbaren Untergebenen, die sie identifizieren könnten, eine Methode gefunden haben, sich vor der Bespitzelung durch Telepathen zu schützen oder diesen auf irgendeine Weise erfolgreich aus dem Weg zu gehen.«

»Aber wie?« fragte Chekov.

Spock runzelte die Stirn. »Ich weiß es nicht, Mr. Chekov. Zumindest noch nicht.«

Allerdings hatte er einen Verdacht, der auf den vorliegenden Beweisen aufbaute. Eine mögliche Erklärung war die, daß die patrianische Polizei – oder zumindest die Abteilung Gedankenverbrechen – gar nicht ernsthaft daran interessiert war, die Rebellenbewegung zu zerschlagen. In diesem Fall mußten die Behörden in irgendeiner Weise von der Existenz der Rebellen profitieren. Und dafür mußte es einen bestimmten Grund geben, den Spock sich gegenwärtig jedoch nicht vorstellen konnte.

»Haben Sie eine Spur, Mr. Spock?« fragte Chekov. »Haben Sie in den Aufzeichnungen etwas entdeckt?«

»Nicht direkt, Mr. Chekov. In den Dateien gibt es keine Informationen, die eine definitive Schlußfolgerung zulassen würden. Doch es gibt indirekte Hinweise, sozusagen zwischen den Zeilen.«

Spock besaß die Fähigkeit, den Inhalt von Computerdaten viel schneller als ein Mensch zu erfassen, so daß er zu diesem Zeitpunkt wesentlich mehr Informationen als Chekov und die anderen verarbeitet hatte. Irgendwann hatte sich ein seltsames Muster herauskristallisiert, das ihm erst bewußt geworden war, als er noch einmal die Aufzeichnungen studiert hatte, die vor der aktuellen Krise über die Rebellen angelegt worden waren.

»Jeder Polizeibericht, den ich bislang eingesehen habe, führt alle Einzelheiten jedes Vorfalls auf, einschließlich der Namen und Dienstränge aller beteiligten Beamten«, sagte Spock. »Nach einiger Zeit ist mir in diesen Berichten ein bestimmtes Muster aufgefallen, das sich ständig wiederholt.«

»Was für ein Muster?« fragte Chekov neugierig.

»Bei jeder Verhaftung durch die reguläre Polizei und bei jeder dokumentierten Zeugenbefragung waren die gewonnenen Informationen entweder unbedeutend, oder bei den Verhafteten handelte es sich ausschließlich um Fußsoldaten der Rebellion, die über kein signifikantes Wissen verfügten. In allen Fällen wurden die Schuldigen schließlich verurteilt und ins Gefängnis gebracht. Die Verhaftungen und Verurteilungen lassen auf den ersten Blick den Schluß zu, daß die patrianische Polizei erfolgreiche Arbeit geleistet hat.«

»Aber Sie sehen das anders?« fragte Chekov. »Was ist mir entgangen?«

»Möglicherweise gar nichts, Mr. Chekov«, sagte Spock. »Zumindest nichts, das auf den ersten Blick aus den Dateien ersichtlich wird. Aber Sie erinnern sich vielleicht daran, daß Lieutenant Iano sagte, die Rebellen seien Fanatiker, die es um jeden Preis vermeiden wollen, der Polizei lebend in die Hände zu fallen.«

»Ja, ich erinnere mich«, sagte Chekov. Plötzlich veränderte sich sein Gesichtsausdruck, als er zu begreifen schien. »Aber so ist es gar nicht! Zumindest nicht nach diesen Aufzeichnungen. Meinen Sie, daß die Dateien gefälscht wurden?«

»Vielleicht. Aber lassen Sie uns fürs erste davon ausgehen, daß sie der Wahrheit entsprechen«, sagte Spock. »Die meisten der Rebellen, die durch die reguläre Polizei verhaftet wurden, haben sich nicht das Leben genommen. Zumindest wird in den Aufzeichnungen nichts Derartiges erwähnt. Diejenigen, die tatsächlich Selbstmord begingen, wurden ausnahmslos von Mitarbeitern der Abteilung Gedankenverbrechen gefaßt.«

»Aber wenn ein gefaßter Rebell über Wissen verfügt, das der Organisation gefährlich werden oder ihre Anführer entlarven könnte, würde ein Telepath dies alles doch während einer Befragung wahrnehmen, richtig?« sagte Chekov.

»Richtig, Mr. Chekov«, erwiderte Spock. »Und wenn ein Gefangener Selbstmord begeht, könnte er damit gewährleisten, daß er sein Wissen mit ins Grab nimmt. Oberflächlich sieht alles völlig korrekt aus. Doch warum sind es nur die Rebellen, die von der Abteilung Gedankenverbrechen verhaftet wurden, die Selbstmord begehen? Was hindert die Telepathen daran, jene Rebellen zu befragen, die von der regulären Polizei gefaßt wurden?«

Chekov schüttelte den Kopf. »Nichts«, sagte er. »Aber nach den Berichten, die ich gelesen habe, ist genau das geschehen. Nach jeder Verhaftung durch die reguläre Polizei war immer ein Offizier der Gedankenpolizei bei der Befragung anwesend. Es scheint sich um eine normale Prozedur zu handeln, die sehr sinnvoll ist. Wenn ein Telepath dabei ist, macht es überhaupt keinen Unterschied, ob der Übeltäter sich kooperativ verhält oder nicht. Doch aufgrund der straffen Zellenstruktur der Untergrundbewegung wurde bei diesen Verhören nichts zutage gefördert, was die Anführer entlarven konnte.«

»Trotzdem begingen die Rebellen jedesmal Selbstmord, wenn sie von der Abteilung Gedankenverbrechen gefaßt wurden«, sagte Spock. »Selbst wenn nur die vage Möglichkeit einer Verhaftung bestand. Welche logische Schlußfolgerung läßt sich daraus ziehen?«

Chekov runzelte die Stirn. »Eine mögliche Antwort wäre, daß die reguläre patrianische Polizei nur unbedeutende Mitglieder der Organisation verhaften konnte, was nach den Berichten tatsächlich der Fall zu sein scheint, während die wichtigen Leute ausschließlich von der Abteilung Gedankenverbrechen gefaßt wurden.«

»Vielleicht«, sagte Spock nachdenklich. »Das ließe sich damit erklären, daß die Gedankenpolizei durch den Vorteil der Telepathie unweigerlich auf die Spur wichtigerer Rebellen stoßen mußte. Doch es würde gleichzeitig bedeuten, daß sie keine Zeit mit der Verfolgung unwichtiger Mitglieder verschwendete.«

»Das klingt vernünftig«, sagte Chekov. »Wenn die Telepathen einen Fußsoldaten entdeckten, haben sie ihn vielleicht nur beobachtet, weil sie hofften, daß er sie zur fetteren Beute führen würde. Die Gesetzeshüter des ganzen Universums wenden häufig diese Strategien an.«

»Doch wenn wir diesen Gedankengang bis zur logischen Konsequenz weiterverfolgen«, sagte Spock, »scheint sich daraus zu ergeben, daß es der regulären Polizei von Patria niemals gelungen ist, auch nur eine wichtige Person zu verhaften, deren Wissen der Untergrundbewegung schaden konnte. Selbst wenn die Polizei hoffnungslos unfähig wäre, hätte sie einfach durch Zufall mindestens einen kleinen Erfolg erzielen müssen. Und nach den Berichten ist das niemals geschehen. Nicht ein einziges Mal.«

Chekov kratzte sich nachdenklich am Kopf. »Das klingt nicht sehr wahrscheinlich«, sagte er.

»Es widerspricht eindeutig dem Gesetz des Zufalls«, bestätigte Spock. »Und es gibt noch eine weitere Unstimmigkeit. Wenn die von der Gedankenpolizei gefaßten Rebellen ausnahmslos Selbstmord begingen, wäre zu erwarten, daß irgendwann größere Vorsichtsmaßnahmen getroffen würden, um dies zu verhindern.

Wenn ein Gefangener den Entschluß faßt, sich umzubringen, würde ein Telepath auf jeden Fall diese Absicht feststellen.«

»Trotzdem konnten sie es nicht verhindern«, sagte Chekov nachdenklich. »Vielleicht haben die Rebellen eine besondere Methode, um Selbstmord zu begehen. Aber die Berichte gehen darauf nicht weiter ein.«

»Auch das ist ein sehr ungewöhnlicher Punkt«, sagte Spock. »Man sollte meinen, daß die Umstände eines Selbstmordes in den Aufzeichnungen erwähnt würden. Aber sie werden einfach nur als Tatsache verzeichnet, ohne jeden Hinweis, auf welche Weise sich die Gefangenen umbringen konnten. Und für eine solche Auslassung scheint es keine logische Erklärung zu geben ... außer wenn es gar keine Selbstmorde waren.«

»Sie meinen, die Abteilung Gedankenverbrechen hat die Rebellen, die ihnen in die Hände fielen, einfach selbst exekutiert?« fragte Chekov und schüttelte dann den Kopf. »Selbst wenn es so wäre, gibt es keinen Grund für sie, das zu vertuschen. Nach dem patrianischen Gesetz über das intentionale Delikt sind sie jederzeit dazu autorisiert.«

»In der Tat«, sagte Spock. »Wir haben sogar gesehen, wie Lieutenant Iano dieses Recht in Anspruch genommen hat. Aber es bleibt die Frage, warum sie nur jene Rebellen exekutierten, die sie selbst verfolgt haben, während die anderen, die von der regulären Polizei verhaftet wurden, unversehrt blieben.«

Chekov schüttelte nur den Kopf. Falls Spock einen konkreten Verdacht hatte, konnte er nicht erkennen, worauf er hinauswollte.

Spock beendete das Computerprogramm und schaltete den Bildschirm aus, als Iano den Konferenzraum betrat. Er spürte, wie der Patrianer versuchte, seinen Geist zu sondieren, und drehte sich mit fragend erhobener Augenbraue zu ihm um.

»Wenn Sie sich weiterhin bemühen, etwas zu erreichen, von dem Sie genau wissen, daß Sie es nicht erreichen können, Lieutenant«, sagte Spock, »werden Sie jedesmal aufs neue eine frustrierende Niederlage erleben.«

»Entschuldigen Sie, Mr. Spock«, erwiderte Iano. »Es ist vermutlich nur die Macht der Gewohnheit.«

»Tatsächlich?« sagte Spock. »Sie gehen also nicht davon aus, daß Sie es möglicherweise schaffen könnten, wenn ich einen Moment lang nicht auf der Hut bin?«

Chekov beobachtete sie schweigend und lauschte interessiert dem Gespräch. Die Spannung, die sich zwischen Spock und Iano aufgebaut hatte, war nicht zu übersehen.

Iano starrte den Vulkanier einen Moment lang nur an. »Verfügen Sie vielleicht selbst über telepathische Fähigkeiten, Mr. Spock?«

»Mein Volk hat eine Technik entwickelt, die als Mentalverschmelzung bezeichnet wird«, erwiderte Spock. »Es ist keine Telepathie, wie Sie sie kennen, sondern eher eine vorübergehende Verbindung des Bewußtseins zweier Wesen, die zu einer innigen geistigen Durchdringung führen kann. Wenn Sie möchten, werde ich es Ihnen gerne demonstrieren.«

Iano schüttelte den Kopf. »Nein danke. Ich ziehe es vor, meine eigenen Gedanken zu denken.«

»Ich hatte vermutet, daß Sie das sagen würden«, erwiderte Spock.

»Ich habe gewisse Schwierigkeiten mit Ihnen, Mr. Spock«, sagte Iano. »Ich fühle mich unwohl in der Nähe einer Person, deren Gedanken mir verborgen sind. Vor allem, wenn diese Person ihre Gedanken absichtlich vor mir verbirgt.«

»Auch ich ziehe es vor, meine Gedanken nicht mit jedem zu teilen«, konterte Spock mit Ianos eigenem Argument.

»Sie mögen mich nicht besonders, nicht wahr, Mr. Spock?« sagte Iano.

Spock hob eine Augenbraue. »Diese Frage ist irrelevant, Lieutenant. Jemanden zu mögen oder nicht zu mögen, ist eine emotionale Reaktion. Ich bin Vulkanier, und daher spielen Gefühle für mich keine Rolle.«

»Tatsächlich? Dann reagieren Sie also völlig identisch auf jede Person?«

»Nein, das würde bedeuten, daß ich keinerlei Urteilsvermögen hätte. Meine Reaktion auf unterschiedliche Individuen gründet sich ausschließlich auf die Logik.«

»Ich verstehe. Und wie sieht Ihre ›logische Reaktion‹ auf mich aus?« fragte Iano sarkastisch.

»Daß Sie in der Tat ein sehr emotionales Intelligenzwesen sind«, antwortete Spock. »Sie entwickeln nur selten oder langsam Vertrauen zu anderen, und Sie fühlen sich nicht wohl, wenn Sie die Individuen in Ihrer Umgebung nicht kontrollieren oder anderweitig manipulieren können.«

»Meiner Ansicht nach«, sagte Iano nach einer Weile, »ist das die zutreffende Beschreibung eines guten Polizisten. Finden Sie nicht auch?« Dann wechselte er schnell das Thema. »Haben Sie schon etwas Neues von Captain Kirk gehört?«

»Nicht seitdem er mit Sekretärin Wing und Dr. McCoy auf die *Enterprise* gebeamt wurde«, sagte Spock. »Wenn es erforderlich ist, könnte ich Kontakt mit dem Schiff aufnehmen und ...«

»Nein, schon gut«, sagte Iano. »Ich bin sicher, daß er im Augenblick alle Hände voll zu tun hat. Zur Zeit wird in allen Medien berichtet, was mit der *Komarah* geschehen ist. Ich fürchte, daß die Ereignisse heftige Kritik an der Föderation auslösen werden. Ich bin nicht sicher, welche Auswirkungen das auf die laufenden Verhandlungen haben wird.«

»Das ist nicht unsere Sorge«, sagte Spock. »Botschafter Jordan wird diese Frage zweifellos mit dem Rat besprechen. Ich mache mir größere Sorgen um die Disruptoren, die sich im Besitz Ihrer Rebellen befinden.«

»Und welche Fortschritte haben Sie bei Ihren Ermittlungen erzielt?« fragte Iano.

»Bislang keine, die irgendwelche Konsequenzen hätten«, antwortete Spock. Streng genommen war es sogar die Wahrheit. Was er entdeckt hatte, würde ohne jede Konsequenz bleiben, solange er keine eindeutigen Beweise fand, die seinen Verdacht untermauerten.

»Das überrascht mich nicht«, sagte Iano. »Sie werden nichts Neues in Erfahrung bringen, wenn Sie sich mit den alten Polizeiberichten beschäftigen. Dieser Fall läßt sich nur draußen in den Straßen der Stadt lösen. Nur dort werden Sie die Rebellen finden, Mr. Spock. Nicht hier.« Dabei zeigte er auf den Computerbildschirm. Dann zuckte er plötzlich zusammen und legte die Hände an seine Schläfen.

»Haben Sie ein Problem, Lieutenant?« fragte Chekov.

»Es sind nur Kopfschmerzen, Mr. Chekov«, erwiderte Iano leicht gereizt. »Seit dem Beginn der aktuellen Krise sind sie allmählich stärker geworden. Und bis jetzt hat die Föderation wenig dazu beigetragen, uns einer Lösung näherzubringen.«

»Wir stehen weiterhin zu Ihrer Verfügung, Lieutenant«, sagte Spock. »Wir sind jederzeit bereit, Ihnen in jeder nur erdenklichen Weise zu helfen.«

»Dann möchte ich vorschlagen, daß Sie mich auf meiner Patrouille begleiten«, sagte Iano, während er sich die Schläfen massierte. »Unsere letzte Begegnung mit den Rebellen hat sich als nicht sehr ergiebig erwiesen. Vielleicht können wir eine neue Konfrontation provozieren.«

9

Kirk betrat die Krankenstation und ging zu McCoy, der aufmerksam den Bildschirm eines Terminals studierte. »Wie läuft es, Pille?« fragte er. »Du siehst müde aus.«

»Ich bin auch müde«, erwiderte McCoy und lehnte sich seufzend im Sessel zurück. »Ich habe Dr. Javik zusammen mit den restlichen Verletzten auf den Planeten hinuntergeschickt. Wir konnten den Zustand der meisten Patienten stabilisieren, aber leider haben wir einen verloren.«

»Das ist sehr bedauerlich«, sagte Kirk. »Aber unter den gegebenen Umständen würde ich sagen, daß du hervorragende Arbeit geleistet hast. Vielleicht solltest du dich jetzt ein wenig ausruhen.«

»Mir ist immer noch nicht klar, warum wir ihn nicht retten konnten«, sagte McCoy.

»Ich bin sicher, daß du alles Menschenmögliche unternommen hast, Pille«, versuchte Kirk ihn aufzubauen.

»Nein, du hast mich nicht verstanden«, sagte McCoy. »Der Mann gehörte keineswegs zu den kritischen Fällen. Er war gar nicht so schwer verletzt. Ich möchte dir etwas zeigen, Jim.« Der Arzt rief eine Darstellung auf den Bildschirm, während Kirk ihm über die Schulter blickte. »Das ist eine tomographische Aufnahme eines normalen patrianischen Gehirns. Sie stammt von einem der anderen Patienten.« Dann rief er ein anderes Bild auf. »Und die hier ist von dem Mann, den wir verloren haben.«

Kirk starrte verständnislos auf die Mattscheibe und

schüttelte schließlich den Kopf. »Ich weiß nicht, worauf du hinauswillst. Worauf muß ich achten?«

»Vielleicht erkennst du es jetzt«, sagte McCoy und legte die beiden Darstellungen nebeneinander auf den Bildschirm, so daß man sie direkt miteinander vergleichen konnte.

Kirk betrachtete die Bilder eine Weile, bis er nickte. »Diese Stelle sieht anders aus«, sagte er und zeigte darauf.

»Richtig«, bestätigte McCoy. »Dieser Gehirnlappen wurde künstlich vergrößert.« Dann zeigte er auf eine andere Stelle. »Und dieses Organ, das eine ähnliche Funktion wie unsere Hirnanhangdrüse zu haben scheint, wurde chirurgisch verändert. Außerdem unterscheidet sich die chemische Zusammensetzung dieses Gehirns erheblich von einem normalen Exemplar. Allem Anschein nach wurde es mit biochemischen Mitteln zu verstärktem Wachstum stimuliert. Jim ... auf diese Weise schaffen die Patrianer ihre Telepathen.«

»Du meinst, dieser Mann war ein Gedankenpolizist?«

»Der in der Schiffsbesatzung seinen Dienst verrichtete«, sagte McCoy. »Aber er ist nicht an seinen Kampfverletzungen gestorben.«

»Woran sonst?«

»An der Prozedur, die seine telepathischen Gaben stimulierte.«

Kirk starrte den Arzt an. »Bist du dir völlig sicher?«

»Es gibt keinen Zweifel«, antwortete McCoy. »Seine Hirnchemie wurde durch chirurgische und medikamentöse Behandlungen verändert, und das folgende Wachstum erweiterte bestimmte Hirnfunktionen. Doch gleichzeitig wurde dadurch eine fatale chemische Kettenreaktion ausgelöst. Im Prinzip hat sich das Gehirn selbst zerstört, Jim.«

»Was ist mit den anderen Telepathen?« fragte Kirk. »Könnte mit ihnen das gleiche geschehen?«

»Diese Entwicklung ist praktisch unvermeidlich«,

sagte McCoy. »Natürlich weicht die Hirnchemie jedes Individuums bis zu einem gewissen Grad von der Norm ab, aber diese Behandlung wird früher oder später zwangsläufig eine Reaktion in Gang setzen, die zu bösartigen Wucherungen mit tödlichen Konsequenzen führt. Es ist ähnlich wie bei einem Virus, das sich viele Jahre lang inaktiv im Metabolismus versteckt, bis es sich plötzlich zu vermehren beginnt. Und dann geschieht es so schnell, daß man nichts mehr dagegen unternehmen kann. Es könnte innerhalb weniger Tage oder sogar Stunden vorbei sein. Jim, jeder patrianischer Telepath ist eine wandelnde Zeitbombe.«

»Und wann geht sie hoch?« fragte Kirk besorgt.

McCoy schüttelte den Kopf. »Es läßt sich nicht vorhersagen. Ich weiß noch nicht, welche anderen Faktoren dabei eine Rolle spielen. Ich kann nur vermuten, daß der Betroffene nach der Operation jahrelang ohne Probleme lebt und die Kettenreaktion irgendwann ganz plötzlich und ohne Vorwarnung einsetzt. Wann dies geschieht, könnte von der allgemeinen Gesundheit und körperlichen Verfassung abhängen – oder davon, wieviel Streß jemand ausgesetzt ist ... Schon eine leichte Grippe könnte genügen, das System kippen zu lassen.«

»Und wie sehen die Symptome aus?« fragte Kirk.

»Das dürfte davon abhängen, wie schnell die Krankheit voranschreitet«, antwortete McCoy. »Sie könnte so schnell zuschlagen, daß sie eine schwere Gehirnblutung auslöst. Dann würde der Betroffene einfach tot umfallen, bevor er überhaupt gemerkt hat, daß etwas nicht stimmt. Bei einer langsameren Entwicklung würde es zu Anfang wahrscheinlich zu chronischen Kopfschmerzen kommen, die allmählich schlimmer werden, während das unkontrollierte Wachstum zunimmt. Wenn die Folgen nicht schon kurz darauf tödlich sind, würde das Opfer sich vermutlich immer unberechenbarer verhalten. Weitere Symptome wären Persönlichkeitsveränderungen, Schizophrenie oder Verfolgungswahn ...« Er zuckte die Schultern. »Im Endstadium käme es zu Gehirnblutungen, doch dann wäre es nur noch eine Angelegenheit von Minuten oder Sekunden, bis alles vorbei ist.«

»Mein Gott!« sagte Kirk. »Könnte man etwas dagegen tun? Ließe sich die Kettenreaktion irgendwie aufhalten?«

»Daran arbeite ich gerade«, sagte McCoy. »Ich brauche noch Dr. Javiks Meinung, um meine Untersuchungsergebnisse abzusichern, aber ich halte es prinzipiell für möglich ... wenn wir die Betroffenen rechtzeitig behandeln können, bevor das Endstadium einsetzt. Doch danach ...« Er schüttelte den Kopf. »Vielleicht können wir bei den allerersten Anzeichen noch etwas tun, bevor es zu spät ist. Aber im Augenblick kann ich nichts Genaues sagen, Jim.«

»Wir müssen schnellstens auf den Planeten zurückkehren, Pille«, sagte Kirk. »Iano muß davon erfahren.«

»Ich kann einfach nicht glauben, daß sie noch nicht von selbst darauf gekommen sind«, sagte McCoy. »Ich meine, theoretisch wäre es natürlich möglich, daß dieser Mann der erste Fall war, aber das kann ich mir nicht vorstellen. Es muß einfach schon mehrere ähnliche Fälle unter den Telepathen der Gedankenpolizei gegeben haben.«

»Vielleicht wurden sie unter den Teppich gekehrt«, sagte Kirk.

»Aber ... wieso?«

»Aus demselben Grund, der den meisten Vertuschungsaktion zugrunde liegt«, erwiderte Kirk. »Weil irgendwer davon profitiert oder etwas zu verlieren hat. Was es auch ist«, fügte er entschlossen hinzu, »ich werde es herausfinden.«

Es wurde Nacht über der Stadt. Ianos Polizeigleiter schlängelte sich in etwa zwanzig Metern Höhe durch die Luftstraßen. Spock hatte neben ihm Platz genommen, und Chekov saß hinten. Muir und Jacob waren im Gesandtschaftsgebäude zurückgeblieben und führten Gespräche mit Jalo und Inal. Iano war der Ansicht, daß sie nur ihre Zeit vergeudeten.

»Ich verstehe nicht, was Sie sich davon erhoffen, wenn Sie Polizeibeamte befragen«, sagte er gereizt. »Alles, was sie während ihres Dienstes über die Terroristen erfahren haben, steht in den Berichten. Und die haben Sie bereits studiert. Ihre Bemühungen sind in doppelter Hinsicht eine reine Zeitverschwendung.«

»Ganz im Gegenteil, Lieutenant«, sagte Spock. »Es ist niemals eine Zeitverschwendung, wenn man gründlich und methodisch vorgeht. Ich habe schon häufig offizielle Berichte gesehen, an denen inhaltlich nichts auszusetzen war, die aber trotzdem nicht alle Einzelheiten des betreffenden Vorfalls erfaßten. Offizielle Berichte sind ihrem Wesen nach immer subjektive Zusammenfassungen von Ereignissen. Sie enthalten nur selten eine wirklich detaillierte Beschreibung dessen, was tatsächlich geschehen ist.«

»Und Sie hoffen jetzt, Sie könnten irgendein winziges Detail entdecken, das irgendwie übersehen wurde?« fragte Iano zweifelnd.

»Winzige Details können oft zu äußerst wichtigen Erkenntnissen führen«, erwiderte Spock. »Häufig ist es eine scheinbar unbedeutende Einzelheit, die den Schlüssel zu einem komplizierten Fall darstellt.«

»Wir hätten den Schlüssel zu diesem Fall längst in der Hand, wenn Sie unsere Polizisten mit Phasern ausrüsten würden«, entgegnete Iano.

»Das würde dem Fall sicherlich eine völlig neue Wendung geben«, sagte Spock. »Doch diese Frage kann nur von höheren Stellen entschieden werden.«

»Das heißt also, wir sollen Ihrer Föderation beitreten und uns an Ihre Regeln halten, damit wir dann vielleicht bekommen, was wir haben wollen. Darauf läuft es doch hinaus!« sagte Iano in verächtlichem Tonfall.

»In der Föderation ist es nicht üblich, Druck auszuüben, um jemanden dazu zu zwingen, sich uns anzuschließen, Lieutenant«, sagte Chekov gepreßt. »Die Föderation sieht ihre Aufgabe darin, Interferenzen mit anderen Zivilisationen zu vermeiden, und nicht, sie unter ihre Kontrolle zu bringen.«

»Ich vermute, Sie glauben wirklich daran«, sagte Iano.

»Wir alle glauben daran und richten uns danach«, sagte Spock schnell, bevor Chekov eine zornige Erwiderung geben konnte. Er warf dem jungen Navigator einen warnenden Blick zu. Aus irgendeinem Grund ging Iano immer mehr auf Konfrontationskurs. Vermutlich war die frustrierende Ermittlungsarbeit dafür verantwortlich, dachte Spock. Sie hatten keine erkennbaren Fortschritte vorzuweisen, und Iano wurde zweifellos von seinen Vorgesetzten unter Druck gesetzt. In Ianos Augen waren die Offiziere von der *Enterprise* nur Störenfriede, die ihn bei der Arbeit behinderten. Wenn sie sich auf Diskussionen einließen, würden sie die Situation nur verschlimmern.

»Wir waren schon einmal in dieser Gegend«, sagte Spock, als er in der Umgebung einige vertraute Einzelheiten wiedererkannte.

»Wir werden uns noch einmal im Arena Club umsehen«, sagte Iano.

»Haben Sie den Verdacht, daß sich dort Rebellen aufhalten?« fragte Spock.

»Ich suche immer noch nach einem Verdächtigen namens Rak Jolo«, entgegnete Iano. »Es besteht Grund zu der Annahme, daß er häufig den Arena Club frequentiert. Bei unserem letzten Besuch habe ich sogar einen telepathischen Impuls von ihm aufgefangen. Aber er war nur flüchtig, und ich konnte mich in der Menge nicht darauf konzentrieren. Und dann wurde ich abgelenkt.«

»Ja, ich kann mich erinnern«, sagte Chekov mit leichter Ironie.

Spock warf ihm einen weiteren warnenden Blick zu, doch Iano überhörte den Kommentar und schien Chekovs Gedanken keine Beachtung zu schenken.

»Ich habe den Verdacht, daß der Arena Club ein Treffpunkt der Rebellen ist«, sagte Iano. »Dort ist es dunkel, laut und immer überfüllt. Dadurch wäre dies ein idealer Ort, um miteinander Kontakt aufzunehmen.«

Er setzte den Gleiter auf einem Landeplatz vor dem Club auf. Zu dieser frühen Zeit hatte er noch nicht geöffnet. Doch das Personal war bereits anwesend und bei der Arbeit. Iano benutzte seinen Dienstausweis, um sich Zugang zu verschaffen, und verlangte, den Geschäftsführer zu sprechen. Der nervöse Angestellte, der sie hereingelassen hatte, sagte, daß er noch nicht eingetroffen sei. Iano gab sich mit dieser Auskunft zufrieden, die offensichtlich der Wahrheit entsprach. Ansonsten schien der Angestellte nichts zu wissen, was ihnen von Nutzen sein konnte.

»Ich würde gerne das Etablissement durchsuchen«, sagte er zu dem Mann. »Wenn der Geschäftsführer eintrifft, will ich ihn sofort sprechen. Haben Sie verstanden?«

»Ja, Lieutenant, gewiß«, antwortete der Angestellte diensteifrig. »Wir wollen Ihnen keinen Ärger machen.«

Spock erkannte deutlich, daß der Angestellte Angst vor Iano hatte. Die übrigen Angestellten des Clubs reagierten auf ähnliche Weise, als sie mit der Durchsuchung begannen. Spock wurde klar, daß es sich dabei eher um einen Vorwand handelte, damit Iano seine telepathischen Fähigkeiten einsetzen konnte. Die Angestellten bemerkten es natürlich ebenfalls, denn alle reagierten auf die gleiche Weise. Wenn sie ihn sahen, unterbrachen sie ihre Arbeit und starrten Iano reglos und in ängstlicher Besorgnis an. Sie wußten, daß sie sich verdächtig machten, wenn sie ihm auszuweichen versuchten, doch gleichzeitig hatten sie offensichtlich große Angst davor, von einem Telepathen ausgehorcht zu werden. Spock konnte ihnen deswegen keinen Vorwurf machen.

Als sie die Küche betraten und auf einen weiteren Angestellten stießen, ließ dieser plötzlich ein Tablett mit Geschirr fallen und ergriff die Flucht. Iano rief ihm zu, sofort stehenzubleiben, zog seine Waffe und nahm die Verfolgung auf.

Spock und Chekov eilten ihm nach und liefen an den übrigen vor Schreck erstarrten Küchenangestellten vorbei, die sich nicht von der Stelle rührten. Der Flüchtige hatte einen guten Vorsprung, als er einen Korridor hinter der Küche entlanghastete und dann über eine dunkle Treppe nach unten verschwand. Sie konnten seine Schritte hören, während sie ihm über die Treppenstufen nachsetzten. Als sie den Boden des düsteren Untergeschosses erreichten, entdeckte Iano, der die Führung übernommen hatte, einen Lichtschalter und drückte ihn.

Es wurde allmählich hell, als die Leuchtkörper an der Decke einer nach dem anderen ansprangen. Sie befanden sich in einer geräumigen Halle mit großen Röhren, Kesseln und einigen Generatoren. Spock kannte den Raum bereits, obwohl er ihn beim letzten Mal über eine andere Treppe betreten hatte. In der Mitte ragten die turmartigen Gebilde auf, die durch den Boden des Clubs ausgefahren werden konnten. Ein Teil des Kellergeschosses war in kleinere Räume aufgeteilt, in denen die Waffen für die Spiele aufbewahrt wurden und wo die Kämpfer sich umziehen und duschen konnten. Es gab viele Winkel, in denen sich jemand verstecken konnte.

»Ziehen Sie Ihre Waffen und verteilen Sie sich«, sagte Iano zu ihnen. »Ich möchte Jolo nach Möglichkeit lebend fassen, aber wir dürfen kein Risiko eingehen. Der Rebell wird nicht zögern, auf uns zu schießen.«

»Phaser auf Betäubung, Mr. Chekov«, sagte Spock.

»Verstanden.«

»Und achten Sie darauf, nicht versehentlich auf mich zu schießen!« fügte Iano trocken hinzu.

Chekov machte den Eindruck, als wollte er eine zynische Bemerkung dazu abgeben, doch als Spock ihm einen Seitenblick zuwarf, verzichtete er darauf. Es würde ohnehin zu nichts führen. Iano konnte zweifellos auch so wahrnehmen, was der Fähnrich dachte.

Sie verteilten sich im Raum, ohne sich gegenseitig aus den Augen zu verlieren, und bewegten sich leise und vorsichtig weiter. Sie lauschten angespannt, doch das einzige, was sie hörten, war das Summen der Maschinen.

Als sie den Bereich mit den versenkten Türmen erreichten, teilten sie sich auf, um ihn von beiden Seiten zu umgehen. Spock winkte Chekov nach links, während er selbst nach rechts ging. Iano war ihnen ein Stück voraus, aber immer noch in Sichtweite. Spock horchte konzentriert auf verräterische Geräusche, doch im leisen Rumoren der Maschinen war kaum festzustellen, ob der Verdächtige sich noch in ihrer Nähe aufhielt. Spock dachte mit Unbehagen daran, was geschehen würde, wenn der Rebell zwischen all den Röhren und Kesseln einen Disruptor abfeuerte. In dieser Situation war der Verdächtige eindeutig im Vorteil, zumal er als Angestellter des Clubs mit den Räumlichkeiten vertraut war.

Iano untersuchte vorsichtig die Umkleidezimmer der Kämpfer, während Chekov ihm Rückendeckung gab. Spock beobachtete die Tür, falls ihnen jemand folgen sollte. Plötzlich hörte er genau hinter sich ein leises Geräusch. Er fuhr herum, hob seinen Phaser und spürte, wie er einen Schlag gegen den Kopf erhielt.

Er verlor das Gleichgewicht, während ihm der Phaser aus der Hand fiel, und verschwommen erkannte er jemanden, der einen metallischen Gegenstand erhoben hatte. Spock rief den anderen eine Warnung zu, als er den Arm hochriß, um den nächsten Hieb zu parieren. Dann durchzuckte ein stechender Schmerz seinen

Unterarm, als ihn der Schlag des Metallrohrs traf. Er holte mit rechten Faust aus und hörte, wie der Rebell aufschrie, als sein Schlag ins Ziel ging. Dann warf sich jemand von hinten auf ihn.

Er schüttelte den Angreifer ab, der etwa fünf Meter weit durch die Luft flog, doch schon im nächsten Augenblick wurde er von zwei weiteren Gegnern attackiert. Er riß sich von einem Angreifer los und schleuderte den zweiten wie eine leichte Puppe zur Seite, als er den Knall einer zuschlagenden Tür hörte, gefolgt von einem Schuß aus Chekovs Phaser. Vier weitere Gegner warfen sich auf den Vulkanier. Als Spock sich zu befreien versuchte, erhielt er erneut einen Schlag gegen seinen Kopf, dann noch einen stärkeren, bis alles um ihn herum schwarz wurde.

»Was ist los? Sind alle ausgeflogen?« fragte Kirk, als er in die Gesandtschaft zurückgekehrt war. Er kam mit McCoy und Wing in den Konferenzraum, wo Muir und Jacob damit beschäftigt waren, ihre Berichte zusammenzustellen.

»Ich weiß es nicht, Captain«, sagte Sicherheitswächterin Jacob. »Wir sind erst vor kurzem zurückgekommen. Mr. Spock und Mr. Chekov sind vielleicht mit Lieutenant Iano unterwegs. Wir waren unten und haben Gespräche mit Jalo und Inal geführt.«

»Botschafter Jordan ist vor etwa einer halben Stunde von seiner Besprechung mit dem Rat von Patria zurückgekehrt«, sagte Muir. »Sie haben für heute abend ein weiteres Treffen vereinbart. Er sagte, daß wir ihn informieren sollen, sobald Sie wieder da sind, Captain. Er wirkte sehr besorgt.«

»Das kann ich mir vorstellen«, erwiderte Kirk. »Teilen Sie ihm mit, daß wir eingetroffen sind, Mr. Muir.«

»Ja, Captain.«

Als Muir sich auf den Weg zu Jordan machte, blickte Jacob zu Kirk auf. »Captain?«

»Ja, Jacob, was gibt es?«

»Captain, wir haben die Notizen zu unseren Gesprächen mit verschiedenen patrianischen Polizisten bearbeitet, die mit den Rebellen zu tun hatten«, sagte sie. »Dabei sind uns einige interessante Einzelheiten aufgefallen, aber wir sind noch nicht sicher, was wir davon halten sollen.«

»Auch wir haben einige interessante Dinge in Erfahrung gebracht«, sagte Kirk. »Schießen Sie los, Jacob, aber schnell, bitte!«

»Bei den meisten Aktionen der Polizei gegen die Terroristen, an denen keine Beamten von der Abteilung Gedankenverbrechen beteiligt waren, haben die Rebellen ihre Toten zurückgelassen, wenn es Tote gab. Doch jedesmal, wenn die Gedankenpolizei involviert war, haben die Rebellen ihre Toten entweder mitgenommen oder ihre Leichen mit Disruptoren desintegriert. Daraus ergibt sich eine ungewöhnliche Frage, Captain. Hätten die Telepathen etwas von den Toten erfahren können? Falls die Rebellen vermeiden wollten, daß die Leichen identifiziert werden, warum haben sie sie dann in einigen Fällen fortgebracht oder desintegriert und in anderen nicht?«

»Das ist eine sehr gute Frage, Jacob«, sagte Kirk stirnrunzelnd.

»Außerdem scheint es zwei deutlich unterscheidbare Verhaltensmuster in den Aktivitäten der Rebellen zu geben, Captain«, fuhr sie fort. »In der Vergangenheit konzentrierten sich fast alle Anschläge auf die Polizei oder Regierungseigentum. Dabei scheinen die Rebellen besonderen Wert darauf gelegt zu haben, keine Zivilisten zu verletzten. Wenn sie eine Bombe in einem Gebäude deponierten, wurde sie erst dann gezündet, wenn sich niemand mehr im Gebäude befand, oder sie gaben vorher eine Warnung aus, damit das Gebäude rechtzeitig evakuiert werden konnte. Und in der Vergangenheit wurde bei bewaffneten Auseinandersetzungen mit der Polizei niemals auf Zivilisten geschossen. Wenn die Gefahr bestand, daß Zivilisten ins Kreuzfeuer geraten könnten, haben sich die Rebellen sofort zurückgezogen. Die von uns befragten Beamten waren sich darin einig, daß die Terroristen nur gegen die Polizei vorgingen und jeden Schaden für die allgemeine Bevölkerung vermieden.«

»Aber das paßt nicht zu dem Verhaltensmuster, das wir beobachtet haben«, stellte Kirk fest.

»Richtig«, sagte die Frau. »Seit die Disruptoren ins Spiel kamen, hat sich das Muster geändert. Während weiterhin Anschläge gegen die Polizei oder Regierungseinrichtungen durchgeführt wurden, kamen nun gewalttätige Aktionen hinzu, bei denen Zivilisten verletzt wurden, sei es als Opfer einer Bombenexplosion oder durch gezielten Waffeneinsatz, wie es bei der jüngsten Geiselnahme der Fall war. Und es scheint, daß nur dann Zivilisten zu Schaden kamen, wenn Disruptoren eingesetzt wurden.«

»Ich verstehe«, sagte Kirk. »Und was schließen Sie und Mr. Muir daraus?«

Sie schüttelte den Kopf und blickte ihn hilflos an. »Wir sind uns nicht sicher, Captain«, antwortete sie, »aber wir haben zwei mögliche Erklärungen gefunden. Eine Überlegung wäre, daß die Rebellen noch nicht gut genug mit den Disruptoren umgehen können, daß sie die Wirkung nicht ausreichend kontrollieren können, um zu verhindern, daß es zu Opfern unter der Zivilbevölkerung kommt.«

»Nach meinen Beobachtungen können sie sehr gut mit den Disruptoren umgehen«, bemerkte Kirk trocken. »Und wie lautet die zweite Erklärung?«

»Im Augenblick ist es nicht mehr als eine Theorie, Captain«, sagte sie vorsichtig, »aber die Tatsachen könnten auf die Existenz von zwei verschiedenen Rebellengruppen hindeuten, von denen die eine weniger Rücksicht beim Einsatz von Gewalt nimmt. Beide Gruppen sind unabhängig organisiert, und nur eine ist mit Disruptoren ausgerüstet.«

»Ja, das wäre durchaus eine Möglichkeit«, sagte Kirk nachdenklich. »In solchen Gruppen kommt es häufig zu Aufspaltungen, wenn die Ansichten über die Methoden auseinandergehen. Es gibt immer wieder Splittergruppen, die militanter sind, die der Meinung sind, daß die anderen nicht weit genug gehen. Doch wenn das der Fall ist, fürchte ich, daß unsere Arbeit dadurch keineswegs erleichtert wird. Und im Augenblick stehen wir vor einem viel dringenderen Problem.«

Er zog seinen Kommunikator aus der Tasche und klappte ihn auf. »Kirk an Spock. Bitte melden!«

Es gab keine Antwort.

»Kirk an Spock! Können Sie mich hören?«

»Hier Fähnrich Chekov, Captain?«

»Was ist los, Mr. Chekov? Wo ist Spock?«

Es gab eine kurze Pause. »Sie haben ihn, Captain.«

»Was? *Wer* hat ihn?«

»Die Rebellen, Captain.«

»Großer Gott!« sagte McCoy.

»Ruhig, Pille«, sagte Kirk. »Ich möchte einen vollständigen Bericht, Mr. Chekov.«

»Wir waren zusammen mit Lieutenant Iano zu einer Durchsuchung im Arena Club, Captain«, sagte Chekov. »Dabei ist einer der Angestellten ausgerissen, als er uns sah. Wir haben ihn verfolgt. Es war ein Verdächtiger, nach dem Lieutenant Iano gesucht hatte. Wir folgten dem Verdächtigen in das Kellergeschoß des Clubs, wo wir seine Spur verloren. Darauf durchsuchten wir den Bereich der Umkleidezimmer für die Kämpfer. Mr. Spock blieb zurück, um die Tür im Auge zu behalten. Als Lieutenant Iano und ich uns in den Räumen befanden, verriegelte jemand von außen die Türen. Als wir uns befreien konnten, war Mr. Spock bereits verschwunden. Wir durchsuchten das gesamte Gebäude, aber wir haben ihn nirgendwo entdeckt. Wir fanden einen Blutfleck auf dem Boden und ein Metallrohr mit Blut daran, aber das war alles. Es handelte sich um vulkanisches Blut. Es tut mir sehr leid, Captain …«

»Reißen Sie sich zusammen, Mr. Chekov«, sagte Kirk, obwohl er plötzlich das Gefühl hatte, als wäre ihm der Boden unter den Füßen weggezogen worden. »Wo sind Sie jetzt? Wo ist Iano?«

»Er leitet eine Suchaktion der Polizei in der Umgebung, Captain«, antwortete Chekov. »Es muß einen versteckten Ausgang im Kellerbereich geben, da niemand von den Leuten im Club etwas bemerkt hat. Wie lauten Ihre Befehle, Captain?«

»Kommen Sie so schnell wie möglich zum Gesandtschaftsgebäude zurück«, sagte Kirk. »Wenn Iano Sie nicht herbringen kann, soll er einen Gleiter zur Verfügung stellen, der Sie hier absetzt. Im Augenblick können Sie dort nichts unternehmen. Überlassen Sie alles weitere der Polizei. Wenn es etwas Neues gibt, wird man uns bestimmt informieren.«

»Verstanden, Captain.«

»Kirk Ende.«

Er schloß seinen Kommunikator und kniff verbittert die Lippen zusammen. Eine Weile sprach niemand. Dann brach Kirk selbst das Schweigen.

»Es besteht eine hohe Wahrscheinlichkeit, daß er noch am Leben ist«, sagte er. »Wenn man ihn töten wollte, hätte man ihn einfach erschießen können, statt ihn mit einem Metallrohr bewußtlos zu schlagen. Außerdem ist er lebend viel mehr wert als tot.«

»Was machen wir jetzt, Jim?« fragte McCoy.

»Im Augenblick können wir wohl nichts anderes tun als warten«, sagte Kirk. »Und im Warten bin ich nicht sehr gut«, setzte er hinzu.

»Jim«, sagte Jordan, als er in den Konferenzraum trat, gefolgt von Muir. »Wir haben ein großes Problem.«

»Entschuldige bitte, Bob«, sagte Kirk und hob eine

Hand, »aber im Augenblick habe ich meine eigenen Probleme.«

»Ganz gleich, was es ist, es muß warten«, sagte Jordan. »Das Verhalten von Lieutenant Commander Scott, dem du während deiner Abwesenheit das Kommando über die *Enterprise* übertragen hast, hat zu einem schwerwiegenden diplomatischen Konflikt geführt. Wir mußten unsere Verhandlungen abbrechen. Ich mache dich persönlich dafür verantwortlich. Mir blieb keine andere Wahl ...«

»Deine Verhandlungen interessieren mich im Moment einen Scheißdreck!« schnaufte Kirk und packte den verdutzten Mann am Kragen. »Sie haben meinen Ersten Offizier!«

»Jim ...«, sagte McCoy und legte behutsam, aber entschieden eine Hand auf Kirks Schulter. »Immer mit der Ruhe! Er kann noch nichts davon gewußt haben.«

»Nimm deine Hände weg!« sagte Jordan steif. »Du bist einen Schritt zu weit gegangen.«

Kirk ließ seinen alten Freund mit angewidertem Gesichtsausdruck los.

»Botschafter, wir haben soeben erfahren, daß Captain Kirks Erster Offizier von den Rebellen entführt wurde«, sagte Sekretärin Wing. »Und das ist erst ein Teil der Neuigkeiten. Es hat mehrere Entwicklungen gegeben, von denen Sie noch nichts wissen. Wir alle stehen unter großer Anspannung. Wenn wir uns gegenseitig das Leben schwer machen, werden wir Mr. Spock damit nicht helfen.«

»Ich verstehe«, sagte Jordan. »Nun, es tut mir leid, was mit Spock geschehen ist, Jim, aber unsere oberste Priorität muß im erfolgreichen Abschluß der Verhandlungen über den Beitritt Patrias zur Föderation liegen. Ich muß dich nicht daran erinnern, was auf dem Spiel steht, nicht nur für uns, sondern auch für die Patrianer. Mr. Spock ist ein Starfleet-Offizier der Föderation. Er wußte, welche Risiken er eingeht, als er in den Dienst der Föderation trat.«

»Wollen Sie damit sagen, wir sollen ihn einfach abschreiben?« sagte McCoy wütend.

»Nur über meine Leiche!« sagte Kirk.

»Leonard, Jim ... bitte«, sagte Wing und wandte sich dann wieder Jordan zu. »Botschafter, man erwartet von uns, daß wir diese Mission gemeinsam erfüllen.«

»Davon war ich bislang ebenfalls ausgegangen«, sagte Jordan und blickte von ihr zu den anderen. »Aber jetzt scheinen Sie die Seite gewechselt zu haben.«

»Nun seien Sie nicht so kindisch!« gab sie zurück, als sie die Geduld verlor. »Ihr Ego hat einen kleinen Dämpfer erhalten. Na und? Wie Sie vorhin selbst sagten, stehen hier viel wichtigere Dinge auf dem Spiel. Abgesehen von Mr. Spocks Verschwinden hat Dr. McCoy soeben herausgefunden, daß die Operation, die zur Entwicklung der telepathischen Fähigkeiten führt, fatale Folgen hat. Jedes Mitglied der Abteilung Gedankenverbrechen schwebt ständig in der Gefahr, tot umzufallen.«

»Finden Sie das nicht etwas melodramatisch?« erwiderte Jordan. »Schließlich existiert die Gedankenpolizei schon über ein Jahrzehnt.«

»Trotzdem tickt die Zeitbombe unaufhaltsam«, sagte McCoy. »Dabei wissen wir gar nicht, wie viele Todesfälle es in dieser Zeit schon gegeben hat. Es ist möglich, daß dieses Problem bislang erfolgreich vertuscht wurde.«

»Auch wenn das tatsächlich der Fall sein sollte, Dr. McCoy«, sagte Jordan, »geht es uns nicht das Geringste an.«

»Wir sollen uns nicht darum kümmern?« entgegnete McCoy schockiert. »Das meinen Sie doch hoffentlich nicht ernst!«

»Ich versichere Ihnen, daß ich es völlig ernst meine«, sagte Jordan. »Dies ist eine interne Angelegenheit, für die ausschließlich die patrianischen Stellen zuständig sind. Wenn Sie über medizinische Daten verfügen, die Ihre Behauptungen beweisen, dann können wir sie über mich an den Rat von Patria weiterleiten. Was sie mit diesen Informationen anfangen, ist einzig und allein Sache der Patrianer, Doktor. Wir sind nicht hier, um irgendwelche Skandale aufzudecken, seien sie real oder aus der Luft gegriffen. Es ist unsere Aufgabe, die Verhandlungen zu einem erfolgreichen Abschluß zu bringen. Nur dafür sind wir verantwortlich, Dr. McCoy.«

»Und was ist mit den Rebellen und ihren Disruptoren?« fragte Kirk angespannt. »Oder hast du dieses Problem schon völlig vergessen.«

»Ich habe es nicht vergessen«, erwiderte Jordan, »ebensowenig wie ich unseren Status vergessen habe. Unsere Beteiligung an den Ermittlungen ist lediglich ein freundlicher Gefallen, den wir der patrianischen Regierung erweisen, eine Geste unseres guten Willens, um die Verhandlungen zu erleichtern. Welche Erfolge du in dieser Sache erzielst, Jim, ist dabei völlig zweitrangig.«

»Ich verstehe«, sagte Kirk, der sich kaum noch beherrschen konnte. »Möglicherweise hat diese ›Geste des guten Willens‹ meinen Ersten Offizier das Leben gekostet.«

»Wenn es tatsächlich dazu kommen sollte, wäre das natürlich äußerst bedauerlich«, sagte Jordan. »Aber es darf uns nicht an der Erfüllung unserer Mission hindern.«

»*Unserer* Mission?« sagte McCoy. »Ich glaube nicht, daß Ihnen wirklich etwas an dieser Mission liegt, Botschafter. Das einzige, worum Sie sich Sorgen machen, ist Ihre Karriere!«

Jordan blickte den Arzt an, als hätte er ihm gerade ins Gesicht geschlagen. »Um meiner alten Freundschaft mit dem Captain willen bin ich Ihnen bisher mit großer Geduld begegnet, Dr. McCoy«, sagte er steif, »doch seit Beginn dieser Mission haben Sie einen störenden Einfluß ausgeübt. Allmählich verliere ich die …«

»Okay, es reicht jetzt«, fuhr Kirk dazwischen. »So kommen wir nicht weiter. Ich wollte es dir nicht ins Gesicht sagen, Bob, aber du hast dich verändert. Der Bob Jordan, den ich kannte, war ein ganz anderer Mensch. Ich weiß nicht, was mit diesem Menschen geschehen ist. Irgendwann im Laufe seiner Karriere ist er zu einem pingeligen Bürokraten geworden, der hinter Vorschriften und Richtlinien Zuflucht sucht, der immer auf Nummer Sicher geht, der niemals schwierige Entscheidungen trifft, weil er befürchtet, daß man ihn für die Folgen verantwortlich machen könnte. Ich weiß nicht mehr, wer du bist, Bob. Aber dieser Mensch gefällt mir überhaupt nicht.«

»Ich habe keine Ahnung, wovon du redest, Jim, aber ...«

»Wirklich nicht? Ich habe mit Mr. Scott gesprochen, als ich auf der *Enterprise* war. Du hast nicht einen Moment gezögert, ihm sämtliche Schuld zuzuschieben, aber ich möchte dich daran erinnern, daß er dich angerufen hat, als das orionische Schiff abgefangen wurde. Und du hast es abgelehnt, eine Entscheidung zu treffen. Du hast jegliche Verantwortung auf seine Schultern abgewälzt, und als er auf die einzige Weise reagierte, die ihm möglich war, hast du beschlossen, auf seine Kosten deinen eigenen Hintern zu retten. Ich werde nicht zulassen, daß du einen meiner Offiziere am ausgestreckten Arm verhungern läßt, weil du nicht genügend Rückgrat besitzt, um selbst die Verantwortung zu nehmen! Hiermit übernehme ich offiziell die Leitung dieser Mission.«

»Du?« schnaufte Jordan wütend. »Du kannst überhaupt nichts ...«

»Starfleet-Vorschriften, Allgemeine Order 29, Absatz B, Abschnitt 3«, sagte Kirk. »Ich weiß, daß es eine Weile her ist, seit du im aktiven Dienst warst, daher werde ich deine Erinnerung auffrischen. Ich zitiere: Im Fall einer feindlichen, lebensbedrohenden Gefahr für ein Föderationsraumschiff oder das Starfleet-Personal während einer diplomatischen Mission ist der befehlshabende Offizier dazu befugt, das Kommando zu übernehmen und besagte Mission nötigenfalls abzubrechen oder sonstige Maßnahmen zu treffen, die zur Beseitigung der Gefahr erforderlich sind. Zitat Ende. Da das Leben meiner Offiziere in Gefahr ist, wende ich hiermit die Allgemeine Order 29 an und übernehme das Kommando über diese Mission.«

Jordan bedachte ihn mit einem eiskalten Blick. Dann wandte er sich an Wing. »Ich bin in meinem Quartier und stelle meinen Bericht für den Rat der Föderation und die Starfleet-Zentrale zusammen. Ich wäre Ihnen sehr verbunden, wenn Sie sich dort in Kürze zu einer Besprechung einfinden könnten.«

Damit machte er auf dem Absatz kehrt und verließ den Raum.

»Das hätten Sie nicht tun sollen«, sagte Wing zu Kirk. »Ich glaube, Sie haben einen schweren Fehler begangen.«

»Es steht Ihnen frei, dieser Meinung zu sein«, erwiderte Kirk unterkühlt.

»Ich hoffe nur, daß Sie wissen, was Sie tun«, sagte sie. »Ich bin natürlich wegen Mr. Spock besorgt, aber ich sorge mich auch um diese Mission. Das müssen Sie verstehen. Sie sollten bei der Wahl Ihrer Schritte äußerste Sorgfalt walten lassen, Captain.«

Auch sie verließ den Raum.

»Das war ja äußerst praktisch, daß du dich im richtigen Moment an diese Vorschrift erinnert hast«, sagte McCoy. »Damit hast du es Jordan gegeben!«

»Ich gebe es nur ungern zu, Captain«, sagte Sicherheitswächterin Jacob verwirrt. »Aber ich habe noch nie von einer solchen Order gehört.«

»Das glaube ich Ihnen gerne«, sagte Kirk. »Diese Allgemeine Order 29 existiert nämlich gar nicht – zumindest nicht der Absatz B. Ich habe ihn gerade erfunden.«

Sie starrte ihn fassungslos an, als wäre sie nicht sicher, ob sie ihn richtig verstanden hatte. *»Sie haben ihn erfunden?«* fragte sie. »Captain?« fügte sie verspätet hinzu.

»Richtig, Jacob«, erwiderte Kirk, mit einem verschmitzten Grinsen. »Wissen Sie, im Gegensatz zu Ihnen bringt meiner Erfahrung nach kein Diplomat den Mut auf, vor anderen zuzugeben, daß er etwas nicht weiß.«

»Aber ... was ist, wenn er in den Vorschriften nachschlägt, Captain?«

»Dieses Risiko muß ich eingehen«, sagte Kirk. »Das gehört zu den Spielregeln eines Bluffs.«

»Spielen Sie *niemals* Poker mit diesem Kerl!« warnte McCoy die Sicherheitswächterin grinsend.

»Aber, Captain!« meldete sich Muir bestürzt zu Wort. »Damit können Sie unmöglich durchkommen! Man wird Sie deswegen vor Gericht zur Verantwortung ziehen!«

»Mit diesem Problem werde ich mich auseinandersetzen, wenn es soweit ist, Mr. Muir«, erwiderte Kirk. »Im Augenblick kommt es darauf an, daß wir – und vor allem Mr. Spock – etwas Zeit gewonnen haben.«

»Na gut«, meinte McCoy. »Und wie sieht unser nächster Schritt aus?«

»Das hängt zum großen Teil davon ab, was Jordan jetzt unternimmt«, sagte Kirk. »Fürs erste wird er sich vermutlich damit abfinden, daß ihm die Hände gebunden sind. Irgendwann wird er sich zu einer von zwei möglichen Entscheidungen durchringen. Entweder wird er eine Nachricht an die Starfleet-Zentrale schicken, damit man ihm wieder die Leitung der Mission anvertraut, oder er wird sich das Hirn zermartern, wie er die Allgemeine Order 29 B außer Kraft setzen kann.«

»Aber es gibt keine solche Order, Captain!« sagte Muir.

»Genau, Mr. Muir«, sagte Kirk, »doch das weiß er nicht. Und er wird es frühestens dann bemerken, wenn er sich aufs Schiff zurückbeamen läßt und einen Computer benutzt, um in den Starfleet-Vorschriften nachzuschlagen.«

»Und wie wollen Sie ihn daran hindern, es zu tun?« fragte Jacob.

»Folgendermaßen«, sagte Kirk und klappte seinen Kommunikator auf. »Kirk an *Enterprise*.«

»Scott hier, Captain.«

»Mr. Scott, mir scheint, daß eine Fehlfunktion der Transporter der *Enterprise* vorliegt.«

»Das muß ein Irrtum sein, Captain«, antwortete Scott. »Mit den Transportern ist alles in Ordnung!«

»Ich wiederhole, Mr. Scott, es *scheint* eine Fehlfunktion der Transporter vorzuliegen. Haben Sie mich jetzt verstanden?«

»Nun ... ja ... ich glaube, ich habe verstanden«, sagte Scott zögernd. »Was denken Sie, wie lange diese Störung andauern wird ... oder anzudauern scheint?«

»Bis ich Ihnen sage, daß sie nicht mehr vorzuliegen scheint, Mr. Scott. Die Rebellen haben Mr. Spock in ihre Gewalt gebracht, und wenn wir ihn befreien wollen, brauchen wir Zeit. Vorläufig wird es durch diese Störung bedauerlicherweise nicht möglich sein, Botschafter Jordan oder Sekretärin Wing an Bord zu beamen. Falls sie darum bitten sollten, zurückgebeamt zu werden, muß ich wohl nicht darauf hinweisen, daß Sie ihnen versichern werden, alles Menschenmögliche zu unternehmen, um die Transporter wieder einsatzbereit zu machen.«

»Ja, Captain. Ich habe die Sachlage erfaßt.«

»Daran hatte ich keinen Zweifel, Mr. Scott. Außerdem möchte ich, daß Sie die Sensoren der *Enterprise* auf die Stadt richten und versuchen, Spocks Aufenthaltsort festzustellen. Es gibt nur einen einzigen Vulkanier auf der Planetenoberfläche. Programmieren Sie die Sensoren auf seine Biowerte und filtern Sie alle patrianischen Lebensformen aus.«

»Ja, Captain. Aber bei einer so großen und dicht bevölkerten Region könnte das Tage dauern!« erwiderte Scott.

»Machen Sie Stunden daraus, Mr. Scott. Kirk Ende.«

»Das war sehr gerissen, Captain«, sagte Jacob grinsend.

»Ich würde es eher als ›kreativ‹ bezeichnen, Sicherheitswächterin Jacob«, entgegnete Kirk mit vollkommen ernster Miene.

»Was geschieht jetzt, Captain?« fragte Muir.

»Wir werden abwarten, Mr. Muir«, antwortete Kirk. »Vielleicht haben wir Glück, und die Sensoren werden schnell fündig. Aber wenn nicht, werden wir sicher nicht lange darauf warten müssen, daß etwas geschieht, sofern ich die Situation richtig einschätze. Bis dahin können wir uns einen Kaffee gönnen.«

»Ich werde ihn holen, Captain«, sagte Jacob.

Zehn Minuten später traf Chekov ein. Doch er hatte nichts Neues zu berichten.

»Die Polizei sucht die gesamte Umgebung des Gebäudes ab, in dem Mr. Spock verschwunden ist, Captain«, sagte er, »aber bislang wurde nichts gefunden. Lieutenant Iano hat mich gebeten, Ihnen mitzuteilen, daß er persönlich die Leitung der Suchaktion übernommen hat und nicht eher ruhen wird, bis er Mr. Spock wiedergefunden hat. Ich soll Ihnen außerdem sagen, er sei überzeugt, daß die Rebellen Mr. Spock am Leben lassen werden, weil sie ihn höchstwahrscheinlich als Geisel benutzen wollen, um gewisse Forderungen zu stellen.«

»Davon gehe ich ebenfalls aus, Mr. Chekov«, sagte Kirk. »Darauf gründet sich all meine Hoffnung.«

Als sein Kommunikator einen Anruf signalisierte, klappte er ihn sofort auf. »Kirk hier«, sagte er.

»Spock hier, Captain.«

»Spock! Ist alles in Ordnung? Wo sind Sie?« Er gab Chekov ein Zeichen und deutete auf den Kommunikator des Fähnrichs. Chekov begriff sofort, was der Captain von ihm wollte, und zog sich in einen Winkel des Raumes zurück, um mit seinem eigenen Kommunikator das Schiff zu rufen.

Plötzlich hörte Kirk über die Verbindung eine neue, ihm unbekannte Stimme. »Es geht ihm den Umständen entsprechend recht gut, Captain Kirk, wenn man von einigen blauen Flecken und Platzwunden an seinem Kopf absieht. Die Vulkanier scheinen eine sehr widerstandsfähige Spezies zu sein.«

»Wer spricht da?« wollte Kirk wissen. Die Stimme kam ihm vage vertraut vor, aber er konnte sie nicht einordnen.

»Das ist im Augenblick ohne Bedeutung«, antwortete die Stimme. »Wenn Sie Ihren Ersten Offizier lebend wiedersehen wollen, sollten Sie jetzt gut zuhören und genau tun, was ich sage. Sie werden Ihren gegenwärtigen Aufenthaltsort verlassen und sich allein und zu Fuß zum Zentralplatz der Stadt begeben. Ich gebe Ihnen dafür genau zwanzig Minuten, also sollten Sie keine Zeit verlieren. Wenn Sie auf dem Platz eingetroffen sind, werden wir uns wieder mit Ihnen in Verbindung setzen. Man wird Sie beobachten. Wenn Ihnen irgend jemand folgt, wird der Vulkanier sterben. Wenn Sie versuchen, mit jemandem Kontakt aufzunehmen, wird dasselbe geschehen. Ebenso wenn ich auch nur den geringsten Hinweis habe, daß Sie mich zu täuschen versuchen. Haben Sie verstanden?«

»Ich habe verstanden«, antwortete Kirk. »Lassen Sie mich noch einmal mit Spock reden.«

Unvermittelt wurde die Verbindung getrennt.

»Du hast doch nicht etwa vor zu tun, was sie gesagt haben?« fragte McCoy.

»Natürlich nicht«, erwiderte Kirk. Er schaltete seinen Kommunikator auf einen anderen Kanal um und stellte eine Verschlüsselungssequenz ein. »Kirk an *Enterprise*. Scotty, bitte melden Sie sich!«

Es dauerte einen Moment, bis er Antwort erhielt. »Scott hier, Captain. Entschuldigen Sie die Verzögerung, aber wir mußten erst den richtigen Verschlüsselungscode feststellen.«

»Haben Sie ihn, Scotty?«

»Ja, Captain, wir haben ihn.«

Chekov grinste zufrieden. Auf Kirks Zeichen hin hatte er die *Enterprise* angerufen und Scotty gesagt, er sollte schnellstens Spocks Kommunikatorsignal anpeilen. Und da die Rebellen wahrscheinlich nicht wußten, wie man eine verschlüsselte Nachricht empfing, konnten sie ihre weiteren Gespräche nicht abhören.

»Geben Sie die Koordinaten in den Transporter, Mr. Scott«, sagte Kirk, »und lassen Sie einen Trupp Sicherheitsleute im Transporterraum aufmarschieren. Phaser auf Betäubung. Dann beamen Sie jeden herauf, der sich an diesen Koordinaten aufhält. Sagen Sie mir Bescheid, wenn Sie alle an Bord geholt haben. Kirk Ende.«

»Ein guter Schachzug«, sagte Muir voller Bewunderung, als er erkannte, was Kirk vorhatte.

»Die Rebellen werden ziemlich dumm aus der Wäsche gucken«, sagte McCoy.

»Wir können nur hoffen, daß sie nicht wie beim letzten Mal einen Interferenzgenerator aufgestellt haben«, erwiderte Kirk. »In diesem Fall hätten wir nämlich ein großes Problem.«

Sie warteten gespannt ab, bis sich Scotty zurückmeldete.

»*Enterprise* an Captain Kirk.«

»Haben Sie sie, Scotty?«

»Ja, Captain! Aber es scheint ihnen hier überhaupt nicht zu gefallen. Sie sind ziemlich erbost.«

»Wie geht es Spock?«

»Er trägt einen blutigen Kopfverband, Captain, aber ansonsten scheint er in Ordnung zu sein.«

»Gut, Scotty, halten Sie sich bereit, mich nach oben zu beamen«, sagte Kirk. »Ach ja, sobald ich an Bord bin, scheint es übrigens wieder Probleme mit dem Transporter zu geben.«

»Verstanden, Captain. Wir halten uns bereit.«

Kirk wandte sich an die anderen. »Ich möchte gerne

die Gelegenheit nutzen, mit den Rebellen zu sprechen«, sagte er. »Aber wenn Iano herausfindet, daß wir sie in Verwahrung genommen haben, wird er verlangen, daß sie an ihn ausgeliefert werden. Nach der Rechtslage müssen wir dieser Forderung nachkommen, und wir können nicht verhindern, daß er davon erfährt. Es wird nicht lange dauern, bis er sich meldet. Also müssen wir ihn hinhalten. Pille, du hast hier das Kommando, bis ich wieder zurück bin. Schnapp dir Iano und erzähle ihm von der Gefahr, in der er und die anderen Telepathen der Abteilung Gedankenverbrechen schweben. Die Patrianer müssen unbedingt davon erfahren. Setze zu diesem Zweck alle Mittel ein, die nötig sind. Die anderen bleiben hier, bis ich mich wieder melde.«

Alle bestätigten Kirks Anweisungen.

»Also gut«, sagte Kirk. »Viel Glück, Pille. Scotty ... Energie!«

10

Spock wartete im Transporterraum auf seine Ankunft. »Spock, wie geht es Ihnen? Ist alles in Ordnung?« fragte Kirk besorgt, als er von der Transporterplattform trat.

»Mir geht es gut, Captain«, antwortete Spock. »Die Kopfhaut ist aufgerissen, und der Schlag hat zu einer leichten Prellung geführt, mehr nicht. Schwester Chapel hat die Wunde versiegelt.«

»Wie haben die Rebellen Sie behandelt?«

»Gut, wenn man von den Schlägen absieht, durch die ich das Bewußtsein verlor. Danach waren die Rebellen sogar ausgesprochen um mein Wohlergehen besorgt. Natürlich wurde meine Bewegungsfreiheit eingeschränkt, aber darüber hinaus kann ich mich nicht beklagen.«

»Es freut mich, das zu hören«, sagte Kirk. Sie verließen den Transporterraum und betraten den Turbolift, um in den Arrestbereich zu gelangen. »Jetzt brenne ich darauf, ein paar Worte mit den Rebellen zu wechseln«, sagte er.

»Dieser Wunsch beruht auf Gegenseitigkeit«, erwiderte Spock. »Die Rebellen sind ebenfalls sehr begierig, sich mit Ihnen zu treffen.«

»Tatsächlich?«

»Ich denke, es wird äußerst aufschlußreich sein, was sie Ihnen zu erzählen haben, Captain.«

»Wie meinen Sie das?« fragte Kirk und sah Spock neugierig an.

»Ich glaube, es ist besser, wenn Sie es selbst von den

Leuten hören, Captain«, erwiderte Spock. »Es würde mich interessieren, wie Sie darauf reagieren.«

Sie traten aus dem Turbolift und gingen den Korridor entlang. Vor der Arrestzelle stand ein Trupp bewaffneter Sicherheitswächter. Drinnen wurden sechs Rebellen festgehalten, die mißgelaunt aufblickten, als Kirk und Spock hereinkamen.

»Ich bin Captain James T. Kirk, der Kommandant des Raumschiffs *Enterprise*«, stellte Kirk sich in einem Tonfall vor, der keinen Zweifel an seiner Autorität ließ. »Wer ist der Sprecher Ihrer Gruppe?«

»Sie können sich an mich wenden«, sagte eine vertraut klingende Stimme.

Es war der Rebell, dessen Stimme Kirk über den Kommunikator gehört hatte. Als er dem Mann ins Gesicht sah, wurde Kirk plötzlich klar, warum ihm diese Stimme so bekannt vorgekommen war.

»Mein Kompliment, Captain. Es war eine Meisterleistung, wie Sie uns überwältigt haben. Es scheint, daß wir Ihre technischen Möglichkeiten erheblich unterschätzt haben. Ich würde gerne wissen, wie Sie das geschafft haben.«

»Wir haben Ihren Standort anhand des Signals von Mr. Spocks Kommunikator angepeilt«, erklärte Kirk. »Wir sind uns schon einmal begegnet, wie ich feststelle.«

»Ja, im Arena Club, Captain Kirk.«

»Zor Kalo«, sagte Kirk.

Der Rebell verneigte leicht den Kopf. »Ich fühle mich geschmeichelt, daß Sie sich an mich erinnern, Captain. Ich bin einer der Anführer der Untergrundbewegung, und mit dem Geld, das ich in der Arena gewonnen habe, konnte ich unsere Organisation finanzieren. Natürlich ist meine Karriere als Kämpfer jetzt vorbei, nachdem meine Verbindung zum Untergrund aufgedeckt wurde.«

»Aber wie konnten Sie so lange im geheimen agieren?« fragte Kirk. »Sie standen während der Spiele ständig im Rampenlicht. Wie konnten Sie verhindern, daß die Abteilung Gedankenverbrechen feststellte, wer Sie sind?«

»Es ist schwierig für einen Telepathen, die Gedanken eines anderen Telepathen zu lesen«, antwortete Kalo. »Ich habe mich erfolgreich abgeschirmt.«

»Sie?« sagte Kirk verblüfft. »Aber das würde ja bedeuten ...«

»Daß ich früher einmal der Gedankenpolizei angehörte«, sagte Kalo. »Ihre Vermutung ist völlig korrekt, Captain. Ich hatte mich freiwillig für die Operation gemeldet, genauso wie mein Bruder einige Zeit zuvor. Und ich habe gesehen, wie er starb, genauso wie ich zweifellos eines Tages an den Folgen des Eingriffs sterben werde.«

»Dann ... wissen Sie Bescheid?« fragte Kirk.

Kalo nickte. »Daß die Operation tödliche Folgen hat? Ja, natürlich weiß ich es. Wir haben es von Anfang an gewußt.«

»Das verstehe ich nicht«, sagte Kirk mit gerunzelter Stirn. »Sie behaupten, Sie alle hätten vorher gewußt, daß die Konsequenzen tödlich sind? Von Anfang an? Und Sie haben sich trotzdem freiwillig gemeldet?«

»Ja«, sagte Kalo unumwunden. »Wir waren Patrioten, Captain, und wir waren bereit, unser Leben für die Republik zu opfern. Jeder einzelne von uns wurde sorgfältig aus den Reihen der patrianischen Polizei ausgewählt. Jeder von uns kannte die Gewalt, die unsere Gesellschaft zerstörte, aus unmittelbarer Erfahrung, und jeder von uns hat dadurch enge Freunde und Verwandte verloren. Mein Bruder und ich haben unsere Eltern verloren.«

»Ich habe den Eindruck, Captain«, sagte Spock, »daß gezielt die Polizisten ausgesucht wurden, die schwere Traumata durch Erfahrungen mit Gewalt und Verluste von Familienmitgliedern erlitten haben.«

»Man hat Männer ausgesucht, deren Lebenswille bereits gebrochen war«, sagte Kirk verbittert. »Mit diesem Todeswunsch konnte man sie konditionieren und besser trainieren.«

»Ein Todeswunsch«, wiederholte Kalo. »Ja, ich denke, so könnte man es ausdrücken. Wir wußten nicht genau, wann wir sterben würden, aber uns wurde gesagt, was mit uns geschehen würde. Wir wußten, daß wir zehn, vielleicht zwölf Jahre hatten, aber in dieser Zeit konnten wir wirklich etwas Sinnvolles tun, so daß unser wertlos gewordenes Leben plötzlich wieder zu etwas nütze war. Und bis es soweit war, hatten wir als Entschädigung alles, was wir uns wünschen konnten. Macht, Reichtum, Ansehen ... Man wußte, daß es sinnlos gewesen wäre, es vor uns geheimzuhalten. Wir hätten es unmittelbar nach der Operation ohnehin erfahren. Wie wollen Sie etwas vor einem Telepathen geheimhalten?«

»Dann weiß der Rat bereits alles über die Folgen der Behandlung?« sagte Kirk erstaunt.

»In gewisser Weise wollen die Ratsmitglieder es gar nicht wissen«, erwiderte Kalo. »Sie möchten sich nicht damit auseinandersetzen. Die Bevölkerung hat natürlich niemals etwas erfahren. Die Gedankenpolizei ist ohnehin schon umstritten genug. Wenn der Öffentlichkeit bekannt gewesen wäre, daß wir alle nach einiger Zeit sterben würden, daß wir es wußten und nichts mehr zu verlieren hatten, wäre es zu einem Aufschrei gekommen, wie ihn die Regierung nie zuvor erlebt hat. Vor allem, wenn bekannt geworden wäre, daß wir kurz vor dem Ende allmählich verrückt werden. Das war das einzige, das man uns nicht gesagt hatte, Captain, denn sie wußten selbst nichts davon. Inzwischen weiß man es natürlich, und die Ärzte, die die Behandlung durchführen, vermeiden anschließend sorgsam jeden Kontakt mit den neuen Telepathen, damit die Wahrheit nicht bekannt wird. Wir von der Untergrundbewegung haben versucht, der Bevölkerung die Augen zu öffnen, aber die Regierung diffamiert unsere Informationen als Lüge und Hetzpropaganda, mit der wir angeblich den Leuten angst machen wollen.« Kalo schüttelte traurig den Kopf. »Niemand glaubt uns, Captain. Wir versuchen alles, um die Wahrheit ans Licht zu bringen, aber die Bevölkerung will nichts davon hören.«

»Warum sollte sie an Informationen glauben, die von Terroristen verbreitet werden, die unschuldige Zivilisten töten?« sagte Kirk.

»Wir haben niemals Zivilisten getötet, Captain«, widersprach Kalo. »Wir haben Polizisten getötet. Und Mitglieder der Abteilung Gedankenverbrechen. Das gestehe ich jederzeit ein. Wir kämpfen in einem Krieg, als Soldaten der Opposition, und sie sind die Unterdrücker. Und sie waren es, die mit dem Töten begannen, nicht wir. Aber wir sind niemals gegen die Zivilbevölkerung vorgegangen. Wir haben große Anstrengungen unternommen, um das zu vermeiden, oftmals auf Kosten unseres eigenen Lebens.«

»Sie vergessen, daß wir dabei waren, als Ihre Leute Geiseln nahmen«, sagte Kirk. »Es waren Zivilpersonen, und Sie haben ihr Leben mit klingonischen Disruptoren bedroht.«

»Nein, Captain«, sagte Kalo kopfschüttelnd. »Das waren keine Leute von uns. Ich weiß nicht, wie ich Sie davon überzeugen kann, aber wir führen keinen Krieg gegen patrianische Zivilisten. Wir kämpfen darum, ihre Herzen und ihre Unterstützung zu gewinnen. Wir wollen ihnen keinen Schaden zufügen. Außerdem besitzen wir keine dieser Disruptoren, von denen Sie sprechen. Fragen Sie Ihre eigenen Leute. Fragen Sie, ob man bei uns solche Waffen gefunden hat, als wir an Bord Ihres Schiffes geholt wurden.«

Kirk warf dem anwesenden Sicherheitsoffizier einen Blick zu. »Lieutenant?« sagte er.

»Er hat recht, Captain«, sagte der Mann. »Sie trugen solche Waffen.« Er zeigte ihm eine kleine Handwaffe, die ähnlich wie Ianos Dienstpistole aussah. »Es sind einfache, primitive Projektilwaffen. Energiewaffen wie Phaser oder Disruptoren wurden bei ihnen nicht gefunden.«

»Dann gibt es nicht nur eine Rebellenorganisation«, sagte Kirk seufzend. Er hatte bereits gehofft, daß ihnen jetzt der Durchbruch gelungen war.

»Nein, Captain, Sie irren sich«, sagte Kalo. »Es gibt nur unsere Untergrundbewegung ... und es gibt die Gedankenpolizei.«

Kirk starrte ihn an. »Wollen Sie damit andeuten, daß die Abteilung Gedankenverbrechen diese Zwischenfälle inszeniert? Daß die Telepathen als Rebellen mit Disruptoren auftreten?«

»Ich will es nicht andeuten, Captain, es ist eine Tatsache.«

»Und welchen Beweis haben Sie für diese Behauptung?« fragte Kirk verblüfft.

»Ich fürchte, daß Sie keinen meiner Beweise akzeptieren würden«, erwiderte Kalo. »Ich trat der Abteilung Gedankenverbrechen kurz nach meinem Bruder bei, zu einer Zeit, als die Rebellen bereits einige Jahre lang aktiv gewesen waren. Zu Anfang hegte ich keinerlei Sympathie für die Terroristen. Ich betrachtete sie als Kriminelle. Sie wissen ja bereits, aus welchen Gründen ich mich der Operation unterzog und der Gedankenpolizei beitrat. Im Gegensatz zu meinem Bruder wurde ich jedoch von einer geheimen Sondereinheit innerhalb der Abteilung Gedankenverbrechen rekrutiert. Ursprünglich bestand das erklärte Ziel dieser Geheimtruppe, die nur einer Handvoll führender Offiziere bekannt war, darin, die Untergrundbewegung zu infiltrieren und sie von innen zu zerstören.«

»Und auf diese Weise sind Sie erstmals in Kontakt mit den Rebellen gekommen?« fragte Kirk.

»Ja«, sagte Kalo. »Aber zunächst kam ich als Polizeispitzel zu ihnen, und mit der Zeit gewann ich ihr Vertrauen. Dazu war es nötig, daß ich gegen mehrere Gesetze verstieß – gegen mehr Gesetze, als ich aufzählen könnte. Doch meine Vorgesetzten hatten damit überhaupt keine Schwierigkeiten. Sie waren der Ansicht, daß der Zweck die Mittel heiligt. Doch je intensiver meine Kontakte zum Untergrund wurden, desto besser konnte ich diese Leute und ihre Vorwürfe gegen die Regierung verstehen. Und je länger ich für die geheime Sondereinheit arbeitete, desto besser verstand ich, warum sie diese Vorwürfe erhoben.«

»Und dann sind Sie zu den Rebellen übergelaufen«, sagte Kirk.

»Nein, an diesem Punkt noch nicht«, erwiderte Kalo. »Allerdings hatte ich begonnen, schwere Zweifel an der Rechtmäßigkeit meines Tuns zu hegen. Ich war zur Gedankenpolizei gegangen, um gegen Kriminelle vorzugehen, und jetzt war ich selbst einer geworden. Gleichzeitig verstand ich diese angeblichen Kriminellen immer besser. Ich lebte mit ihnen zusammen, kämpfte an ihrer Seite und wurde von ihnen akzeptiert. Sie waren wie eine Familie für mich geworden, und sie schienen mir mehr Aufmerksamkeit zu schenken als meine Vorgesetzten.«

»Was hat sie schließlich dazu veranlaßt, die Seite zu wechseln?« fragte Kirk.

»Meine Augen wurden geöffnet, als ich sah, was mit meinem Bruder geschah«, sagte Kalo. »Ich erkannte, daß wir alle nur benutzt wurden. Ich war mit ihm in Kontakt geblieben, obwohl das gegen die Vorschriften verstieß. Jeder der Infiltranten sollte ganz allein auf sich gestellt sein und nur seinen Vorgesetzten Bericht erstatten. Es gab niemals direkte Kontakte. Auf diese Weise wurde die Gefahr einer Enttarnung effektiv eingedämmt. Wir wußten nicht, wer die anderen Spitzel waren, und die Organisationsstruktur der Rebellen machte es fast unmöglich, daß wir jemals mit den Spitzeln in anderen Zellen in Kontakt kamen. Und die Agenten der Gedankenpolizei, die nicht in der Geheimgruppe mitarbeiteten, wußten nicht einmal, daß es uns gab.«

»Dann dürfte also auch Lieutenant Iano nichts von dieser Einheit wissen?« fragte Kirk.

»Nur wenn er selbst dazugehören würde«, sagte Kalo. »Aber in diesem Fall dürfte er niemals offen als Gedankenpolizist auftreten. Wir haben die ganze Zeit allein gearbeitet und versucht, niemals unsere Abschirmung zu vernachlässigen. Das kann sehr anstrengend werden, Captain. Einige von uns haben gelegentlich die Kontrolle verloren. Ich habe ein einziges Mal für kurze Zeit in Ianos Gegenwart meine Abschirmung vernachlässigt.«

»Lieutenant Iano erwähnte, daß er bei seinem ersten Besuch im Arena Club eine flüchtige telepathische Impression aufgefangen hatte, Captain«, sagte Spock. »Dadurch wurde er auf den Rebellen namens Rak Jolo aufmerksam.« Er deutete mit einem Kopfnicken auf einen der Patrianer in der Zelle.

Kalo nickte. »Ja, das war knapp«, sagte er zu Kirk. »Und als ich später während des Kampfes Kontakt mit Ihnen aufnahm, wußte ich, daß wir uns damit verraten konnten, weil Sie ihre Gedanken nicht vor Iano abschirmen können. Doch ich war der Ansicht, daß es das Risiko wert war. Unsere einzige Chance bestand darin, daß die Föderation die Wahrheit erfährt. Aus diesem Grund haben wir Mr. Spock entführt. Damit wollten wir an Sie herankommen, Captain Kirk. Wir mußten nicht nur dafür sorgen, daß Sie die Wahrheit erfahren, sondern wir wollten Sie außerdem vor der Gefahr warnen, der Sie sich aussetzen.«

»Was für eine Gefahr?« fragte Kirk.

»Iano«, sagte Kalo. »Er hatte sich der Operation zur selben Zeit wie mein Bruder unterzogen, und jetzt wird es allmählich kritisch für ihn. Das bedeutet, daß er gefährlich und unberechenbar wird. Mit ihm geschieht ohne Zweifel das gleiche wie mit meinem Bruder. Es wird jeden Augenblick schlimmer. Kurz vorher beklagte sich mein Bruder über zunehmende Kopfschmerzen, die sich immer negativer auf seine telepathischen Fähigkeiten auswirkten.«

»In welcher Weise?« fragte Kirk.

»Sie wurden sprunghaft und unvorhersehbar«, sagte Kalo. »Zu manchen Zeiten konnte er überhaupt nichts mehr wahrnehmen, und diese ›tauben Phasen‹, wie er sie nannte, traten immer häufiger auf. Er verweigerte jede medizinische Behandlung, weil er befürchtete, man könnte ihn vom Dienst suspendieren. Für ihn war es viel mehr als nur irgendein Job, genauso wie für uns alle. Es war eine Lebensaufgabe. Für Gedankenpolizisten ist es nicht leicht, Beziehungen einzugehen, wie Sie sich vielleicht vorstellen können. Ihre kurzlebige Karriere ist alles, was sie noch haben. Trotzdem überzeugte ich ihn, einen Arzt der Abteilung aufzusuchen, und genau damit habe ich ihn getötet.«

Kalo hielt inne, um sich zu sammeln. Für ihn war es offensichtlich immer noch eine sehr schmerzhafte Erinnerung.

»Wieso?« drängte Kirk behutsam. »Warum sollen Sie dafür verantwortlich sein?«

»Weil in dem Augenblick, als sein Zustand bekannt wurde, praktisch sein Todesurteil in Kraft trat«, sagte Kalo mühsam. »Wir hatten eine Methode gefunden, um Nachrichten miteinander auszutauschen, und in seiner letzten Nachricht klang er voller Hoffnung und Begeisterung. Man hatte ihm gesagt, daß sein Zustand nur vorübergehend wäre, eine Streßfolge, die bald wieder vorbei wäre. Er hatte keinen Kontakt zu den Leuten, die die Wahrheit kannten, so daß er nie erfuhr, was wirklich mit ihm geschah. Und da seine telepathischen Fähigkeiten unzuverlässig geworden waren, hätten sie ihm selbst dann vermutlich nichts genützt. Er trat wieder seinen Dienst an und erhielt eine Sonderaufgabe. Man hatte angeblich erfahren, daß sich das Hauptquartier einer wichtigen Zelle in einem bestimmten Gebäude befand, und ihn einer Einheit zugeteilt, die den Rebellenstützpunkt stürmen sollte. In seiner Aufregung hatte er mir sogar verraten, wo sich das Gebäude befand und wann die Razzia stattfinden sollte. Zufällig lag der Ort in unserem Operationsgebiet. Ich wußte, daß es keine Rebellen in diesem Gebäude gab, und machte mir Sorgen, daß Unschuldige zu Schaden kommen könnten. Doch mir blieb keine Zeit, meinem Bruder eine Nachricht zukommen zu lassen, so daß ich das Risiko einging, enttarnt zu werden, als ich versuchte, rechtzeitig an den Einsatzort zu gelangen.«

Kalo machte wieder eine Pause und atmete tief durch, um sich zu beruhigen. »Ich kam zu spät«, sagte er schließlich. »Die Einheit meines Bruder sollte sich, als Gruppe von Arbeitern getarnt, Zugang zum Gebäude verschaffen. Sie waren also nicht in Uniform. Das ganze war ein Hinterhalt. Alle wurden getötet. Ich konnte nichts tun, um es zu verhindern. Und am nächsten Tag wurde gemeldet, daß die angebliche Razzia, an der mein Bruder teilgenommen hatte, ein terroristischer Anschlag gewesen war, der von der Polizei vereitelt werden konnte.«

»Sie wollen also sagen, daß das Ganze ein abgekartetes Spiel war«, sagte Kirk.

»Ja«, antwortete Kalo. »Diejenigen, die den Befehl zur Aufstellung der Abteilung Gedankenverbrechen gegeben haben, töten ihre eigenen Leute, wenn sie unzuverlässig werden, nur um sich selbst zu schützen. Gleichzeitig geben sie den Rebellen die Schuld an den Todesfällen. Es hat schon viele solcher Zwischenfälle gegeben, Captain, vor allem seit dem Auftauchen der Disruptoren. Immer mehr Agenten der Abteilung Gedankenverbrechen treten in das Endstadium ein. Damit werden sie zu einem Sicherheitsrisiko.«

»So wie man einen Kampfhund erschießt, den man nicht mehr unter Kontrolle hat«, sagte Kirk nickend.

»Auch wenn man Ihnen etwas anderes gesagt hat, Captain, wir sind keineswegs gegen die Föderation«, sagte Kalo. »Wir würden die Mitgliedschaft in der Föderation sogar begrüßen, damit Sie in unserem Konflikt mit der repressiven, autokratischen Regierung vermitteln können. Die Leute, die hoffen, die Verhandlungen zu stören, sind dieselben, die am meisten zu verlieren hätten, wenn unsere Regierung demokratisch würde. Es sind die Mitglieder des Rats von Patria, die die Abteilung Gedankenverbrechen kontrollieren, die sich mit Sekretären und Assistenten und Leibwächtern umgeben, damit niemals ein Telepath in ihre Nähe gelangt, weil dann die Wahrheit bekannt würde. Wenn Sie wissen wollen, wer Disruptoren nach Patria schmuggelt, Captain, sollten Sie dort suchen, nicht bei uns.«

»Ihre Argumente klingen sehr plausibel«, sagte Kirk. »Doch bedauerlicherweise gibt es keine Beweise. Wir haben nur Ihr Wort.«

»Nicht unbedingt, Captain«, sagte Spock. Dann berichtete er ihm von seinem Verdacht, der ihm schon zu einem früheren Zeitpunkt gekommen war und der jetzt zumindest Teile von Kalos Aussagen bestätigte. »Davon abgesehen«, schloß er, »werden Erkenntnisse, die durch eine vulkanische Bewußtseinsverschmelzung erzielt wurden, von Gerichten der Föderation durchaus als Beweis akzeptiert. Ich könnte jederzeit die Wahrheit von Kalos Aussagen überprüfen.«

»Damit könnten wir sicherlich unsere Zweifel ausräumen, Mr. Spock«, sagte Kirk. »Aber ich fürchte, hier geht es gar nicht darum, ein Gericht der Föderation zu überzeugen.«

»In diesem Fall«, sagte Spock, »könnten wir Lieutenant Iano an Bord bringen, damit er persönlich die Wahrheit bestätigen kann.«

»Natürlich«, sagte Kirk. »Das wäre die Lösung.«

»Ich soll einem Agenten der Gedankenpolizei erlauben, meine Gedanken auszuspionieren, damit er alles über die Rebellenbewegung erfährt?« erwiderte Kalo verächtlich. »Das würde ich niemals zulassen. Eher würde ich sterben!«

»Irgendwer muß irgendwann einmal anfangen, der anderen Seite Vertrauen entgegenzubringen«, sagte Kirk verzweifelt. »Wie sonst wollen Sie jemals irgend jemanden von der Wahrheit überzeugen?«

»Niemand ist an der Wahrheit interessiert«, sagte Kalo. »Lieutenant Iano wird sich nur davon überzeugen, daß ich *glaube,* die Wahrheit zu wissen, weil ich von meinen Genossen einer Gehirnwäsche unterzogen wurde. In seinen Augen bin ich nicht mehr als ein Verräter, der auf die Propaganda der Rebellen hereingefallen ist. Ich weiß, wie diese Leute denken, Captain. Sie wurden sorgfältig konditioniert. Vergessen Sie nicht, daß ich selbst einmal zu ihnen gehört habe.«

»Aber Sie haben es geschafft, die Konditionierung zu durchbrechen und die Wahrheit zu erkennen«, sagte Kirk. »Verdammt noch mal, Kalo, wir werden gar nichts erreichen, solange Sie nicht wenigstens bereit sind, es zu versuchen! Wir besitzen medizinische Aufzeichnungen, die beweisen, daß die Operation tödliche Folgen hat und daß die Telepathen geistig beeinträchtigt werden, wenn die Krankheit fortschreitet. Wir sind bereit, alle uns zur Verfügung stehenden Mittel einzusetzen, um die Wahrheit ans Tageslicht zu bringen, aber Sie müssen uns wenigstens ein kleines Stück entgegenkommen!«

»Nur unter einer Bedingung«, sagte Kalo, nachdem er eine Weile über Kirks Worte nachgedacht hatte. »Sie müssen uns versprechen, daß wir in Ihrem Gewahrsam bleiben und daß Sie uns nicht an die patrianischen Behörden ausliefern werden.«

»Ich fürchte, ich bin nicht befugt, Ihnen eine solche Garantie zu geben«, erwiderte Kirk. »Ich kann versuchen, die Prozedur so lange wie möglich hinauszuzögern, aber nach der Rechtslage muß ich Ihre Gruppe ohnehin früher oder später ausliefern.«

»Nicht unbedingt, Captain«, sagte Spock. »Zugegebenermaßen müßte man die Wahrheit ein wenig strapazieren, da Mr. Kalo und seine Leute nicht freiwillig an Bord der *Enterprise* gekommen sind, aber falls sie politisches Asyl beantragen sollten, hätten Sie das Recht, es ihnen zu gewähren. Der Status der Asylsuchenden müßte allerdings noch von einem Gericht der Föderation bestätigt werden.«

»Ja ...«, sagte Kirk, während er über den Vorschlag nachdachte. »Ja, das könnte funktionieren, Spock.«

»Captain, hiermit stelle ich offiziell den Antrag auf politisches Asyl für mich und meine Kameraden«, sagte Kalo sofort.

Kirk nickte. »Antrag gewährt, Mr. Kalo. Sofern Sie Ihr Einverständnis zur Zusammenarbeit geben.«

»Einverstanden«, sagte Kalo. »Unser Schicksal liegt jetzt allein in Ihren Händen, Captain. Schließlich muß jemand damit anfangen, der anderen Seite Vertrauen entgegenzubringen.«

»Was soll das heißen, die Transporter sind außer Betrieb?« fragte Jordan wütend. »Sie haben noch vor wenigen Augenblicken bestens funktioniert!«

»Schauen Sie mich nicht so an, Botschafter«, sagte McCoy. »Ich bin Arzt und kein Ingenieur. Ich kann nur weitergeben, was man mir gesagt hat.«

»Wo ist Captain Kirk? Ich will ihn sofort sprechen!«

»Der Captain ist auf die *Enterprise* zurückgekehrt«, antwortete McCoy.

»Aha, jetzt verstehe ich! Bei ihm hat der Transporter noch funktioniert, und jetzt ist er plötzlich kaputt, wie?« schnaufte Jordan. »Halten Sie mich für einen kompletten Idioten, McCoy.«

»Natürlich nicht«, erwiderte McCoy sarkastisch. »Höchstens für einen ganz kleinen ...«

»Ich werde dafür sorgen, daß man Sie unehrenhaft aus dem Starfleet-Dienst entläßt, McCoy!« tobte Jordan.

»Wenn ich mit Ihnen fertig bin, sind Sie ein ganz kleiner Unteroffizier, der seinen Tag damit verbringt, Bettpfannen zu putzen!«

»Nicht, wenn ich unehrenhaft entlassen werde«, sagte McCoy. »Sie müssen sich schon für eine von beiden Möglichkeiten entscheiden, Botschafter.«

»Wollen Sie diesem Skandal tatenlos zusehen?« sagte Jordan, als er sich verzweifelt zu seiner Assistentin umdrehte.

»Wenn Sie sich wieder beruhigt haben, Botschafter, werde ich mein Bestes tun, um das Problem zu klären«, sagte Wing. »Gestatten Sie mir, für einen Moment unter vier Augen mit Dr. McCoy zu sprechen.«

»Wie Sie meinen«, sagte Jordan steif und verließ den Raum.

»Hätten Sie ebenfalls die Güte, uns kurz allein zu lassen?« sagte sie zu Chekov, Muir und Jacob. Als McCoy nickte, gingen auch sie.

Sie schürzte nachdenklich die Lippen und musterte McCoy eine Weile, bis sie sich wieder gegen den Tisch lehnte und die Arme vor der Brust verschränkte. »Okay, Leonard, was wird hier gespielt?«

»Es ist so, wie ich es dir gesagt habe, Kim«, antwortete er. »Jim ist auf die *Enterprise* zurückgekehrt, kurz nachdem Spock gerettet wurde, um sich ein Bild von der Situation zu machen und die Rebellen zu befragen. Dann scheint es zu irgendeiner Störung des Transporters gekommen zu sein, und …«

»Erwartest du etwa, daß ich dir das glaube?« fragte sie.

»Es ist das, was man mir gesagt hat«, antwortete McCoy ausweichend.

»Meinst du damit vielleicht, man hat dir *gesagt*, daß du uns diese Geschichte auftischen sollst?« konterte sie. »Bevor du mir darauf antwortest, möchte ich dir raten, sehr genau nachzudenken, Leonard, denn ich möchte nicht miterleben, daß man dir weh tut.«

»Wer sollte mir weh tun, Kim? Du?« fragte McCoy.

»Nur wenn mir keine andere Wahl bleibt«, sagte sie ernst. »Du bedeutest mir sehr viel, Leonard. Und ich weiß, daß auch du mich magst. Wir sollten nicht zulassen, daß dadurch alles zwischen uns zerstört wird.«

»Ich kann nicht glauben, daß du mir so etwas ins Gesicht sagst«, entgegnete McCoy. »Was zwischen uns ist, hat nichts mit dieser Sache zu tun, Kim.«

»Wirklich nicht? Ich habe eine Aufgabe zu erfüllen, genauso wie Jordan. Du weißt, wie wichtig diese Mission für uns ist. Es geht um viel mehr als nur unsere Karrieren. Ganz gleich, was du von Jordan halten magst, er versucht nur, seine Pflicht zu tun. Es scheint, daß du und Kirk nicht viel davon halten, wie er es tut, aber das ist gar nicht der Punkt. Ich habe noch nie von dieser Allgemeinen Order 29 gehört. Zugegebenermaßen bin ich in bezug auf die Starfleet-Vorschriften nicht ganz auf dem laufenden, aber es ist einfach ein zu seltsamer Zufall, daß die Transporter ausgerechnet in dem Moment versagten, als wir aufs Schiff zurückkehren wollten, um uns am Computer über die Rechtslage zu informieren.«

»Wenn du es auf diese Weise interpretieren willst …«, begann McCoy, doch er wurde von ihr unterbrochen.

»Um Himmels willen, Leonard! Hör auf damit!« sagte sie wütend. »Wenn dir nichts an mir oder der Mission liegt, dann denk zumindest an dich selbst! Falls Kirk wirklich getan hat, was ich vermute, dann hat er soeben seine Karriere in den Abfallrecycler geworfen! Willst du ihm hinterherspringen? Ist er für dich so wichtig?«

»Jim Kirk ist nicht nur mein Captain, er ist mein Freund«, sagte McCoy.

»Und was bin ich? Nur eine vorübergehende Affäre?«

»Du weißt, daß das nicht wahr ist, Kim«, sagte McCoy leise. »Du bist etwas ganz Besonderes für mich. Aber zwing mich nicht dazu, zwischen dir und meiner

Verpflichtung gegenüber meinem Captain und Freund zu entscheiden.«

Sie starrte ihn mit ausdrucksloser Miene an. »Ich werde dir noch ein letztes Mal diese Frage stellen, Leonard«, sagte sie. »Würdest du bitte die *Enterprise* anrufen und darum bitten, daß man uns an Bord beamt?«

»Es tut mir leid«, sagte McCoy sachlich, »aber ich fürchte, es gibt ein Problem mit dem Transporter.«

»Und ich fürchte, daß Sie lügen, Dr. McCoy«, sagte Lieutenant Iano, der im Türrahmen stand.

McCoys Kopf ruckte herum. »Wie lange sind Sie schon hier?« fragte er.

»Lange genug«, sagte Iano.

»Es ist schon schlimm genug, daß Sie in den Gedanken anderer Leute herumstöbern«, sagte McCoy. »Müssen Sie jetzt auch noch lauschen?«

»Ihre privaten Beziehungen gehen mich nichts an, Dr. McCoy. Ich habe mit Zufriedenheit zur Kenntnis genommen, daß Mr. Spock befreit werden konnte. Aber Sie halten Rebellen an Bord Ihres Schiffes gefangen, und ich will sie haben.«

»Mit dieser Bitte müßten Sie sich an den Captain wenden«, sagte McCoy.

»Der bedauerlicherweise abwesend ist«, sagte Iano. »Vielleicht wären Sie so freundlich, Ihren Kommunikator zu benutzen, um ihn anzurufen.«

»Das werde ich gerne für Sie tun«, sagte McCoy. »Aber zunächst werden Sie sich anhören, was ich Ihnen zu sagen habe. Sie brauchen dringend medizinische Hilfe, Iano. Ansonsten werden Sie in Kürze sterben. Die Operation, die Sie in einen Telepathen verwandelt hat, bringt sie allmählich um.«

»Bitte, Doktor, verschonen Sie mich mit dieser Melodramatik«, sagte Iano. »Sie haben mir nichts gesagt, was ich nicht bereits wüßte. Wir alle wußten es, als wir uns freiwillig gemeldet haben. Wir alle kannten die Risiken. Und ich kann Ihnen versichern, daß wir ausreichend dafür entschädigt wurden. Wir wußten, daß wir nur noch zehn oder zwölf Jahre hatten, aber wir wußten auch, daß wir in dieser Zeit dabei helfen konnten, etwas gegen die Gewalt und Unruhe in unserer Gesellschaft zu unternehmen. Ein kurzes Leben, Doktor, aber ein ruhmreiches und sinnvolles Leben, und dann ein schneller Tod durch Gehirnblutung. Es ist ein kleiner Preis, vor allem für jemanden, der kaum noch einen Grund zum Weiterleben hat.«

»Ganz so einfach ist es nicht«, sagte McCoy, der plötzlich erkannte, daß Iano nicht über alle Konsequenzen informiert war. »Es gibt keine Garantie, daß der Tod schnell kommt. Es ist durchaus möglich, wenn die Krankheit rapide voranschreitet, aber die Wahrscheinlichkeit eines langsamen und qualvollen Todes ist viel höher. Es ist ein allmählicher, schmerzhafter Verfall, begleitet von Anfällen mit unberechenbarem Verhalten, gefolgt von Wahnsinn. Davon hat man Ihnen offenbar nichts gesagt.«

Iano legte die Hände an die Schläfen und massierte seinen Schädel. »Ich habe im Augenblick keine Zeit dafür, McCoy. Rufen Sie Ihren Captain. Ich möchte ihn sofort sprechen.«

McCoy starrte den Patrianer an, bis er plötzlich erkannte, was los war. »Wenn Sie mir nicht glauben, warum lesen Sie dann nicht meine Gedanken, Iano? Weil Sie es nicht können!«

»Reden Sie keinen Unsinn!« sagte Iano. »Wie sonst hätte ich wissen können, daß Sie gelogen haben, als Sie von den Problemen mit Ihrem Transporter sprachen?«

»Sie haben Kopfschmerzen, nicht wahr?« sagte McCoy. »Sie haben eben gerade eingesetzt, ganz plötzlich. Bohrende Kopfschmerzen. Und immer wenn sie kommen, können Sie keinen einzigen Gedanken mehr wahrnehmen! Irgendwann geht es vorbei, aber es kommt immer häufiger wieder. Seit wann haben Sie diese Probleme?«

»Wenn Sie denken, Sie könnten mich mit diesem armseligen Trick erschrecken ...«

»*Wenn* ich denke? Warum sagen Sie mir nicht einfach, was ich denke, Iano! Sie sind hier der Telepath! Sie sind doch so unfehlbar! Verdammt noch mal, sehen Sie es denn nicht? Die Wahrheit starrt Ihnen doch genau ins Gesicht!«

Ohne Vorwarnung zog Iano seine Waffe und zielte damit auf McCoy. »Genug!« schrie er. »Ich will die Rebellen haben! Ich will Sie sofort! Haben Sie mich verstanden?«

»Was wollen Sie jetzt tun, Iano?« fragte McCoy. »Mich erschießen? Mich umbringen? Erkennen Sie nicht, daß Sie die Kontrolle über sich verlieren? Um Himmels willen, erlauben Sie, daß ich Ihnen helfe!«

»Ich warne Sie, McCoy! Rufen Sie Kirk! *Sofort!*«

»Das wird nicht nötig sein, Lieutenant«, sagte Kirk.

Iano wirbelte herum, als er die Stimme hinter seinem Rücken hörte, doch Spock hatte bereits den vulkanischen Nervengriff angesetzt, worauf Iano bewußtlos zusammenbrach.

»Wir müssen ihn sofort aufs Schiff bringen«, sagte McCoy, der seinen Medoscanner zückte und sich über den Patrianer beugte.

Kirk öffnete seinen Kommunikator. »Kirk an *Enterprise*.«

»Scott hier, Captain.«

»Machen Sie alles bereit, um uns an Bord zu beamen, Mr. Scott.«

»Alle, Captain?«

»Richtig, Mr. Scott. Einschließlich Lieutenant Iano. Erfassen Sie unsere Koordinaten, und machen Sie sich bereit, den Transporter auf mein Zeichen zu aktivieren.«

»Verstanden, Captain.«

»Offenbar funktioniert der Transporter jetzt wieder«, sagte Wing mit bissiger Ironie.

»Ich kann Ihnen die Mühe ersparen, in den Starfleet-

Vorschriften nachzuschlagen«, sagte Kirk. »Es gibt keine Allgemeine Order 29 B.«

»Das hatte ich mir bereits gedacht«, erwiderte sie. »Sie wissen, was das bedeutet!«

»Sie und der Botschafter können mich später gerne vor Gericht zerren«, sagte Kirk. »Aber im Augenblick muß ich mich um wichtigere Dinge kümmern. Scotty, sind Sie bereit zum Transport?«

»Ja, Captain. Ich warte nur auf Ihren Befehl.«

»Energie!« sagte Kirk.

11

Als Iano zu Bewußtsein kam, lag er auf einem Behandlungstisch in der Krankenstation der *Enterprise*. Schwester Chapel beugte sich über ihn. Er stieß sie sofort zurück, setzte sich auf, sprang vom Tisch und schnappte sich ein Instrument aus einem Regal. Bevor die verblüffte Krankenschwester einen Schrei ausstoßen konnte, hatte er sie bereits von hinten gepackt und drückte ihr das Instrument an die Kehle.

»Und was haben Sie jetzt mit Schwester Chapel vor?« fragte McCoy.

»Kommen Sie keinen Schritt näher!« drohte Iano.

»Was würden Sie dann tun? Ihr Dermaplast auf die Haut drücken?« fragte McCoy kopfschüttelnd. »Mit diesem Instrument können Sie niemandem drohen, Lieutenant.«

Iano glitt nervös mit der Zunge über die Lippen, bis er das Instrument wegwarf. »Ich werde ihr das Genick brechen!« sagte er und setzte hastig einen neuen Griff an Schwester Chapels Kopf an.

»Ja, ich bezweifle nicht, daß Sie das tun könnten«, sagte McCoy, »aber ich möchte Sie gerne darauf hinweisen, daß Sie ein hochrangiger Offizier der Polizei sind, Iano. Auf Ihrer Welt haben Sie vielleicht das Recht, Kriminelle auf der Stelle zu exekutieren, aber Schwester Chapel hat meines Wissens kein Verbrechen begangen. Ich denke, daß sogar Sie vernünftig genug sind, um keinen kaltblütigen Mord zu begehen.«

Iano atmete tief durch und ließ die Frau dann los. »Sie haben recht«, sagte er. Er legte die Hände an den Kopf und preßte sie stöhnend gegen seine Schläfen. »Entschuldigen Sie, bitte«, sagte er zu ihr. »Der Schmerz macht mich wahnsinnig. Ich weiß nicht, was mit mir los ist. Ich ... ich kann einfach nicht mehr ... geradeaus denken, wie es scheint.«

McCoy bückte sich und hob das Instrument auf, das Iano weggeworfen hatte. »Es ist gut, daß Sie keine Gedanken lesen können, während Sie Kopfschmerzen haben«, sagte er. »Andernfalls hätte ich Ihnen kaum verheimlichen können, daß dies hier ein Laserskalpell ist. Alles in Ordnung, Christine?«

»Ja, Doktor ... es geht schon wieder«, sagte sie, während sie Iano mißtrauisch im Auge behielt.

Iano grunzte. »Ich hätte daran denken müssen, daß Sie schon einmal gelogen haben«, sagte er.

»Niemand ist vollkommen«, sagte McCoy und schloß das Instrument in einen Schrank ein. »Wie fühlen Sie sich?«

»Der Schmerz scheint allmählich nachzulassen«, sagte Iano. Dann starrte er McCoy eine Weile an. »Sie haben die Wahrheit gesagt«, stellte er fest. »Jetzt kann ich es erkennen.«

»Sie könnten uns allen eine Menge Ärger ersparen, wenn Sie nicht so ein verdammter Dickkopf wären«, sagte McCoy.

Die Tür zur Krankenstation öffnete sich, und Kirk kam mit Spock herein. »Wie geht es ihm, Pille?«

»Als Patient ist er fast genauso schwierig wie du«, brummte McCoy.

»So schlimm?« sagte Kirk und zog die Augenbrauen hoch. Dann wandte er sich an Iano. »Wie fühlen Sie sich, Lieutenant?«

»Im Augenblick geht es einigermaßen«, sagte Iano.

»Aber nicht mehr lange, wenn Sie sich nicht sofort wieder auf den Behandlungstisch legen«, sagte McCoy.

»Es tut mir leid, Doktor, aber ich fürchte, daß ich ablehnen muß«, erwiderte Iano.

»Was soll das heißen, Sie lehnen ab?« sagte McCoy wütend. »Seien Sie kein Dummkopf! Verstehen Sie denn nicht, was mit Ihnen geschieht?«

»Ich denke schon«, sagte Iano, »aber ich kann es mir nicht leisten, zu einem ›Versuchskaninchen‹ zu werden, wie man bei Ihnen sagt, damit Sie an mir eine neue Therapie ausprobieren können. Sie sind nicht genügend mit der patrianischen Biologie vertraut, und ich kann meine Zeit im Moment nicht mit Experimenten verschwenden.«

»Ich gebe zu, daß diese Therapie nie zuvor ausprobiert wurde«, sagte McCoy, »aber Sie haben keine Wahl, verdammt! Und ich bin keineswegs völlig unqualifiziert. Ich habe schon einmal Patrianer behandelt, nach dem Zwischenfall mit der *Komarah*. Außerdem habe ich Dr. Javik um Unterstützung gebeten. Er wird herkommen und mir assistieren.«

»Das alles braucht Zeit, Doktor«, sagte Iano. »Und im Augenblick habe ich diese Zeit einfach nicht.«

»Sie haben völlig recht«, sagte McCoy. »Sie dürfen die Behandlung nicht länger hinausschieben.«

»Aber ich muß es tun«, erwiderte Iano. »Ich muß die Rebellen befragen, Doktor, bevor meine Regierung ein offizielles Auslieferungsgesuch stellt. Ich bin der einzige Zeuge, der für Ihre Sache aussagen könnte. Wenn Ihre und Captains Kirks Überzeugung der Wahrheit entspricht, kann ich Ihnen versichern, daß die Rebellen niemals die Gelegenheit erhalten werden, diese Geschichte irgend jemandem zu erzählen.«

»Nicht wenn sie an Bord der *Enterprise* bleiben«, sagte Kirk. »Sie haben um ...«

»Politisches Asyl gebeten, ja, ich weiß«, sagte Iano.

»Ich weiß gar nicht, warum ich mir noch die Mühe mache, in Ihrer Gegenwart laut zu sprechen«, sagte Kirk ironisch.

»Verzeihen Sie, Captain, aber ich will meine Zeit nicht mit überflüssigen Erklärungen verschwenden«, erwiderte Iano. »Wenn Sie den Rebellen politisches Asyl gewähren und sich weigern, sie an meine Regierung auszuliefern, wird man die diplomatischen Verhandlungen zweifellos abbrechen. Und wenn es wahr ist, was Sie vermuten, ist das genau die Situation, auf die bestimmte Mitglieder der Regierung gehofft haben. Damit hätten sie die beste Rechtfertigung für den Abbruch der Verhandlungen, und alle Ihre bisherigen Bemühungen wären völlig umsonst gewesen.«

»Da ist etwas dran, Captain«, sagte Spock.

»Also gut. Was schlagen Sie vor?« wollte Kirk wissen.

»Zuerst muß ich die Rebellen sehen«, sagte Iano. »Ich kann nur dann etwas bezeugen, wenn ich sie persönlich befragt habe. Ich zweifle nicht daran, daß *Sie* von der Wahrheit ihrer Geschichte überzeugt sind, aber das ist nicht genug. Vor einem patrianischen Gericht wären Ihre Behauptungen nur eine subjektive Aussage, während meine telepathischen Wahrnehmungen als Beweis anerkannt würden. Dann müßten wir nur noch einen Weg finden, wie wir den Rat überzeugen können – falls die Rebellen die Wahrheit sagen.«

»Würde dazu nicht Ihr Wort genügen?« fragte Kirk.

»Nur wenn man mich als glaubwürdigen Zeugen anerkennt«, sagte Iano. »Wir haben es hier mit den Fallstricken politischer Intrigen zu tun, Captain. Wenn es im Rat bestimmte Personen gibt, die die Verhandlungen scheitern lassen möchten, werden sie zu verhindern wissen, daß ich als Zeuge aussage. Sie könnten beispielsweise darauf bestehen, daß zuerst die Frage der Auslieferung der Rebellen geklärt werden muß, bevor es zu irgendwelchen Anhörungen kommt. Es gibt viele Möglichkeiten, wie man uns daran hindern könnte, für die Rebellen auszusagen. Und die Zeit arbeitet gegen uns.«

»In mehr als einer Hinsicht«, sagte McCoy. »Sie haben bereits die ersten Symptome erlebt. Niemand weiß genau, wieviel Zeit Ihnen noch bleibt.«

»Genau deswegen dürfen wir keine Zeit verschwenden, Doktor«, sagte Iano. »Selbst wenn Sie es schaffen, mein Ende aufzuhalten – und Ihre eigenen Daten deuten darauf hin, daß es bereits zu spät sein könnte, nachdem die ersten Symptome eingesetzt haben –, selbst dann könnte ich Ihnen in diesem Fall nichts mehr nützen. Ich kann nicht als Zeuge der Gedankenpolizei aussagen, wenn ich gar kein Telepath mehr bin.«

»Sie wissen, welches Risiko Sie eingehen?« fragte McCoy.

»Das weiß ich, Dr. McCoy. Und ich weiß auch, daß ich keine andere Wahl habe. Sie brauchen mich, und davon abgesehen bin ich genauso an der Wahrheit interessiert wie Sie.«

»Also gut«, sagte Kirk. »Dann suchen wir jetzt die Rebellen auf.«

»Jim …«, sagte McCoy besorgt. »Er könnte jeden Augenblick tot umfallen, wenn wir ihn nicht sofort operieren!«

»Er weiß über alles Bescheid, Pille. Ich kann ihn nicht zwingen.«

»Damit kann ich mich nicht einverstanden erklären«, sagte McCoy.

»Ich verstehe«, erwiderte Kirk. »Aber du kannst ihn auch nicht gegen seinen Willen operieren.«

»Ich kann doch nicht einfach tatenlos zusehen, wie er stirbt!« rief McCoy verzweifelt.

»Ich weiß Ihre Besorgnis zu schätzen, Doktor«, sagte Iano und legte McCoy eine Hand auf die Schulter. »Glauben Sie mir, ich habe keineswegs den Wunsch zu sterben. Zumindest jetzt noch nicht. Aber ich möchte auch nicht, daß meine Regierung von korrupten Elementen kontrolliert wird. Ich habe einen Eid geleistet, meinem Volk und meiner Regierung zu dienen, und daran muß und werde ich mich halten. Und wenn ich dadurch mein Leben verliere, werde ich zumindest für etwas gestorben sein, woran ich glaube.«

McCoy blickte ihnen hilflos nach, als sie die Krankenstation verließen.

»Sie haben getan, was Sie konnten, Doktor«, sagte Schwester Chapel, als sie an seine Seite trat. »Wenn wir Glück haben, könnte die Zeit noch reichen.«

McCoy schüttelte den Kopf. »Dazu ist die Krankheit schon zu weit fortgeschritten«, sagte er. »Selbst wenn wir ihn jetzt operieren würden, weiß ich nicht, ob wir noch etwas bewirken könnten.«

Kalo stand auf, als Kirk und Spock mit Iano in die Arrestzelle traten. Einen Moment lang standen sich die zwei Patrianer einfach gegenüber und starrten sich durch das Kraftfeld an.

»Schalten Sie das Kraftfeld aus, Lieutenant«, sagte Kirk zum wachhabenden Sicherheitsoffizier.

Die übrigen Sicherheitswächter brachten sich in Stellung und hielten die Waffen bereit, als das Energiefeld erlosch. Kalo kam aus der Zelle und stellte sich vor Iano.

»Zor Kalo«, sagte Iano. »Oder sollte ich Sie Kar Janik nennen?«

»Kar Janik?« wiederholte Kirk und blickte Kalo stirnrunzelnd an.

»Das war mein Name, während ich für die Abteilung Gedankenverbrechen arbeitete, Captain«, sagte Kalo. »Doch diese Zeit und dieser Abschnitt meines Lebens sind schon lange vorbei.«

»Er hat einen anderen Namen angenommen und durch kosmetische Chirurgie sein Gesicht verändern lassen«, sagte Iano. »Das war uns seit langem bekannt. Er war der abtrünnige Gedankenpolizist, der zum Verräter wurde und sich den Rebellen anschloß. Wir haben überall nach ihm gesucht, dabei stand er die ganze Zeit in der Öffentlichkeit, als Kämpfer bei den Spielen. Meinen Glückwunsch, Janik. Sehr gerissen. Sie haben uns alle zum Narren gehalten.«

»Sie konnten meine Identität nur erfahren, weil ich es zugelassen habe, Iano«, sagte Kalo. »Weder jetzt noch jemals zuvor war ich ein Verräter. Zumindest nicht am patrianischen Volk. Und wenn Sie weiter in meinem Geist nachforschen, werden auch Sie es erkennen.«

Kirk sah zu, wie Iano den Mann eine ganze Weile schweigend ansah und seine Gedanken zu lesen versuchte. Schweiß trat auf seine Stirn, und sein Atem ging heftiger.

»Geht es wieder los?« fragte Kirk voller Besorgnis.

»Ich komme schon damit zurecht, Captain«, sagte Iano und atmete tief durch.

Kalo schüttelte den Kopf. »Es hat keinen Zweck«, sagte er. »Er kann meine Gedanken nicht lesen. Mit ihm geschieht das gleiche wie mit meinem Bruder – das, was früher oder später mit allen von uns geschehen wird.«

»Iano«, sagte Kirk und griff nach dem Arm des Patrianers. »Sie müssen es versuchen!«

Iano schüttelte den Kopf. »Ich versuche es, Kirk. Aber die Schmerzen ... Ich kann mich nicht konzentrieren ...«

Spock trat zu ihnen. »Vielleicht kann ich Ihnen helfen, Lieutenant. Wenn Sie gestatten ...«

Er hob die rechte Hand, spreizte die Finger und berührte mit den Spitzen behutsam Ianos Gesicht. Er schloß die Augen und konzentrierte sich, als er eine Bewußtseinsverschmelzung herbeiführte. »Ihre Gedanken sind meine Gedanken«, sagte er. »Unser Geist ist eins ...«

Iano erstarrte, als der Kontakt mit Spocks Bewußtsein zustande kam.

»Ihre Schmerzen ... sind meine Schmerzen«, sagte Spock.

Kirk und Kalo beobachteten, wie Ianos Atem ruhiger wurde und er sich zu entspannen schien. Spock verkrampfte sich ein wenig, als Ianos Schmerzen auf ihn übergingen. Er stöhnte auf und unterbrach dann den Kontakt.

»Jetzt, Lieutenant ...«, sagte er keuchend. »Schnell ...«

Iano wandte sich Kalo zu und drang in die Gedanken des Rebellen ein. Kalo stand einfach nur da und öffnete seinen Geist, damit Iano sein Bewußtsein wahrnehmen konnte. Nach einer Weile löste Iano den Kontakt und nickte.

»Es ist alles wahr«, sagte er und atmete tief durch. »Sie besitzen keine Disruptoren.« Er schüttelte erschöpft den Kopf. »Man hat uns alle benutzt«, sagte er.

»Spock ...«, sagte Kirk und ging besorgt auf seinen Ersten Offizier zu. »Spock ... ist alles in Ordnung?«

Spock nickte. »Der Schmerz läßt bereits nach, Captain«, sagte er. »Es wird gleich vorbei sein.«

»Vielen Dank«, sagte Iano zum Vulkanier. »Sie haben mir sehr geholfen.«

Spock nickte nur.

»Was tun wir jetzt?« wollte Kirk von Iano wissen.

»Wir müssen den Rat von der Wahrheit überzeugen«, erwiderte Iano. »Aber das wird nicht einfach sein. Die Mitglieder der Regierung, die hinter dieser Verschwörung stehen, sind daran interessiert, daß die Verhandlungen scheitern. Sie werden alles tun, um zu verhindern, daß der Rat mich anhört. Und sie werden zweifellos darauf pochen, daß zuerst die Rebellen ausgeliefert werden.«

»Dann müssen wir sie irgendwie dazu zwingen, uns zuzuhören«, sagte Kirk. »Nicht nur das, wir müssen die Verantwortlichen entlarven, sie irgendwie aus der Reserve locken, damit sie sich verraten.«

»Captain, mir ist gerade eine Idee gekommen«, sagte Spock.

»Raus damit, Spock!«

Der Vulkanier wandte sich an Iano. »Lieutenant, während unserer Verschmelzung habe ich mehrere undeutliche Gedanken wahrgenommen, auf die ich mich wegen der Schmerzen nicht richtig konzentrieren konnte. Wer ist Captain Rindo?«

»Der stellvertretende Polizeipräsident und Leiter der Abteilung Gedankenverbrechen«, antwortete Iano.

»Der Leiter?« wiederholte Spock.

»Ja«, sagte Iano. Er zuckte zusammen und hielt sich wieder den Kopf. Die Schmerzen waren offenbar zurückgekehrt. »Die Gedankenpolizei arbeitet zwar meistens unabhängig, aber offiziell gehört sie zur Polizei und untersteht damit der Verfügungsgewalt des stellvertretenden Polizeipräsidenten.«

»Und dieser Captain Rindo steht in der Befehlshierarchie direkt unter Polizeipräsident Karsi, dem wir bei unserem ersten Gespräch mit Premierminister Jarum begegneten?« fragte Spock.

»Ja, das ist richtig«, sagte Iano und setzte sich erschöpft auf einen Stuhl.

»Worauf wollen Sie hinaus, Spock«, fragte Kirk.

»Einen Augenblick noch, Captain«, sagte Spock und wandte sich wieder an Iano. »Und worum handelt es sich beim Polizeilichen Ermittlungsausschuß, Lieutenant?«

Iano holte tief Luft und kämpfte tapfer gegen seine Schmerzen. »Das ist die Verwaltungsinstanz, die für Schwerverbrechen und die telepathischen Zeugenaussagen verantwortlich ist, die dem Rat vorgelegt werden müssen«, antwortete er. »Außerdem ermitteln sie beim Verdacht auf Korruption innerhalb der Polizei und bei Dienstaufsichtsbeschwerden. Darüber hinaus …«

»Einen Moment«, sagte Spock. »Das könnte erklären, warum diese Gedanken in Ihrem Geist im Vordergrund stehen. Wenn Mitglieder der Abteilung Gedankenverbrechen wie Sie eine Aussage machen, tun sie dies vor dem Ermittlungsausschuß, der die Resultate dann an den Rat weiterleitet. Ist das korrekt?«

»Ja«, sagte Iano und blickte zu ihm auf. »Ich muß meine Erkenntnisse in diesem Fall dem polizeilichen Ermittlungsausschuß vorlegen und dann...« Er stockte, als ihm plötzlich klar wurde, worauf Spock hinauswollte. »Das bedeutet, daß kein Mitglied der Gedankenpolizei jemals direkt vor dem Rat ausgesagt hat«, stellte er fest, »sondern nur vor dem Ermittlungsausschuß!«

»Exakt«, sagte Spock. »Und da Captain Rindo der stellvertretende Polizeipräsident ist, dürfte er aus den Reihen der regulären Polizei aufgestiegen sein. Und wenn das den Tatsachen entspricht, dürfte er selbst kein Telepath sein.«

»Nein«, sagte Iano und starrte Spock entgeistert an. »Er ist kein Telepath. Captain Lovik ist der ranghöchste Telepath der Gedankenpolizei, aber er ist Captain Rindo untergeordnet.«

»Ich kann Ihnen leider nicht folgen, Mr. Spock«, sagte Kirk irritiert. »Erklären Sie bitte einem Nicht-Telepathen, welche Erkenntnisse Ihnen zuteil wurden.«

»Es hat nichts mit Telepathie zu tun, Captain«, erwiderte Spock. »Auf den ersten Blick und vom verwaltungstechnischen Standpunkt betrachtet, ist alles völlig logisch und unterscheidet sich kaum von der Organisationsstruktur Starfleets. Der Rat von Patria kann sich nicht mit jeder Kleinigkeit befassen, wenn es beispielsweise um reine Polizeiangelegenheiten geht. Daher wurde der Polizeiliche Ermittlungsausschuß zwischengeschaltet, der die Untersuchungen durchführt und dem Rat nur die Fälle vorlegt, die seine Aufmerksamkeit verlangen. Doch ein interessantes Resultat dieser Verfahrensweise ist die Tatsache, daß kein Polizeibeamter und vor allem kein Mitglied der Abteilung Gedankenverbrechen jemals persönlich vor dem Rat von Patria erscheinen mußte.«

»Natürlich!« rief Kirk, als er plötzlich den Zusammenhang erkannte. »Weil es keine Telepathen im Ermittlungsausschuß gibt, dient diese Instanz als Puffer zwischen dem Rat und den Telepathen!«

»Korrekt«, sagte Spock. »Wenn gewisse Mitglieder

des Rats etwas zu verbergen haben, setzen sie bestimmt alles daran, nicht mit einem Telepathen konfrontiert zu werden.«

»Sehr einfach«, sagte Kirk nickend, »aber keineswegs auf den ersten Blick offensichtlich. Eine Täuschung, die durch einen Verwaltungsvorgang gedeckt wird. Aber es wäre nicht das erste Mal. Das müssen wir irgendwie ändern. Ich habe schon eine Idee, doch dazu wäre die Zusammenarbeit mit Botschafter Jordan nötig. Iano, schaffen Sie es noch eine Weile?«

»Es wird schon gehen«, sagte der Telepath. »Aber die Kopfschmerzen kommen jetzt immer häufiger, und sie beeinträchtigen gleichzeitig meine Fähigkeiten. Es wird immer unberechenbarer.«

»Dann dürfen wir keine Zeit verlieren«, sagte Kirk. »Wir müssen uns beeilen. Ich möchte, daß Sie alle mir jetzt genau zuhören. Auch Sie, Kalo. Wir werden folgendes unternehmen ...«

»Auf gar keinen Fall!« sagte Botschafter Jordan. »Ist dir eigentlich klar, was du vorhast? Jim, ich hätte dich längst wegen deiner Nummer mit der ›Allgemeinen Order 29‹ festnehmen lassen können! Du hast diese Mission ohnehin schon in große Gefahr gebracht! Was du vorschlägst, kommt überhaupt nicht Frage!«

Jordan war mit den übrigen Leuten vom Landetrupp an Bord gebeamt worden, und sie befanden sich jetzt in seinem Quartier in der *Enterprise*. Kirk wußte, daß er nur diese eine Chance hatte, den Mann für seinen Plan zu gewinnen. Die Zeit lief ihnen davon. Er hatte keine Ahnung, wieviel Zeit Iano noch blieb, und McCoys Prognose hörte sich nicht gut an.

»Bob, hör mir bitte zu!« sagte Kirk. »Diese Mission war von dem Augenblick an, als sie begann, in großer Gefahr, und das war nicht meine Schuld. Ob du mir glaubst oder nicht, ich bin genauso daran interessiert wie du, sie erfolgreich abzuschließen.«

»Deine Taten sprechen eine andere Sprache«, sagte Jordan eingeschnappt.

»Alles, was ich getan habe«, erwiderte Kirk, »diente nur dem Wohl dieser Mission. Irgendwie muß ich dich davon überzeugen! Ich hoffe, daß du deinen Geist nur so lange öffnest, bis ...«

»Mein Geist ist keineswegs verschlossen, Jim, sondern entschlossen«, sagte Jordan kategorisch. »Ich wußte, daß du ein unberechenbarer Draufgänger bist. Das warst du schon immer, auch damals an der Akademie. Ich war dagegen, daß du mit dieser Mission beauftragt wurdest, aber deine Vorgesetzten bei Starfleet scheinen großes Vertrauen in dich zu setzen. Also beschloß ich, um der alten Zeiten willen meine Bedenken zurückzustellen.«

»Es freut mich, daß du ...«, begann Kirk, doch Jordan ließ ihn nicht ausreden.

»Allerdings«, fiel er ihm ins Wort, »hat dein bisheriges Verhalten nur dazu beigetragen, meine ursprünglichen Ansichten zu bestätigen. Nach der Sachlage hätte ich dir längst das Kommando entziehen und dich bei der erstbesten Gelegenheit vor Gericht stellen müssen. Ich habe meinen Bericht an Starfleet und den Rat der Föderation bereits zusammengestellt. Ich muß ihn nur noch unterzeichnen und abschicken. Und offen gesagt sehe ich im Augenblick keinen einzigen Grund, warum ich es nicht tun sollte.«

»Dann werde ich dir einen Grund nennen«, sagte Kirk. »Du möchtest, daß die Mission erfolgreich beendet wird. Wir beide wissen, daß eine Menge auf dem Spiel steht, und wenn die Republiken von Patria für die Föderation gewonnen werden können, wird das ein großer Vorteil für deine Karriere sein. Aber dazu wird es nicht eher kommen, bis wir unsere Differenzen ausräumen und zusammenarbeiten. Wenn du mich anschließend immer noch vor Gericht bringen willst, ist das dein gutes Recht. Ich gebe zu, daß ich dich mit dieser

Order getäuscht habe, aber du hast mir keine andere Wahl gelassen! Ich mußte etwas Zeit gewinnen, damit wir Spock befreien konnten. Und wenn ich das nicht getan hätte, hätten wir niemals die Wahrheit über die Rebellen erfahren.«

»Ja, das weiß ich«, gestand Jordan widerstrebend ein. »Das ist der einzige Grund, warum ich dir überhaupt noch zuhöre.«

»Hör mal, Bob, ich weiß, daß du wütend bist, und zwar völlig zu Recht, aber vergiß bitte nur für einen Moment deine Wut und frage dich, welches Interesse ich daran haben sollte, den Erfolg dieser Mission zu sabotieren. Wir beide sind darauf angewiesen, im Team zu arbeiten. Laß uns die Sache bitte gemeinsam angehen!«

Jordan holte tief Luft und stieß den Atem langsam wieder aus. »Einverstanden«, sagte er, »ich werde mir deine Gründe anhören. Aber ich hoffe, daß es gute Gründe sind, sonst werde ich genauso zur Rechenschaft gezogen wie du, Jim.«

»Also gut«, sagte Kirk. »Iano hat bestätigt, daß unsere Rebellen nicht die mit den Disruptoren sind, und unsere eigenen Nachforschungen stützen die Schlußfolgerung, daß mindestens *zwei* Gruppen für die sogenannten terroristischen Aktivitäten verantwortlich sind. Wir wissen, daß die Abteilung Gedankenverbrechen seit ihrer Gründung sehr umstritten ist. Und wir wissen, daß die Operation, der die Telepathen ihre Fähigkeit verdanken, langfristig tödliche Auswirkungen hat, daß sie zu geistigen Zusammenbrüchen führt, die nicht nur die betroffenen Polizisten, sondern die gesamte Bevölkerung gefährden. Die Untergrundbewegung hat versucht, diese Informationen allgemein bekannt zu machen, aber von der Regierung wurden sie als terroristische Propaganda abgetan. Doch McCoys Beweise sind eindeutig. Man muß ihm erlauben, sie vorzulegen. Mitglieder des Rats sind darin verwickelt und haben dafür gesorgt, die Sache zu vertuschen. Die Verantwortlichen haben vermutlich eine Vereinbarung mit den Klingonen getroffen, die Disruptoren auf den Planeten zu schmuggeln, aber nicht, um sie den Rebellen zu übergeben, sondern um eine geheime Spezialeinheit auszurüsten, deren Aufgabe darin besteht, terroristische Anschläge zu inszenieren, für die die Untergrundbewegung verantwortlich gemacht werden kann. Auf diese Weise soll die öffentliche Meinung von der Notwendigkeit der Gedankenpolizei und den immer restriktiveren Maßnahmen der Regierung überzeugt werden.«

»Vielleicht haben die Klingonen den Verantwortlichen irgendwelche Versprechungen gemacht«, sagte Jordan, der seinen Gedankengang weiterverfolgte.

»Ja, aber wir beide wissen, wieviel klingonische Versprechungen wert sind«, erwiderte Kirk. »Wenn die Republiken von Patria der Föderation beitreten, müssen sie die Föderationsstatuten unterzeichnen, und das würde unvermeidlich zu demokratischen Reformen in der Regierung führen. Jemand im Rat ist entschlossen, das zu verhindern, und wenn wir herausfinden können, wer es ist, wissen wir auch, wer für die Disruptoren verantwortlich ist.«

»Und wenn du dich irrst?« fragte Jordan.

»Ich weiß, daß es so ist«, sagte Kirk. »Doch wenn die Aktion fehlschlägt, bin ich dein Prügelknabe. In diesem Fall wird Spock das Kommando über die *Enterprise* übernehmen, und du kannst die Rebellen ausliefern. Dann kannst du meine Verhaftung und den folgenden Prozeß als Demonstration deines guten Willens gegenüber den Patrianern darstellen. Und ich würde vor Gericht auf keinen Fall zu deinen Ungunsten aussagen.«

Jordan dachte eine Weile darüber nach, während er zum Aussichtsfenster hinüberging und in den Weltraum starrte. »Ich hoffe, daß du recht hast, Jim«, sagte er. »Ich hoffe es wirklich. Denn andernfalls wird man uns wegen Verletzung der Ersten Direktive anklagen, und wir beide können unsere Karrieren vergessen.«

»Es steht viel mehr auf dem Spiel als unsere Karrieren«, erwiderte Kirk. »Wenn wir keinen Erfolg haben, wird es viele Tote geben, Bob. Die Klingonen werden Patria erobern, und die Föderation kann nicht das geringste dagegen unternehmen. Wir haben eine gewisse Chance, das zu verhindern. Ich würde sagen, sie ist es wert, daß wir dafür unsere Karrieren aufs Spiel setzen. Meinst du nicht auch?«

Jordan wandte sich vom Fenster ab und drehte sich wieder zu ihm um. »Wieso glaubst du, daß die Rebellen vertrauenswürdig sind?«

»Iano ist davon überzeugt«, antwortete Kirk. »Aber ich gehe kein unnötiges Risiko ein. Sie werden ständig von bewaffneten Sicherheitsleuten bewacht.«

Jordan seufzte und schüttelte den Kopf. »Es ist völlig verrückt«, sagte er. »Ich muß den Verstand verloren haben!«

»Dann machst du also mit?« fragte Kirk.

Jordan nickte. »Ja, ich mache mit.« Er seufzte schwer. »Und wenn uns die Sache um die Ohren fliegt, werde ich nicht dulden, daß du allein die Prügel einsteckst. Ich kann nur hoffen, daß du weißt, was du tust.«

Kirk lächelte. »Das ist wieder der Bob Jordan, an den ich mich erinnere«, sagte er und streckte ihm seine Hand entgegen. Als Jordan sie annahm, fügte Kirk hinzu: »Schön, dich endlich wiederzusehen!«

Der Rat von Patria hielt gerade eine Sitzung in einem Konferenzsaal ab, als Botschafter Jordan und Captain Kirk eintraten und direkt zum Tisch in der Mitte des Raumes weitergingen. Sie waren von der U-förmigen Erhebung umgeben, auf der die Ratsmitglieder saßen, als sie hinter die beiden Stühle traten, die für den Botschafter und Sekretärin Wing reserviert waren.

Premierminister Jarum schlug ein paarmal mit seinem Hammer auf den Tisch und wartete ab, bis das Gemurmel der anderen Ratsmitglieder verstummt war. »Wir würden gerne den Grund für Captains Kirks Anwesenheit bei dieser Verhandlung erfahren, Botschafter Jordan«, sagte er. »Warum ist er anstelle von Sekretärin Wing gekommen?«

»Sekretärin Wing ist ... vorübergehend indisponiert«, antwortete Jordan mit einem kurzen Seitenblick auf Kirk. »Und da Captain Kirk direkt mit dem Thema unseres heutigen Treffens zu tun hat, hielt ich seine Teilnahme für eine gute Idee.«

Jarum nickte. »Gut«, sagte er. »Sie sind uns willkommen, Captain Kirk. Bitte setzen Sie sich!«

»Vielen Dank, Premierminister«, sagte Kirk. »Ich würde es vorziehen, stehen bleiben zu dürfen.«

»Wie Sie wünschen«, sagte der Premierminister. Jordan nahm auf seinem Stuhl Platz.

»Wenn ich richtig informiert bin, Premierminister«, sagte Kirk, »wird sich der Rat heute mit den patrianischen Rebellen befassen, die gegenwärtig an Bord der *Enterprise* in Gewahrsam gehalten werden.«

»Völlig richtig, Captain«, bestätigte Jarum. »Wir gehen davon aus, daß Sie gekommen sind, um über die Einzelheiten ihrer Auslieferung an unsere Behörden zu sprechen.«

»Das entspricht nicht den Tatsachen, Premierminister«, sagte Kirk. »Die Rebellen haben politisches Asyl beantragt, und dem Antrag wurde stattgegeben.«

Seine Worte schlugen wie eine Bombe ein. Alle Ratsmitglieder redeten und schrien auf einmal los. Der Premierminister benötigte etwa ein Dutzend Hammerschläge, um wieder Ruhe einkehren zu lassen.

»Botschafter Jordan«, sagte er, »soll das heißen, die Föderation *weigert* sich, die Rebellen an die patrianischen Behörden zu überstellen?«

»Die Rebellen haben einen offiziellen Antrag auf politisches Asyl gestellt, Premierminister«, erwiderte Jordan. »Gemäß den Starfleet-Vorschriften und den Föderationsvereinbarungen haben wir den Antrag vorläufig gewährt, bis der politische Status der Rebellen durch ein Gericht der Föderation bestimmt werden kann.«

Diese Ankündigung rief einen weiteren lautstarken Ausbruch hervor, und wieder dauerte es eine Weile, bis der Premierminister Ordnung geschaffen hatte.

»Premierminister! Premierminister Jarum, ich bitte ums Wort!«

»Der Rat erteilt dem Ältesten Harkun das Wort«, sagte Jarum.

Harkun stand auf und wandte sich Kirk und dem Botschafter zu. »Captain Kirk ... Botschafter Jordan ... der Rat von Patria würde es niemals wagen, sich über Entscheidungen der Föderation hinwegzusetzen. Genausowenig werden wir es tolerieren, wenn sich die Föderation über unser Recht und über unsere Gesetze hinwegsetzt.«

Die übrigen Ratsmitglieder taten lautstark ihre Zustimmung kund, und der Premierminister schlug mehrere Male mit dem Hammer auf den Tisch, bis sie schwiegen.

»Dem Ältesten Harkun wurde das Wort erteilt«, rief er ihnen ins Gedächtnis. »Jeder von Ihnen darf sprechen, wenn er an der Reihe ist.« Er nickte Harkun zu. »Bitte fahren Sie fort, Ältester Harkun.«

»Ihren Erklärungen entnehme ich, daß die Föderation diesen Rebellen auf der Grundlage Asyl gewährt, daß sie behaupten, politisch verfolgt zu werden«, sagte er. »Eine solche Behauptung ist fadenscheinig und völlig unbegründet.«

Wieder bekundeten mehrere Ratsmitglieder lautstark ihre Zustimmung.

»Die Rebellen repräsentieren keinesfalls irgendeine unterdrückte Minderheit oder organisierte politische Fraktion, deren Interessen und Rechte beschnitten würden«, sprach Harkun weiter. »Es sind schlicht und ergreifend Kriminelle, die Morde und gewalttätige terroristische Anschläge gegen die Bevölkerung von Patria begangen haben, nicht um irgend etwas für unsere Gesellschaft zu erreichen, sondern um sie zu erschüttern und die Ordnung umzustoßen. Nicht *sie* sind es, die durch die patrianische Regierung unterdrückt werden, wie es bei politisch Verfolgten der Fall wäre, die bei einem Dritten Asyl suchen, sondern es sind vielmehr die Rebellen, die durch ihren Aufruhr, ihre mutwilligen Zerstörungen und ihre Morde *uns* unterdrücken!«

Wieder brach der Chor der Zustimmung aus, während der Premierminister verzweifelt versuchte, die Ratsmitglieder zur Ruhe zu bringen.

»Der Rat von Patria, der die vereinte Regierung der Republiken von Patria repräsentiert, ist vertrauensvoll in Verhandlungen mit der Föderation eingetreten«, sprach Harkun weiter. »Wir haben den Kontakt mit anderen intelligenten Spezies, die von der Föderation repräsentiert werden, begrüßt, und wir haben die Einladung an Sie als ihre Vertreter ausgesprochen, uns zu besuchen und die Möglichkeit einer offiziellen Allianz zu diskutieren, die für beide Seiten von Nutzen wäre. Wir haben Ihr Angebot akzeptiert, uns bei der Lösung des Problems mit den Disruptorwaffen, die über dunkle Kanäle an die Terroristen geliefert wurden, zu helfen, in der Hoffnung, durch die Zusammenarbeit eine Grundlage für gegenseitigen Respekt und verständnisvollen Gedankenaustausch zu schaffen. Wir haben Sie hier im Geist des Vertrauens und der Aufrichtigkeit empfangen. *Ist das der Lohn für unser Entgegenkommen?*«

Wieder jubelten und schrien die Ratsmitglieder gleichzeitig los, um die Bemerkungen des Ältesten zu bekräftigen. Während der Premierminister seinen Hammer einsetzte, hob Kirk die Hände.

»Der Rat erteilt Captain James T. Kirk vom Föderationsraumschiff *Enterprise* das Wort«, sagte Jarum.

»Vielen Dank, Premierminister«, sagte Kirk. »Lassen Sie mich auf die Bemerkungen des Ältesten Harkun antworten. Erstens haben wir kein Angebot ausgesprochen, den Republiken von Patria bei der Lösung des Rebellenproblems zu helfen. Unsere Unterstützung wurde offiziell *angefordert*, und ...«

Als ein Gemurmel durch den Rat ging, hob Kirk erneut die Hände.

»*Und* ... wir haben dem Gesuch stattgegeben, doch ausdrücklich auf der Grundlage, daß die Einführung klingonischer Disruptoren auf Patria Eins auf eine kulturelle Einmischung von außen zurückzuführen ist. Unsere Vereinbarung bestand darin, Ihnen zu helfen, die Lieferungen dieser Waffen zu unterbinden, und zu versuchen, jene Waffen, die bereits verteilt wurden, aufzuspüren und zu beschlagnahmen.«

»Selbst darin haben Sie versagt, Captain Kirk!« rief eins der Ratsmitglieder und sprang auf. »Durch die Untätigkeit Ihres Schiffes und Ihrer Besatzung konnte es geschehen, daß eins unserer Raumschiffe von den Orionern angegriffen wurde, die unser Hoheitsgebiet verletzten und Energiewaffen transportierten, die für die Rebellen gedacht waren!«

Wieder kam es zu wütendem Geschrei. Kirk hob die Hände und wartete ab, bis Ruhe eingekehrt war.

»Ich möchte Sie daran erinnern, meine Herren«, sagte er, »daß das fragliche orionische Schiff durch mein Schiff vernichtet wurde, nachdem es auf die *Komarah* gefeuert hatte, dessen Captain das Feuer eröffnete – ohne vorhergehende Provokation und ohne sich mit dem Offizier abzusprechen, dem ich das Kommando über mein Schiff anvertraut hatte.«

Diese Bemerkungen wurden auf dieselbe Weise wie alle bisherigen Wortbeiträge quittiert, und es dauerte eine Weile, bis sich der Lärm gelegt hatte.

»Habe ich immer noch das Wort, Premierminister?« fragte Kirk schließlich.

»Fahren Sie fort«, entgegnete Jarum mürrisch.

»Ich stehe zu den Aktionen meines Schiffes und meiner Besatzung«, sagte Kirk, »und werde bei jeder offiziellen Befragung die Verantwortung dafür übernehmen. Doch ich möchte noch einmal auf die Bemerkungen des Ältesten Harkun zurückkommen. Er hat behauptet, daß wir hier im Geist des Vertrauens und der Aufrichtigkeit empfangen wurden. Ich möchte die Mitglieder des Rats darauf hinweisen, daß das nicht der Fall war.«

Diesmal sprach er einfach mit lauterer Stimme weiter, um die wütenden Reaktionen der Anwesenden zu übertönen.

»Seit unserer Ankunft haben wir eine Regierung erlebt, die ein Doppelspiel treibt, die die Bevölkerung mit den Methoden eines Polizeistaats unterdrückt, die das Leben ihrer Polizeibeamten durch eine todbringende chirurgische Behandlung gefährdet und geheime Einsatzkommandos unterhält, die terroristische Anschläge inszenieren, bei denen unschuldige Zivilisten getötet werden, um die Schuld daran der Untergrundbewegung zuzuschieben!«

Jetzt brach das Chaos aus. Die Ratsmitglieder sprangen von ihren Sitzen auf, schrien und gestikulierten, schlugen mit den Fäusten auf den Tisch und verlangten, daß der Föderationsoffizier sofort hinausgeschafft wurde. Nur Harkun sagte nichts, sondern blieb sitzen und starrte Kirk an. Kirk erwiderte den Blick und hob die Arme, doch es kehrte keine Ruhe ein, obwohl der Premierminister pausenlos seinen Hammer einsetzte.

»Also gut!« rief Kirk und hoffte, mit seiner Stimme den Lärm übertönen zu können. *»Ich werde Ihnen geben, was Sie haben wollen! Ich werde Ihnen die Rebellen geben!«* Er klappte seinen Kommunikator auf und sagte: »Jetzt, Mr. Scott!«

An einer Seite des Sitzungssaals erstrahlte das Flirren des Transportvorgangs, und kurz darauf materialisierten die sechs patrianischen Rebellen, begleitet von Spock, Chekov, McCoy, Sulu, Lieutenant Iano, Muir und Jacob. Alle waren mit Phasern bewaffnet.

Ihr plötzliches Erscheinen brachte die schockierten Ratsmitglieder mit einem Schlag zum Schweigen.

»Keiner rührt sich von der Stelle!« rief Kalo und schwenkte seinen ungeladenen Phaser.

Der Premierminister starrte die Rebellen erstaunt und fassungslos an, bis er sich mit empörtem Gesichtsausdruck an Kirk wandte. »Captain Kirk, Sie müssen den Verstand verloren haben!« sagte er.

»Durchaus nicht, Premierminister. Aber das, was im Verstand einer der hier anwesenden Personen vor sich geht, ist der Zweck dieser Demonstration«, erwiderte Kirk. »Lieutenant Iano?«

Iano trat einen Schritt vor und sah nacheinander in die Gesichter der schockierten Ratsmitglieder, bis sein Blick beim Ältesten Harkun verharrte. Dieser erhob sich langsam von seinem Platz.

»Sie!« sagte Iano und zeigte auf den Mann. »Sie stehen hinter allem! *Sie* sind der Verräter!« Dann zuckte er zusammen und brach von plötzlichen Schmerzen geschüttelt zusammen.

Harkun knurrte und griff unter sein Gewand. Er zog einen Disruptor hervor und legte auf Iano an, doch Kalo hatte sich bereits in Bewegung gesetzt. Er machte einen Satz und stieß Iano zur Seite, wobei er in die Schußbahn des Disruptors geriet. Er schrie auf, als sein Körper in die grelle Energieentladung gehüllt wurde und sich auflöste.

Muir und Jacob waren die einzigen, die freies Schußfeld hatten. Gleichzeitig setzten sie ihre Phaser ein, und Harkun brach betäubt zusammen, während ihm der Disruptor aus der Hand fiel. Als sie losliefen, um nach ihm zu sehen, wollten sich einige der Ratsmitglieder entfernen, doch Spock und Chekov traten ihnen in den Weg.

»Wohin so eilig, meine Herren?« sagte Chekov und richtete seinen Phaser auf sie, worauf sie sich nicht mehr von der Stelle rührten.

McCoy eilte mit seiner Arzttasche zu Harkun. Muir und Jacob hatten den Patrianer bereits erreicht, während Spock, Chekov und die fünf noch übrigen Rebellen die Ausgänge des Saals blockierten.

»Ihm ist nichts passiert«, sagte McCoy. Dann lief er zu Iano, der langsam wieder auf die Beine kam. Kirk und Jordan stützten ihn.

»Er hat sein Leben für mich geopfert«, sagte Iano bestürzt, während er auf die Stelle starrte, wo Kalo gestorben war.

»Sie dürfen nicht sprechen«, sagte McCoy, der ihn mit zutiefst besorgtem Gesichtsausdruck untersuchte. »Jim … wir müssen ihn sofort zurück in die Krankenstation bringen!«

»Nein!« sagte Iano und stieß McCoy zurück. »Nein … ich muß zu Ende bringen, was ich hier begonnen habe!« Er wandte sich den anderen schockierten Ratsmitgliedern zu, bis er sich auf die Gruppe konzentrierte, die von Spock und Chekov am Verlassen des Raumes gehindert worden war. Diese Ratsmitglieder wichen sofort zurück, doch Chekov stand hinter ihnen und drückte ihn den Phaser in den Rücken.

»Sie waren ebenfalls an den Intrigen beteiligt«, sagte Iano. »Die Ratsmitglieder Dorin, Urik und Rahz. Doch der Älteste Harkun war der Kopf der Verschwörung. Sie stehen im geheimen Kontakt mit dem Klingonischen Imperium, das ihnen uneingeschränkte Macht über die Republiken von Patria versprochen hat. Commander Anjor ist ebenfalls darin verwickelt, genauso wie Captain Lovik. Die *Komarah* sollte sich im Weltraum mit orionischen Freibeutern treffen, die im Auftrag der Klingonen die Disruptoren lieferten. Danach sollte die Fracht an spezielle Einsatzteams verteilt werden, die glaubten, im Interesse der Regierung zu handeln, indem sie versuchten, die öffentliche Meinung gegen die Rebellen aufzubringen.«

Schweißtropfen bildeten sich auf seiner Stirn, als er

schwer atmend weitersprach. Im Ratssaal herrschte völlige Stille.

»Der wahre Grund für den Angriff der *Komarah* auf das orionische Schiff lag darin, daß Anjor und Lovik befürchteten, die Orioner könnten ihre Beteiligung an der Verschwörung verraten, um ihr Schiff zu retten«, sagte er. »Die *Enterprise* hatte das orionische Schiff bereits mit den Sensoren erfaßt, und Anjor wußte, daß er sie nicht mehr warnen konnte, weil ein solcher Versuch von der *Enterprise* bemerkt worden wäre. Daher beschloß er, das Feuer auf die Orioner zu eröffnen, in der Hoffnung, daß die *Enterprise* ihn dabei unterstützen würde. Doch statt dessen wurde sein eigenes Schiff beschädigt, was die Verschwörer nun als Gelegenheit benutzten, den Offizieren der Föderation die Schuld an diesem Zwischenfall zu geben.«

Er verzerrte das Gesicht und stöhnte auf, als die Schmerzen zurückkehrten, aber er kämpfte dagegen an. Schweiß lief ihm über die Stirn.

»Es reicht jetzt, Iano!« sagte McCoy.

»Nein ... noch nicht«, erwiderte Iano keuchend. »Sie waren außerdem für die Exekutionen der Telepathen verantwortlich, die unter den Folgen der Operation zu leiden begannen. Ihre Leichen wurden mit Disruptoren aufgelöst, damit sie nicht identifiziert werden konnten. Die Verschwörer wußten, daß die Mehrheit des Rats die Mitgliedschaft in der Föderation befürwortete, und deshalb ... haben sie im Verborgenen gearbeitet ... um die Verhandlungen ... zum Scheitern zu bringen ...«

Iano schrie auf und hielt seinen Kopf mit beiden Händen, als plötzlich Blut aus der Nase und den Augen schoß.

»*Iano!*« schrie Kirk und lief zu ihm, um seinen Sturz aufzufangen. McCoy kam dazu und sah sich den Patrianer an.

»Pille ...«, sagte Kirk und blickte erschüttert zu McCoy auf.

McCoy schüttelte nur bedauernd den Kopf.

»Alles war ... sinnlos ...«, keuchte Iano. Seine Züge waren vor Schmerz verzerrt. »Ich sterbe ... sowieso. Auch Kalos Tod ... war sinnlos.«

»Nein«, sagte Kirk ruhig. »Es war nicht sinnlos. Er hat dafür gesorgt, daß Sie Ihre Vorwürfe vorbringen konnten.«

»Ja ...«, antwortete Iano schwach. »Das hat er für mich getan. Er war wirklich ... der Meister ...«

Dann wurde sein Körper von einem kurzen Krampf geschüttelt, bis er sich nicht mehr rührte.

Kirk stand langsam auf und sah die Ratsmitglieder an, die schweigend zurückstarrten. Spock und Chekov hielten die Verräter in Schach, während Muir und Jacob neben dem bewußtlosen Ältesten Harkun standen.

»Nun, Premierminister«, sagte Kirk, »wie es scheint, ist unsere Arbeit auf Patria Eins erledigt.«

Der Premierminister nickte. »Captain Kirk, im Namen des Rats möchte ich Sie aufrichtig um Verzeihung bitten. Und Sie ebenfalls, Botschafter Jordan. Wir sind Ihnen beiden großen Dank schuldig.«

»Sie sollten ihm dankbar sein«, sagte Kirk, während er auf Iano blickte. »Und die beste Demonstration Ihrer Dankbarkeit wäre die sofortige Auflösung der Abteilung Gedankenverbrechen und die Anweisung, sofort die Behandlung rückgängig zu machen, mit der die Telepathen geschaffen wurden. Dazu steht Ihnen mein Schiff mit allen medizinischen Einrichtungen zur Verfügung, und Dr. McCoy ist bereit, mit Ihren Ärzten zusammenzuarbeiten.«

»Ich werde es sofort veranlassen, Captain Kirk«, sagte der Premierminister. »Gibt es Gegenstimmen?«

Er blickte der Reihe nach die anderen Mitglieder des Rats an, doch niemand erhob Einwände.

»Damit ist es beschlossen und befohlen«, sagte der Premierminister und unterstrich seine Worte mit einem Hammerschlag. »Diese Sitzung wird auf morgen vertagt. Dann werden wir uns beraten, um das Schicksal des Ältesten Harkun und seiner Mitverschwörer zu bestimmen. Botschafter Jordan, Sie und Captain Kirk sowie Sekretärin Wing würden uns eine große Ehre erweisen, wenn Sie als Beobachter der Föderation bei der Verhandlung anwesend sein könnten.«

Jordan neigte leicht den Kopf. »Vielen Dank, Premierminister. Es wird uns eine Ehre sein, daran teilnehmen zu dürfen.«

»Und was die Rebellen betrifft ...« Jarum machte eine kurze Pause. »Wir sind damit einverstanden, wenn sie vorläufig an Bord der *Enterprise* bleiben, bis dieser Fall in allen Einzelheiten aufgeklärt ist. Wenn die Föderation geneigt ist, ihnen politisches Asyl zu gewähren, werden wir keine Einwände erheben. Doch in Anbetracht der Tatsachen, die soeben offenbar geworden sind, besteht die Möglichkeit, daß wir eine Generalamnestie in Erwägung ziehen. Ich kann Ihnen keine Garantien geben, aber ich denke, daß der Rat geneigt ist, Milde walten zu lassen.«

»Ist das für Sie akzeptabel?« fragte Kirk die Rebellen. »Es ist immerhin ein faires Angebot.«

»Es ist akzeptabel«, sagte Rak Jolo.

»Gut«, sagte Kirk und schaltete seinen Kommunikator ein. »Kirk an *Enterprise*.«

»Scott hier, Captain.«

»Beamen Sie uns rauf, Scotty!« Er blickte sich zu den anderen um, die sich in seiner Nähe versammelten. »Die Mission ist erfolgreich abgeschlossen.«

EPILOG

»Logbuch des Captains, Sternzeit 6769.4«, sagte Kirk. »Wir bereiten uns darauf vor, das patrianische System zu verlassen und nach dem erfolgreichen Abschluß der Mission heimzukehren. Botschafter Jordan bleibt auf Patria Eins zurück, als erster diplomatischer Vertreter der Föderation bei den Republiken von Patria. Sekretärin Wing begleitet uns auf der Heimreise, damit sie der Starfleet-Zentrale und dem Rat der Föderation Bericht erstatten kann.«

Einen Bericht, der sehr leicht dazu hätte führen können, daß man ihn vor Gericht stellte, dachte Kirk, als er die Aufzeichnung für einen Augenblick unterbrach. Doch Jordan hatte sich einverstanden erklärt, die Zwischenfälle zu vergessen, und versprochen, daß in den Berichten nichts davon erwähnt wurde. Denn der Botschafter hatte erkannt, daß auch seine Person dadurch in ein ungünstiges Licht gerückt würde.

»In Zusammenarbeit mit Dr. Javik, dem ehemaligen Bordarzt der *Komarah*, und einem Team aus patrianischen Ärzten, die vom Rat bestimmt wurden, ist es Dr. McCoy gelungen, den chirurgischen Eingriff bei den Mitgliedern der Gedankenpolizei rückgängig zu machen. Die ersten zwölf Patienten haben sich bestens vom Eingriff erholt, obwohl sie natürlich ihre telepathischen Fähigkeiten verloren haben. Dr. Javik ist zuversichtlich, daß sie die übrigen Mitglieder der Abteilung Gedankenverbrechen nun allein behandeln können. Da es ab jetzt keine telepathisch begabten Polizisten in den Republiken von Patria mehr geben wird, ist das Gesetz über intentionale Delikte einstimmig aufgehoben worden. Premierminister Jarum hat versprochen, daß es sich dabei um die erste einer ganzen Reihe von demokratischen Reformen handelt.

Der Prozeß gegen den Ältesten Harkun und seine Komplizen hat zu einem Schuldspruch für alle Beteiligten geführt, und demnächst werden weitere Anklagen erhoben. Auf Gesuch von Botschafter Jordan wurde das obligatorische Todesurteil für Hochverrat als Geste des guten Willens gegenüber der Föderation ausgesetzt und in eine fünfundzwanzigjährige Verbannung in eine Strafkolonie auf einem der Monde von Patria abgemildert. Da die Verschwörer im allgemeinen bereits ein hohes Alter erreicht haben, handelt es sich dabei praktisch um eine lebenslange Strafe.

Die patrianischen Rebellen stellen ein erheblich komplizierteres Problem dar, dessen Lösung noch einige Zeit in Anspruch nehmen dürfte. Die Untergrundbewegung ist für die Morde an einer noch unbestimmten Zahl von Polizisten verantwortlich, und die Möglichkeit einer Generalamnestie wird äußerst kontrovers diskutiert. Außerdem wird nur schwer zu ermitteln sein, welche Opfer von den Rebellen und welche von der geheimen Polizeitruppe ermordet wurden, die auf Befehl des Ältesten Harkun und seiner Komplizen arbeitete. Vorläufig hat der Rat beschlossen, alle Mittel einzusetzen, um die Fälle aufzuklären und individuell zu verhandeln. Die Rebellen, die sich freiwillig stellen, sollen die Möglichkeit erhalten, von Geschworenengerichten beurteilt zu werden, sofern sie nicht einverstanden sind, sich auf eine der geringer bevölkerten patrianischen Kolonialwelten umsiedeln zu lassen.

Es ist offensichtlich nicht die ideale Lösung des Problems, und es bleibt die Tatsache, daß sich zweifellos viele Mitglieder der Untergrundbewegung nicht zu erkennen geben werden. Die Abteilung Gedankenverbrechen wurde offiziell aufgelöst, und ihre Mitglieder warten in den Krankenhäusern auf die medizinische Behandlung. Daher besteht die Chance, daß etliche Rebellen vermutlich niemals aufgespürt werden. Die Angelegenheit wird aller Wahrscheinlichkeit nach noch viele Jahre lang in der patrianischen Gesellschaft umstritten bleiben. In solchen Fällen gibt es nur selten einfache und gerechte Antworten. Irgendwann wird man das Problem vergessen haben, dann wird es nur noch ein unangenehmer und schmerzvoller Abschnitt der Geschichte sein. Sei es durch die Arbeit der patrianischen Gerichte oder einfach durch den Lauf der Zeit, irgendwann wird sich alles beruhigt haben.«

Kirk hielt die Aufzeichnung an und lehnte sich in seinem Sessel zurück. Er dachte an Lieutenant Iano. Das mindeste, was dieser Mann verdient hatte, war eine letzte Erwähnung im Logbuch. Also schaltete Kirk die Aufzeichnung wieder ein.

»Abschließend muß ich den Tod von Lieutenant Joh Iano erwähnen, dem Beamten der Abteilung Gedankenverbrechen der Polizei von Patria, dessen Bemühungen einen entscheidenden Anteil am Erfolg dieser Mission hatten. In Erfüllung seiner Pflicht opferte er tapfer und selbstlos sein Leben.«

Bevor er weitersprechen konnte, klopfte es leise an seiner Tür. »Herein«, sagte er und drehte sich um.

Die Tür glitt auf, und McCoy trat ein. »Du wolltest mich sprechen, Jim?«

»Ja. Setz dich, Pille. Ich bin gleich fertig.« Er winkte McCoy zu einem Sessel am Tisch und setzte seine Aufzeichnung fort. »Meine befehlshabenden Offiziere und ich sowie der Kommunikationsspezialist Andrew Muir und die Sicherheitswächterin Trish Jacob, die an der Mission beteiligt waren, hatten die Ehre, der Bestattungszeremonie für den verstorbenen Lieutenant Iano beizuwohnen. Premierminister Jarum leitete die Feierlichkeiten, und ich erhielt die Gelegenheit, mit einigen

Worten an den Verstorbenen zu erinnern. Meine Rede hatte folgenden Wortlaut:

›Die höchste und ehrenvollste Aufgabe für einen Offizier ist die Erfüllung seiner Pflicht. Ich hatte für kurze Zeit die Ehre, gemeinsam mit Lieutenant Iano zu dienen, den ich als äußerst fleißigen, pflichtbewußten und patriotischen Offizier erlebte. Obwohl er wußte, daß sein Leben in Gefahr war und er dringend medizinische Hilfe benötigte, vergaß Lieutenant Iano jede Rücksicht auf sein Wohlergehen, um eine Verschwörung zu enthüllen, die die patrianische Gesellschaft in ihrem Innersten bedrohte. Die Erfüllung dieser Aufgabe kostete ihn das Leben. Es erscheint als seltsame Ironie, daß der Außenseiter und Rebell Zor Kalo und Lieutenant Iano, dem wir heute die letzte Ehre erweisen, beide ihr Leben hingaben, um der Gerechtigkeit zum Sieg zu verhelfen. Ich bin überzeugt, daß Lieutenant Iano einverstanden wäre, wenn wir ihnen beiden die Ehre erweisen. Ihr gemeinsames Opfer soll zu einem Symbol für die patrianische Gesellschaft und die Heilung der Wunden werden.‹ Ende des Logbucheintrags, James T. Kirk, Captain, *U.S.S. Enterprise*.«

McCoy nickte. »Niemand könnte sich einen besseren Nachruf wünschen«, sagte er.

»Trotzdem erscheint es mir zuwenig«, sagte Kirk. »Worte sind nie genug.«

»Ich hätte mir gewünscht, daß sich die Dinge anders entwickelt hätten«, sagte McCoy. »Als ich Iano zum ersten Mal begegnete, empfand ich nur Verachtung für ihn und das, was er repräsentierte. Und solche Empfindungen kann man vor einem Telepathen nicht verbergen. Ich glaube, wir alle haben zu Anfang ähnlich gedacht. Er wußte, wie sehr wir all das haßten, wofür er einstand. Ich hätte mir gewünscht, er hätte erfahren, wie groß unser Respekt vor ihm am Ende war.«

»Ich glaube, er hat es gewußt, Pille«, sagte Kirk leise. »Ich glaube, er wußte es.«

»Weswegen wolltest du mich sprechen?« fragte McCoy.

»Es ist wegen … äh … einer privaten Angelegenheit«, sagte Kirk.

»Du meinst Kim«, sagte McCoy.

»Wir werden uns bald mit der *Lexington* treffen«, sagte Kirk, »und dann wird sie umsteigen und zur Starfleet-Zentrale zurückfliegen.«

»Ja, ich weiß«, sagte McCoy.

»Eigentlich geht es mich ja nichts an, aber ich habe mich gefragt … wie es steht«, sagte Kirk. »Ich meine, wie es um euch steht.«

McCoy zuckte nur die Schultern. »Wir beide wußten, daß es nicht von Dauer sein würde, Jim. Trotzdem hatten wir eine schöne Zeit miteinander, und vielleicht werden wir uns eines Tages wiedersehen. Wer weiß? Aber jetzt geht für uns beide das Leben weiter. Damit komme ich zurecht. Wirklich. Aber danke, daß du gefragt hast.«

»Nun … wir werden die *Lexington* erst in einigen Tagen treffen«, sagte Kirk. »Ich habe mich bei Schwester Chapel erkundigt, und sie sagt, daß sie in der nächsten Zeit ganz gut allein in der Krankenstation zurechtkommt. Deshalb gebe ich dir für die nächsten zweiundsiebzig Stunden frei. Du solltest die Zeit nutzen, um einmal etwas auszuspannen.«

McCoy lächelte. »Ich glaube, das wäre eine gute Idee«, sagte er und stand auf. »Vielen Dank, Jim.«

»Keine Ursache«, sagte Kirk.

in der Reihe
HEYNE SCIENCE FICTION & FANTASY

STAR TREK: CLASSIC SERIE

Vonda N. McIntyre, Star Trek II: Der Zorn des Khan · 06/3971
Vonda N. McIntyre, Der Entropie-Effekt · 06/3988
Robert E. Vardeman, Das Klingonen-Gambit · 06/4035
Lee Correy, Hort des Lebens · 06/4083
Vonda N. McIntyre, Star Trek III: Auf der Suche nach Mr. Spock · 06/4181
S. M. Murdock, Das Netz der Romulaner · 06/4209
Sonni Cooper, Schwarzes Feuer · 06/4270
Robert E. Vardeman, Meuterei auf der Enterprise · 06/4285
Howard Weinstein, Die Macht der Krone · 06/4342
Sondra Marshak & Myrna Culbreath, Das Prometheus-Projekt · 06/4379
Sondra Marshak & Myrna Culbreath, Tödliches Dreieck · 06/4411
A. C. Crispin, Sohn der Vergangenheit · 06/4431
Diane Duane, Der verwundete Himmel · 06/4458
David Dvorkin, Die Trellisane-Konfrontation · 06/4474
Vonda N. McIntyre, Star Trek IV: Zurück in die Gegenwart · 06/4486
Greg Bear, Corona · 06/4499
John M. Ford, Der letzte Schachzug · 06/4528
Diane Duane, Der Feind – mein Verbündeter · 06/4535
Melinda Snodgrass, Die Tränen der Sänger · 06/4551
Jean Lorrah, Mord an der Vulkan Akademie · 06/4568
Janet Kagan, Uhuras Lied · 06/4605
Laurence Yep, Herr der Schatten · 06/4627
Barbara Hambly, Ishmael · 06/4662
J. M. Dillard, Star Trek V: Am Rande des Universums · 06/4682
Della van Hise, Zeit zu töten · 06/4698
Margaret Wander Bonanno, Geiseln für den Frieden · 06/4724
Majliss Larson, Das Faustpfand der Klingonen · 06/4741
J. M. Dillard, Bewußtseinsschatten · 06/4762
Brad Ferguson, Krise auf Centaurus · 06/4776
Diane Carey, Das Schlachtschiff · 06/4804
J. M. Dillard, Dämonen · 06/4819
Diane Duane, Spocks Welt · 06/4830
Diane Carey, Der Verräter · 06/4848
Gene DeWeese, Zwischen den Fronten · 06/4862

STAR TREK™

STAR TREK™

STAR TREK: THE NEXT GENERATION
David Gerrold, Mission Farpoint · 06/4589
Gene DeWeese, Die Friedenswächter · 06/4646
Carmen Carter, Die Kinder von Hamlin · 06/4685
Jean Lorrah, Überlebende · 06/4705
Peter David, Planet der Waffen · 06/4733
Diane Carey, Gespensterschiff · 06/4757
Howard Weinstein, Macht Hunger · 06/4771
John Vornholt, Masken · 06/4787
David & Daniel Dvorkin, Die Ehre des Captain · 06/4793
Michael Jan Friedman, Ein Ruf in die Dunkelheit · 06/4814
Peter David, Eine Hölle namens Paradies · 06/4837
Jean Lorrah, Metamorphose · 06/4856
Keith Sharee, Gullivers Flüchtlinge · 06/4889
Carmen Carter u. a., Planet des Untergangs · 06/4899
A. C. Crispin, Die Augen der Betrachter · 06/4914
Howard Weinstein, Im Exil · 06/4937
Michael Jan Friedman, Das verschwundene Juwel · 06/4958
John Vornholt, Kontamination · 06/4986
Mel Gilden, Baldwins Entdeckungen · 06/5024
Peter David, Vendetta · 06/5057
Peter David, Eine Lektion in Liebe · 06/5077
Howard Weinstein, Die Macht der Former · 06/5096
Michael Jan Friedman, Wieder vereint · 06/5142
T. L. Mancour, Spartacus · 06/5158
Bill McCay/Eloise Flood, Ketten der Gewalt · 06/5242
V. E. Mitchell, Die Jarada · 06/5279
John Vornholt, Kriegstrommeln · 06/5312
Laurell K. Hamilton, Nacht über Oriana · 06/5342
David Bischoff, Die Epidemie · 06/5356
Diane Carey, Abstieg · 06/5416
Michael Jan Friedman, Relikte · 06/5419
Michael Jan Friedman, Die Verurteilung · 06/5444
Simon Hawke, Die Beute der Romulaner · 06/5413
Rebecca Neason, Der Kronprinz · 06/5414
John Peel, Drachenjäger · 06/5415
Diane Duane, Dunkler Spiegel · 06/5417
Susan Wright, Der Mörder des Sli · 06/5438
W. R. Thomson, Planet der Schuldner · 06/5439
Michael Jan Friedman & Kevin Ryan, Requiem · 06/5442
Dafydd ab Hugh, Gleichgewicht der Kräfte · 06/5443

STAR TREK™

STAR TREK: DIE ANFÄNGE
Vonda N. McIntyre, Die erste Mission · 06/4619
Margaret Wander Bonanno, Fremde vom Himmel · 06/4669
Diane Carey, Die letzte Grenze · 06/4714

STAR TREK: DEEP SPACE NINE
J. M. Dillard, Botschafter · 06/5115
Peter David, Die Belagerung · 06/5129
K. W. Jeter, Die Station der Cardassianer · 06/5130
Sandy Schofield, Das große Spiel · 06/5187
Lois Tilton, Verrat · 06/5323
Diane Carey, Die Suche · 06/5432
Esther Friesner, Kriegskind · 06/5430
Melissa Scott, Der Pirat · 06/5434
Nathan Archer, Walhalla · 06/5512
Greg Cox/John Gregory Betancourt, Der Teufel im Himmel · 06/5513
Robert Sheckley, Das Spiel der Laertianer · 06/5514

STAR TREK: STARFLEET KADETTEN
John Vornholt, Generationen · 06/6501
Peter David, Worfs erstes Abenteuer · 06/6502
Peter David, Mission auf Dantar · 06/6503
Peter David, Überleben · 06/6504
Brad Strickland, Das Sternengespenst · 06/6505
Brad Strickland, In den Wüsten von Bajor · 06/6506
John Peel, Freiheitskämpfer · 06/6507
Mel Gilden & Ted Pedersen, Das Schoßtierchen · 06/6508
John Vornholt, Erobert die Flagge! · 06/6509
V. E. Mitchell, Die Atlantis Station · 06/6510
Michael Jan Friedman, Die verschwundene Besatzung · 06/6511
Michael Jan Friedman, Das Echsenvolk · 06/6512
Diane G. Gallagher, Arcade · 06/6513
John Peel, Ein Trip durch das Wurmloch · 06/6514
Brad & Barbara Strickland, Kadett Jean-Luc Picard · 06/6515
Brad & Barbara Strickland, Picards erstes Kommando · 06/6516 (in Vorb.)

STAR TREK: VOYAGER
L. A. Graf, Der Beschützer · 06/5401
Peter David, Die Flucht · 06/5402
Nathan Archer, Ragnarök · 06/5403

STAR TREK™

Susan Wright, Verletzungen · 06/5404
John Betancourt, Der Arbuk-Zwischenfall · 06/5405
Christie Golden, Die ermordete Sonne · 06/5406
Mark A. Garland & Charles G. McGraw, Geisterhafte Visionen · 06/5407
S. N. Lewitt, Cybersong · 06/5408

DAS STAR TREK-UNIVERSUM, 2 Bde.,
überarbeitete und aktualisierte Neuausgabe!
von *Ralph Sander* · 06/5150

DAS STAR TREK-UNIVERSUM, Ergänzungsband
von *Ralph Sander* · 06/5151

William Shatner/Chris Kreski, Star Trek Erinnerungen · 06/5188
William Shatner/Chris Kreski, Star Trek Erinnerungen: Die Filme · 06/5450

Phil Farrand, Cap'n Beckmessers Führer durch STAR TREK – DIE NÄCHSTE GENERATION · 06/5199
Phil Farrand, Cap'n Beckmessers Führer durch STAR TREK – DIE CLASSIC SERIE · 06/5451

Ralph Sander, Star Trek Timer 1997 · 06/1997
Nichelle Nichols, Nicht nur Uhura · 06/5547
Leonard Nimoy, Ich bin Spock · 06/5548
Lawrence M. Krauss, Die Physik von Star Trek · 06/5549
J. M. Dillard, Star Trek: Wo bisher noch niemand gewesen ist · 06/6500
Judith & Garfield Reeves-Stevens, Star Trek – Deep Space Nine: Die Realisierung einer Idee · 06/5550
Judith & Garfield Reeves-Steven, Star Trek Design · 06/5545
Aris Kazidian & Bruce Jacoby, Das Star Trek Kochbuch · 06/5546

Diese Liste ist eine Bibliographie erschienener Titel
KEIN VERZEICHNIS LIEFERBARER BÜCHER!